밤이 고요한 것은

홍명진 소설집

밤이 고요한 것은

차례

마지막 산책 7

밤이 고요한 것은 41

모자 75

미조 111

그들의 내력 147

마술이 필요한 순간 179

불면 211

장귀자 아카이빙 245

해설

급진적 무기체 되기를 거쳐 충동이
이끄는 무상의 증여로 281

양재훈(문학평론가)

작가의 말 308

수록작품 발표 지면 311

마지막 산책

*

 티브이 화면이 바뀌며 소리가 잘릴 때마다 이종배는 아내 쪽을 흘끔거렸다. 아내의 축 늘어진 안면근육이 씰룩거렸다. 잠들어 있는 것 같은데 깨어 있을 때도 있고, 깨어 있을 때도 눈꺼풀이 내려앉아 잠들어 있는 것처럼 보이기도 했다. 그는 볼륨을 좀 더 줄이고 천천히 리모컨의 내림 버튼을 하나씩 눌렀다. 그렇다고 화면을 주의 깊게 보는 건 아니었다. 아침에 눈 뜨자마자 습관적으로 티브이를 켜 놓고 멍한 시간을 때우기 위해 이리저리 채널을 돌렸다. 절연구간처럼 텅 빈 화면이 뜰 때면 그의 머릿속도 필름이 끊긴 것처럼 순간적인 암전이 찾아왔다.

칠십 대 노부부의 살인사건 이야기도 며칠 전 아무 생각 없이 채널을 돌리다가 우연히 보게 된 재연 프로그램이었다. 반신불수가 된 아내의 똥오줌을 받아 내며 수발을 하던 남편이 아내와 말다툼을 하던 중에 홧김에 벽돌로 머리를 쳐서 아내를 살해하고 자신도 농약을 먹고 죽어 버렸다는 이야기였다. 농약을 먹기 전 남편은 큰아들에게 전화를 걸어 "니 엄마가 죽었다. 내가 니 엄마를 죽여 버렸다" 하고 실토했다. 지방 도시 소읍 변두리의 허름한 농가, 칠이 벗겨진 철 대문에 쳐진 노란 폴리스라인이 크게 확대된 장면에서 요란스럽고 긴박한 음악이 흐를 때 이종배는 못 볼 꼴이라도 본 듯 티브이를 꺼 버렸다. 티브이 화면에 정전기가 일어나는 소리가 들릴 정도로 갑작스럽게 정적이 찾아왔고, 그는 그제야 생각났다는 듯 아내를 돌아보았다. 티브이 화면으로 향해 있던 아내의 고개가 천천히 벽 쪽으로 돌아갔다.

굼뜨게 자리에서 일어난 이종배는 주방으로 나가 냉장고 문을 열었다 닫았다. 입맛이 없었지만, 끼니때가 지났으니 뭐든 먹어 둬야 할 것 같다는 생각에 냉장고에 손이 갔을 뿐이다. 냉장고와 개수대 사이에 낀 길쭘한 수납대에서 누룽지 봉지가 눈에 띄었다. 보름 전에 승경이 갖다 놓은 누룽지는 양이 꽤 많았다. 그때부터 부지런히 끓여 먹고 빈 봉지만 남은 줄 알았는데 흔들어 보니 한 주먹 정도는 되어 보였다. 이혼하고 두 아이와 사는 승경은 일주일에 하루 쉬는 식당 일을 하느라 늘 바쁘게 왔다 바쁘게 갔다. 그날도 경황없이 들렀다며 다 늦은 저녁에 들이닥쳐서는 한 시간 남짓 앉았다 일어섰다. 친정에 다니러 온 것이 흡사 누룽지 배달 때문이라는 듯. 갈 때마다 곧 올게요, 라든가 죄송하다는 말을 남겼지만 이종배는 혼자 된 딸의 사는 모습을 본 적이 없으니 속사정이 어떤지는 알 리 없었다.

눈에 보이는 것만이 전부는 아니다. 하지만 헤아려 짐작할 수 있는 일들이란 눈에 보이는 만큼, 겪어 본 만큼의 중량밖엔 지니지 못한다. 아버지를 믿어요, 죄송해요. 승경은 입버릇처럼 말하곤 했다. 큰아들 승택도 마찬가지였다. 잊어버릴 만하면 전화를 걸어와 죄송합니다, 아버지만 믿겠습니다, 하고 말했다. 그때마다 이종배는 대체 뭘 믿고 싶은 게냐고 소리치고 싶은 걸 꿀꺽 삼키곤 했다. 그는 비닐봉지에 남은 누룽지를 탈 탈 털어 냄비에 담고 물을 부어 가스레인지에 올리고 불 앞에 바싹 붙어 섰다. 나무 주걱으로 내용물이 끓어오를 때까지 천천히 저었다. 방 안에서는 아무런 기척도 들려오지 않았다.

이종배가 손수 끼니를 챙겨 먹기 시작한 건 5년 전 아내가 쓰러진 뒤부터였다. 그전에는 아내가 차려 주는 대로 먹고, 챙겨 주는 대로 입었다. 장롱 속이 계절마다 어떻게 바뀌는지, 찬장이나 냉장고에는 뭐가 들어 있는지도 몰랐다. 10년 전 어느 날 갑작스러운 사고로 막내아들 승준을 잃고 난 뒤에도 그랬다. 아내와 그는 마치 자신들이 맡은 일상의 무대에서 함부로 내려올 수 없다는 듯 묵묵히 그 시간을 이어 갔다. 단절이 없는 게 일상적인 삶이니까 주어진 배역 또한 변함없이 이어졌다. 하지만 그는 아내가 쓰러지고 나서야 깨달았다. 모든 게 승준의 죽음 이전과 달라졌던 것을. 그 이후의 시간들을 아내는 간신히 견뎌 왔다는 것을.

아내는 그가 외출하고 없는 시간에 쓰러져 방치되었다. 그는 옛 동료들을 만나 술을 한잔하고 들어왔다. 늦으면 으레 알아서 혼자 저녁을 먹으려니 생각했고, 아내에게 늦는다는 전화도 하지 않았다. 언제나 그렇듯 아내도 바깥일에 간섭하지 않았다. 그가 돌아왔을 때 집 안이 캄캄했다. 현관에서 신발을 벗으면서 거실 스위치를 켜기 전 묘하게 전해지던 서늘한 기운은 아직도 생생했다. 아내는 주방 한가운데 사지를 꼬부린 채 모로 누워 있었고, 바닥엔 토사물이 흥건하게 고여 있었다.

아내는 병원에서 수술을 받고 사흘 만에 깨어났다. 증세가 호전되었을 때는 휘청거리는 불안한 걸음이지만 화장실에 가서 대소변도 가리고, 무엇이 먹고 싶다거나, 기분이 나쁘다거나 괴롭다고 말하기도 했다. 하지만 퇴원 후 다시 한번 뇌졸중이 덮치면서 꼼짝없이 침대에서만 누워 지냈다. 대화라고는 일방적으로 배고파? 으응, 배고프다고? 기저귀 갈아 달라고? 아내의 작은 고갯짓, 눈짓을 짐작해 이종배가 묻고 자답할 뿐이다.

내용물이 끓어오르자 이종배는 불을 끄고 볼이 넓은 대접을 꺼내 누룽지를 퍼 담았다. 누룽지 그릇을 쟁반에 받쳐 들고 방으로 들어간 그는 침대 가까이 다가가 아내의 얼굴을 들여다보았다. 안면근육의 실룩거림이 없는 얼굴은 평온해 보였다. 아래 틀니만 끼고 있어서 윗입술이 불도그의 입주름처럼 축 늘어져 있었다. 쟁반을 바닥에 내려놓은 그는 아내에게 몸을 기울여 여보, 하고 불렀다. 얕은 잠에라도 빠졌던 건지 흠칫 놀란 듯 눈을 뜬 아내는 그를 알아보는지 알 수 없는 눈빛으로 쳐다보더니 이내 눈을 감았다.

뭘 좀 먹어야 할 텐데.

그가 아내의 어깨를 흔들었으나 감은 눈을 다시 뜨지는 않았다.

그는 쟁반을 들고 주방으로 나와 식탁에 앉았다. 오전 10시쯤에 팩에 든 두유에 빨대를 꽂아 아내의 입에 대 주었으나 겨우 몇 모금 빨아들이고는 말았다. 어제도, 그제도 아내는 200밀리 두유를 세 번에 나누어 볼가심만 했을 뿐이다. 푹 퍼진 누룽지는 씹을 것도 없이 훌훌 넘어갔다. 그는 천천히 숟가락질을 하면서 벽시계를 흘끔거렸다. 시계는 오후 3시를 지나고 있었다. 밖이 흐린지 주방의 이중창을 통해 들어오는 한낮의 빛이 희미했다. 평소대로라면 산책을 나갈 시간이었다.

이종배 부부가 사는 미진빌라는 경인고속도를 둘러싼 거대한 방음벽과 마주 보고 있었다. 방음벽을 따라 길게 일방도로가 이어지는 도로변에 지은 지 오래된 다세대주택들이 열을 맞추듯 한쪽을 바라보고 서 있었다.

고속도로를 가로지르는 고가도로 육교에 올라서면 6차선의 고속도로와 방음벽 양쪽 풍경이 한눈에 잡혔다. 미진빌라가 서 있는 쪽은 고도 제한이라도 받듯이 지붕들의 높이가 일정했고, 건너편은 제법 넓은 부지의 근린공원을 품은 엉성한 숲이 보였다.

미진빌라는 가동부터 라동까지 한 동에 여덟 가구씩 총 서른두 가구였지만 건물을 관리하는 관리시스템은 없었다. 이종배 부부가 사는 라동 502호는 제대로 따지자면 꼭대기 층인 4층이었다. 라동은 정화조와 계단 청소비, 공동 전기료를 책임지고 거둘 반장을 뽑아 매월 N분의 1씩 부담하고 있었다. 몇 년 전부터 반장을 맡아 온 101호는 한 달에 한 번씩 라동 출입구 유리 문짝에 분담금의 내용과 계좌번호를 써 붙였다. 그다음 달이면 전월 미납금이 있는 집은 붉은 매직펜으로 호수를 명기해 고시하고 독촉 내용도 덧붙였다.

이종배 부부는 미진빌라 입주민 1세대였다. 업체에서 분양받은 18평 규모의 내부 구조는 동일했다. 안방과 작은방, 분합문이 달린 거실과 주방, 세면실이 구분되어 있었다. 베란다는 도로 쪽으로 창문이 난 작은방에 붙어 있었다. 베란다를 터서 방을 넓히거나 화초를 키우느라 지붕 아래에 난간을 만든 집들도 있지만 이종배 부부는 입주할 당시의 원형 그대로 손대지 않았다. 승택과 승경이 대학에 들어가 자취생활을 하기 전에는 이 작은 집에서 다섯 식구가 복작거리며 살았다. 수십 년간 현장을 전전하며 공장 기술자로 일한 이종배에게 남은 건 이 집 한 채가 전부였다. 현장 생활을 접은 뒤에 이종배는 미진빌라에서 30여 분 거리에 있는 아파트에서 경비원으로 일했다. 그 시절이 가장 행복했다. 자식들이 커 갈 때는 걱정 근심이 그치질 않았고, 욕망과 기대가 들끓어 일을 그르치기도 했다. 아파트 경비 생활은 큰 어려움이 없었다. 입주민들의 과도한 불평불만과 민원이 견디기 힘들 때도 있었지만 일정 수입이 보장되었고, 아내도 일주일에 며칠씩 가사도우미 일을 해서 가용을 벌었다. 젊은 시절 자식들을 기워 내느라 아등바등했던 노력이 헛되지는 않았지만, 그 이상의 무엇도 더는 남겨 주지 않았다. 돌이켜 보면 이만큼의 평온이 있기까지 큰 변고 없이 지내 온 시간이 고마울 따름이었다.

하지만 조용한 노년을 바라며 느꼈던 행복은 그리 길지 않았다. 승준이 뜻밖의 교통사고를 당한 날 이종배는 경비실에서 늦은 점심으로 배달 온 짜장면을 먹다가 사고 소식을 접했다. 그 길로 승준이 실려 갔다는 병원으로 달려갔다. 승준은 뇌압이 높아 수술도 받아 보지 못한 채 중환자실에서 겨우 일주일을 버텼다. 만약 운전자가 조금만 속도를 늦추고 주위를 살폈더라면, 차에 부딪힌 승준이 뒤로 넘어지지만 않았다면……. 깨어나기를 간절하게 빌며 가졌던 원망과 기도는 헛되이 사라졌다.

아들의 목숨값으로 나온 합의금을 놓고 아내와 한동안 다투었다. 집을 팔고 이 동네를 뜨자는 게 아내의 주장이었지만 이종배는 듣지 않았다. 어디에 가서 사나 가슴속에 지닌 고통은 죽을 때까지 내려놓지 못할 거라는 생각에 고집을 꺾지 않았다.

합의금의 일부는 큰아들 밑으로 들어갔다. 하고 있는 일이 어렵다고 했다. 승택 내외는 강남 변두리에서 보습학원을 운영하고 있었다. 낡은 건물에 세 든 학원은 날이 갈수록 학생들이 떨어져 나갔다. 승택은 밑 빠진 독에 물 붓기식으로 돈을 융통해 가며 겨우 버티고 있었다. 자식 목숨값으로 받은 돈이니 남은 자식한테 가는 건 당연하지 않냐는 게 아내의 생각이었다. 집을 옮겨 이곳을 뜨자고 했을 때는 고집을 피웠던 이종배도 승택의 일은 나 몰라라 할 수 없었다. 이 돈이 없었으면 어쩔 뻔했냐는 말은 끝내 목구멍으로 삼킨 채였다. 돈으로 땜질한 것으로도 모자라 학원을 접게 된 승택 내외가 캐나다 이민 얘기를 꺼냈을 땐 아들의 면상으로 목침이라도 던지고 싶은 심정이었다. 캐나다라는 나라까지 가서 뭘 해 먹고 살 테냐. 이종배가 물었다. 여기선 더 이상 길이 없습니다. 이 기회를 놓치고 싶지 않아요, 아버지. 무릎을 꿇고 앉은 승택이 변명하듯 말했다. 친정 오빠가 캐나다에 건너가 농장을 운영하며 자리를 잡았다고, 진즉부터 건너오라는 제안을 받았다고 며느리가 승택의 말을 거들었다.

승택은 말을 꺼낸 지 채 한 달도 되지 않아 이민 길에 올랐다. 멀쩡하게 부모가 살아 있는데 이민을 가겠다는 건 호적을 파 가는 것이나 다름없지. 후레자식 같으니라고. 이종배는 화를 누르지 못하고 아내에게 소리쳤다. 그동안 감쪽같이 속고 있었다는 생각에 분을 누를 수가 없었다. 이민이라는 게 타 도시로 이사 가는 일도 아닐 테고, 준비하자면 그만한 시간이 들었을 테고, 아니, 마음을 먹기까지 하루 이틀이 아니었을 텐데 일언반구도 내비치지 않다가 떠날 때가 되어서야 통보하듯이 말을 던지고 훌쩍 떠나 버리다니. 아들 식구가 탄 비행기가 날아가는 하늘 쪽은 쳐다보고 싶지도 않았다. 시차도 맞지 않고 자주 연락드리겠다던 승택이 어쩌다 전화를 걸어와도 이종배는 통화를 하지 않았다. 아내 옆에서 들어 보면 안부를 묻는 전화였고, 그나마도 아내가 국제통화료가 비싸다는 이유로 서둘러 끊곤 했다.

    이종배는 승준이 죽은 뒤에 경비 일을 그만두었고, 아내도 가사도우미 일을 나가지 않았다. 부부는 큰 불행을 겪은 뒤였지만 비교적 평온한 날들 속에 잠겨 지냈다. 가끔씩 아내가 마치 자신들이 누리는 평온이 부당하다는 듯 이웃들과 사소한 시빗거리를 만들지만 않는다면 말이다. 공동 분담금을 거두러 온 반장과도 사사건건 시비였다. 급기야는 삿대질까지 하며 목소리를 높였다. 어디서 터무니없이 푼돈을 우려먹으려고 그래. 눈이 깜깜한 노인네들이라고 무시하는 거야 뭐야. 아래층에서 올라오는 개 짖는 소리에 잠을 이루지 못한다고 달려 내려가 욕설을 한바탕 퍼붓기도 했고, 택배기사가 앞집 물건이라며 받아 달라는 청은 성가시다며 야박하게 문을 닫아걸기도 했다. 아내는 결코 그런 성정의 사람이 아니었다. 승준이 죽기 전에는 라동 반장을 도맡아 했다. 생기는 것 없이 성가시고 불편했지만 군말 한마디 없이 해내던 사람이었다. 세입자들이 돌림으로 바뀌는 501호와도, 아니 라동 전체 입주민들과도 인사를 트고 지냈다. 손해 볼 일이 있으면 보고 말지, 손해를 따져 물으면서 성질을 내던 사람이 아니었다.

아내가 조금씩 다른 세계로 넘어가듯 변하기 시작한 것이 그때부터였다. 아들을 죽인 가해자에겐 왜 그랬느냐는 말 한마디 못 하고 운명으로 받아들이던 사람이, 이 기회를 놓치면 이대로 살아야 한다고 말하던 승택에겐 서운하단 말 한마디 없이 고개만 끄덕이던 사람이 사소한 일에는 날을 세웠다. 아내는 우울하다는 말도, 아프다거나 슬프다는 말도 내비친 적이 없었다. 이종배 역시 아내의 마음을 물어본 적 없고, 자신의 속내를 내색해 본 적 없었다. 부부가 식탁에 마주 앉으면 거울을 마주 보고 있는 듯했다. 틀니를 끼고 우물거리며 음식을 씹고, 기침을 하며 가래를 게워 내고, 의자에서 일어설 때면 약해진 뼈가 어긋나는 소리가 났다. 입주 초기에 내왕하던 미진빌라 이웃들도 거의 이사를 가고 왕래하는 이웃이라곤 아무도 없었다. 미진빌라의 새로운 얼굴들은 이종배 내외가 어떤 일을 겪었는지 알지 못했고, 그들 내외도 굳이 자신들의 이야기를 떠벌리고 싶지 않았다. 그렇게 아내는 혼자 집 안에 자신을 가두듯 두문불출했고, 오랫동안 쌓인 우울에 병이 깊어 가는 것을 그는 알지 못했다.

아내가 중증 요양 환자로 분류되어 재가요양보호사가 방문하기 시작한 건 몇 년 동안 입원과 퇴원을 반복하던 끝이었다. 어떻게든 자신의 힘으로 아내의 간병을 해결해 보려던 이종배는 뒤늦게야 딸의 조언에 따라 재가요양보호 신청을 했고, 1년 전부터 요양보호사가 평일 낮때에 정기적으로 방문했다.

요양보호사는 오십 대 초반의 여자였다. 이종배는 좁은 집 안에서 여자와 부딪치는 것이 편하지만은 않았다. 처음 한동안은 여자의 뒤를 졸졸 따라다니며 아내에게 필요한 것들을 알려 주곤 했지만, 어느 정도 시간이 지나자 자신의 참견이 여자에게 부담만 준다는 걸 알게 되었다. 통통한 체구에 이목구비가 오목조목한 여자는 생긴 것과 달리 목소리가 어찌나 큰지 할머니, 하고 부를 때마다 아내는 경기하듯 반응했는데, 그럴 때면 여자는 아내의 엉덩이를 가볍게 치거나 등을 쓸어내리며 잘했어요, 참 잘했어요, 하고 아내를 어르곤 했다.

여자는 자기만의 방식으로 묵은 먼지만 쌓여 있는 이 낡은 집 안의 공기를 뒤흔들었다. 여자가 처음 아내의 기저귀를 벗기고 밑을 닦으려 할 때 아내는 끝이 뭉그러진 알아들을 수 없는 소리를 내며 몸을 뒤틀었다. 아내의 눈동자가 허공을 향해 뒤집혔다. 밖에 나가 계세요. 아내의 상체를 잡은 여자가 이종배를 힐끔거리며 말했다. 뻣뻣하게 서서 바라보던 그는 잠시 머뭇거리다가 자리를 피했다. 할머닌 제가 기저귀 가는 모습을 할아버지에게 보이고 싶지 않으신 거예요. 기저귀를 뭉쳐 들고 밖으로 나온 여자가 식탁 의자에 앉아 있는 그에게 말했다. 하지만 그는 이내에게 그만힌 분별력이 남아 있다고는 생각하지 않았다. 늘 닿던 손길이 아니어서 나온 본능적인 저항일 뿐, 부끄러움이나 분별력은 아내의 것이 아닌 그의 몫이었다.

요양보호사가 온 뒤부터 승경의 방문은 두 번에서 한 번으로, 그 한 번마저 어쩌다 한 번으로 바뀌었다. 틈틈이 안부 전화가 걸려 오면 이종배는 모든 게 그대로다, 라고 말하곤 했다. 그러니 염려 말아라. 네 살 궁리나 제대로 하는 게 도와주는 것이다. 그는 어쨌든 아픈 아내는 자신의 몫이라고 생각했다. 잠자리에 누우면 세상의 온갖 소리들이 4층 높이의 허공에 뜬 머리맡을 훑고 지나가는 듯했다. 조각 난 잠은 깊이가 없었고, 설익은 콩을 씹듯 머릿속이 설컹거렸다.

지난여름의 혹서는 가히 살인적이었다. 열어 둔 창문으로 방음벽 너머 고속도로를 질주하는 차들의 소음이 증폭되면서 더해지던 열기, 온몸이 짓무를 듯 번지는 땀띠, 보일러 조절기에 표시된 숫자가 섭씨 36도까지 치솟았고, 그 열기는 밤에도 식지 않았다. 선풍기 바람도 제 기능을 하지 못했다. 이종배는 아침에 잠에서 깰 때마다 보일러 조절기의 온도계 숫자를 멍하니 바라보며 이 여름만 건너가자 주문을 걸듯 중얼거렸다. 하루하루가 지옥처럼 뜨거웠다. 침대에 붙박이로 지내는 아내의 몸에 욕창이 생길까 봐 전전긍긍했다.

한 해, 한 해 극한의 계절과 만날 때마다 아내의 상황은 악화되어 갔다.

어느 날 밤잠을 설치던 이종배는 숨 막힐 듯한 더위에 자리에서 벌떡 일어나 아내의 머리맡에 섰다. 활짝 열어 둔 창문으로 밖에서 들어오는 가로등 불빛에 침대에 반듯하게 누워 있는 아내의 형체가 희미하게 드러났다. 선풍기 바람이 훑고 지나갈 때마다 짧게 깎인 흰머리가 헝클어졌지만 영락없는 죽은 자의 모습이었다. 그는 검지를 아내의 코끝에 대고 숨이 나오는지를 확인했다. 이렇게 죽은 듯이 잠만 자는 것도 사는 거야? 이렇게 천년만년 살아 봐야 뭐 하나. 안 그래? 제법 목소리를 크게 내 보았지만 아내에게선 아무런 반응이 없었다. 깊은 잠에 들었는지, 깨어 있으면서 눈만 감고 있는 건지 알 수 없었다. 그는 가느다랗게 콧김을 내뿜는 아내의 얼굴을 물끄러미 보다가 손바닥으로 아내의 코와 입을 쓸어내리듯이 덮었다. 손바닥에 밀착된 살갗이 홍시 껍질을 벗겨 낸 것처럼 물컹거렸다. 검버섯으로 뒤덮인 그의 손이 경련하듯 떨렸다.

하아.

아내는 미동도 없는데 그의 입에서 된 숨이 튀어나

왔다.

어차피 죽음까지는 같이 갈 수 없는 게 삶이지. 생사를 헤매는 건 당신인데 나도 이젠 지쳤어. 암, 지쳤고말고.

그는 이부자리에 털썩 주저앉으며 중얼거렸다.

한여름의 열기가 잦아든 무렵부터 이종배는 다시 산책을 시작했다.

산책이라니, 여유 부릴 한가함이라니.

지난봄, 처음으로 요양보호사에게 아내를 맡기고 산책을 나설 때만 하더라도 그는 걸음마를 떼는 아이 같은 심정이었다. 아닌 게 아니라 혼자서 아내를 간병하느라 늘 동동거리며 쫓기듯이 바깥 볼일을 볼 때와는 달리 텅 빈 시간 속에 발을 들인 것처럼 난감하기까지 했다. 목적과 이유가 없이 집을 나서 보기는 몇 년 만에 처음인 듯했다. 그는 일방도로 서쪽 방향으로 걷기 시작했다. 미진빌라에서 가까운 고가도로가 있는 곳과는 반대 방향이었다. 고가도로 육교를 넘어가면 바로 공원으로 갈 수도 있었다. 작은 동산을 이룬 숲이 군데군데 펼쳐지고 팔각 정자며 앉아서 쉴 수 있는 벤치도 많았다. 그뿐인가. 녹색 트랙을 따라 잰걸음으로 걷는 각양각색의 사람들과 운동기구에 매달려 있는 사람들로 활기가 넘쳤고, 사람들이 찾지 않는 좁고 외진 산책길도 있었다. 그 모든 것들을 버리고 그는 서쪽을 향해 걸었다. 동쪽 방향을 피하기 위해 서쪽을 택했을 뿐이고, 기왕에 나선 걸음이니 끝까지 가 보자 생각했을 뿐이다.

산책을 시작한 이래 그의 산책 코스는 그 패턴을 벗어나 본 적이 없었다. 일방도로가 사방팔방으로 뻗어나간 여러 가닥의 거대한 교차로와 만날 때까지 계속해서 걸었다. 그가 걸어가는 길은 수많은 골목길의 막다른 길이었다. 방음벽 아래로 이어진 일차선도로로 차들이 한 방향으로 지나갔다. 다리가 아프고 숨이 차오르고 눈앞이 흐릿해질 때도 그는 노역에 가까운 산책을 멈출 수가 없었다. 걸을 땐 아무 생각도 떠오르지 않았다. 오로지 걷는 것이 목적이 되어 버린 듯했다. 단지 산책을 나서는 약간의 시간적인 오차와 계절의 변화만 있을 뿐이었다.

언제나 그렇듯 이종배는 돌아오는 길이 늘 버거웠다. 등 뒤로 두고 걸었던 동쪽을 보고 걸어야 했기 때문이다. 동쪽 시야의 끝은 일방도로가 끊기고 더 이상의 통행이 불가능한, 방음벽의 막다른 지점이었다. 그 지점에 일방도로로 유턴해 들어오는 작은 굴다리가 있었다. 미진빌라에서 300여 미터 떨어진 곳이었다. 승준이 사고를 당한 건 바로 그 굴다리 입구에서였다. 이종배는 승준의 장례를 치르고 보름이나 지난 뒤에야 비로소 사고 장소까지 가 봤다. 부러 찾아가지 않으면 지나다닐 일도 없는 곳이었다. 골무처럼 좁고 침침한 그늘에 잠긴 굴다리 입구 앞에서 그는 멈춰 섰다. 거무튀튀한 시멘트 바닥에 흰색 페인트 스프레이로 납작하게 눌린 개구리 모양의 사고 흔적이 그려져 있었다. 승준은 집에서 입고 뒹굴던 운동복에 검은색 바람막이 잠바를 걸치고 양말도 신지 않은 맨발에 슬리퍼 차림이었다. 봄바람이 까칠하던 3월 초순이었다. 구급차가 와서 승준을 옮길 때 슬리퍼 한 짝이 달아난 건지, 차에 부딪혔을 때 벗겨진 건지 한쪽 발에만 슬리퍼를 신은 채 실려 왔다고 했다. 장례식장에서 아내는 맨발에, 슬리퍼 한 짝이, 라고 꺽꺽거리는 소리로 오열했다.

    그날 승준의 행선지는 어디였을까. 왜 굴다리까지 갔을까. 승준은 막힌 길 앞에서 무슨 생각을 했던 걸까.

이종배는 한동안 그 생각에 골똘했다. 재수해서 겨우 대학에 들어간 승준은 2년 만에 휴학을 하고 군대에 다녀온 뒤에는 학교를 때려치웠다. 공부가 적성에 맞지 않는다는 거였다. 그러고는 아르바이트를 한답시고 이 일 저 일 옮겨 다니더니 오래 버티지 못하고 집안에 처박혀 지냈다. 큰아들과 딸은 일찌감치 집에서 떨어져 나갔지만, 승준은 군대 생활을 할 때만 빼고 집을 떠나 본 적이 없었다. 아내는 집에서 빈둥대는 막내아들 때문에 속깨나 끓였다. 직장 잡을 생각을 해야지, 허구한 날 이 좁은 집구석에 처박혀서 뭘 하느냐고 잔소리였다. 작은방 문은 늘 닫힌 채였고, 밤낮을 바꿔 사는 승준은 낮에는 움직이지도 않았다. 이종배는 야간 근무가 걸리는 날이면 560세대가 잠들어 있는 아파트 단지를 두 시간 간격으로 돌아다니며 순찰했다. 플래시를 들고 뒤뜰 깊숙한 곳, 방범 카메라에 잡히지 않는 사각지대까지 훑었다. 새벽 두세 시에도, 네댓 시에도 불이 환한 집들이 보였다. 그가 순찰을 도는 한에서는 560세대가 완전한 소등의 일치를 보인 적은 한 번도 없었다. 그는 꺼지지 않은 불빛들을 보면서 승준의 방을 떠올렸다. 그의 눈앞에 있는 불빛들처럼 승준이 잠들지 못하고 깨어 있는 것에도 이유가 있을 거라고 생각했다. 그는 승준이 스스로 벽을 허물고 세상 밖으로 나오길 기다렸다.

가해 차량의 운전자는 사십 대 여자였다. 굴다리를 빠져나와 좌회전을 하려고 운전대를 꺾었는데 뭔가가 툭 부딪치는 느낌이 왔다고 했다. 여자가 감각한 것은 사람이라고는 생각하지 못한 '뭔가'였다. 급브레이크를 밟고 나서 보니 사람이었다고, 사람인 줄 몰랐다고 여자는 말했다. 순간적으로 여자는 눈이 먼 듯했고, 커다란 바람 인형이 찰나적으로 눈앞에 떠올랐다 사라졌다고 기억했다. 경찰이 입수한 블랙박스 영상에는 좌회전하는 차의 정면으로 툭 부딪치는 물체가 잡혔다. 굴다리 입구에서 잘린 빛의 산란으로 희끗희끗해 보이는 얼룩이 승준인지, 아니 사람인지 이종배도 처음엔 알아보지 못했다. 잘 보세요, 주머니에 손을 찌르고 허공을 보고 있잖습니까. 신호등이 없는 곳이긴 합니다만 주위를 살피지 않은 거죠. 블랙박스 영상을 보여 주던 경찰관이 덧붙였다. 이종배는 이후의 사고 처리와 조사 과정에서 운전자를 한 번인가 본 게 전부였다. 가해자 측 보험회사 담당자와 변호사를 만나 그 모든 과정을 수습한 건 승택이었다.

　이종배는 끝내 알 수 없었다. 평소의 오후 4시라면 승준은 깊은 잠에 빠져 있을 시간이었다. 아내도 일을 나가는 날이어서 아들이 무슨 일로 귀신처럼 집에만 처박혀 있을 그 시간에 밖으로 나갔는지는 알지 못했다. 그들 부부는 아들이 무슨 생각으로 사는지 늘 궁금해했지만, 속 시원한 대답을 들은 적은 한 번도 없었다. 제가 알아서 한다니까요. 뭘 물어도 승준의 대답은 그 정도뿐이었다. 아내가 뭘 알아서 한다는 거냐고 다그치면 승준은 방문을 잠그고 나오지 않았다. 승준이 집 안에 틀어박혀 사는 동안 소리 없는 불화가 깊어 갔고, 어떤 식으로든 끝이 보일 줄 알았다. 하지만 결코 이런 식은 아니었다. 그날 승준이 그 시간에 왜 통행의 막다른 길까지 가게 되었는지 그 대답도 들을 수 없게 되었다.

　이종배는 무엇엔가 찔린 듯 화들짝 놀라 눈을 떴다. 끓인 누룽지를 먹고 방으로 들어와 티브이를 보다가 깜빡 졸았던 모양이다. 티브이에서 나는 소리인 줄 알았는데 둔탁한 초인종 소리가 다시 들려왔다. 오후 5시가 지났을 뿐인데 방 안을 조여 오는 어둠이 농밀하게 느껴졌다. 일몰 시각이 하루가 다르게 빨라졌다. 자리에서 일어난 그는 방문 손잡이를 돌리다 말고 멈칫했다. 그러곤 손목에 힘을 주어 문 여는 소리가 새어 나갈세라 조심스레 방문을 열었다.

쾅쾅쾅.

이번엔 주먹으로 문을 때리는 소리가 들렸다.

이종배님, 요양보호센터에서 나왔습니다. 계세요?

굵직한 저음의 남자 목소리였다.

할아버지, 안에 계세요? 반장이에요.

잠시 뜸을 들이고 여자의 중얼거리는 목소리도 들렸다.

안 계시는 것 같은데…….

이종배는 공동 관리비는 한 푼도 빠짐없이 매달 꼬박꼬박 현금으로 갖다줬다. 두세 번 걸음해서 반장을 만날 때도 있었지만 금융기관까지 찾아가 송금하는 것보다는 나았다. 오히려 받는 쪽에서 현금을 들고 찾아오는 걸 성가셔했다. 그가 영수증을 원했기 때문이다. 통장으로 이체하면 좀 좋아요. 송금 내역이 영수증이나 마찬가진데. 반장이 싫은 소리를 했지만 개의치 않았다. 반장이 영수증이라고 써 준 종이 쪼가리는 문

갑 첫 번째 서랍에 핀으로 꽂아 차곡차곡 모아 뒀다. 사소한 분쟁거리에 대비해야 했다. 반장과 해결해야 할 일이 남은 게 없는데 무슨 일인가. 그는 거실을 점령한 어둠 건너편으로 건너갈 수 없는 듯 한 발짝도 떼지 않았다.

이종배는 한 열흘간 아내를 데리고 모처럼 딸네 집에 다녀오게 됐다고 요양보호사에게 말해 둔 터였다.

할머니를 어떻게 데리고 나가시게요?

요양보호사가 물었다.

사위가 다 알아서 모셔간답니다. 차로 두어 시간만 가면 되는 곳인데 풍치 좋은 시골에다 널찍하니 별장 같은 새집을 지었답니다.

거짓말을 한다기보다 언젠가 능청스럽게 얘기하던 사위 얼굴이 떠올랐다. 사위는 말할 때마다 손동작이 크고 말소리가 울리듯이 목소리도 컸다. 행동보다 말이 앞서는 성격이라 미덥지 못했지만 눈앞에서 사람의 기분을 띄우는 재주가 있었다. 제가 이다음에 장인 징모님을 마당 넓고 풍치 좋은 집에 모시겠습니다. 호탕하게 큰소리치던 사위는 정작 남이 된 지 오래였다. 요양보호사가 눈치챘는지 모르겠지만 그 말을 뱉을 때 이종배는 쓴 약을 삼키듯 표정이 구겨졌다. 병원 다니실 때마다 구급대원들이 애를 먹잖아요. 들것에 싣고 내려가는 게 얼마나 위험천만한 일인데. 여긴 엘리베이터도 없는데 사위 분이 모셔 갈 수 있겠어요? 요양보호사가 걱정스레 물었다. 마지막이 될지도 모르는데 여행이라도 한번 해야 하지 않소. 그날따라 그는 말이 많았다.

마지막으로 이종배님을 뵌 게 언젭니까?

글쎄요, 정확하게는 기억이 안 나는데 꽤 여러 날 된 것 같네요.

문밖에서 나누는 대화 소리가 들렸다.

요양보호센터 직원이나 반장이나 간에 이종배는 문을 열어 응대할 마음이 없었다. 곧이어 슬리퍼 끄는 소리와 구둣발 소리가 섞여 들려왔고, 잠시 후에는 조용해졌다. 안방 티브이 화면에서 나오는 빛이 닿는 곳에 집 안의 사물이 부분적으로 보였다. 뜻밖의 방문객 때문에 불을 켤 수가 없다. 밖에서 502호를 올려다본다면 집에 있으면서도 없는 척한 게 다 들통 날 것이다.

이종배는 손으로 더듬어 가며 작은방 문을 열었다. 시간의 먼지가 쌓인, 뭐라 표현할 수 없는 냄새가 풍겨

왔다. 한여름 푹푹 찌는 더위에도 작은방은 환기를 시킨 적이 없다. 낡은 소파와 카펫 등속 자리만 차지하거나 거치적거리는 묵은 살림살이들이 쟁여진 방. 당장엔 소용이 없는 것들이지만 아내의 손때가 묻은 살림살이들 속엔 버리지 못한 승준의 물건들도 구석에 처박혀 있을 것이다. 한때는 승경이 작은방의 짐들을 어쩌지 못해 아내에게 잔소리를 하곤 했다. 친정에 와도 편히 드러누워 쉴 데가 없다고, 도대체 왜 맨날 버려야 할 것을 쌓아 두고만 사는지 알 수가 없다고. 아내는 승경의 잔소리가 듣기 싫어 목소리를 높이며 다퉜다. 니 에미도 갖다 버려라! 부들부들 떨면서 소리를 지르던 아내는 이 집구석 어딘가에 작은방이 있다는 것도 잊어버렸으리라.

벌써 며칠째 이종배는 문밖출입을 하지 않았다. 요양보호사에게 딸네 집에 다녀올 거라고 말한 다음 날부터였다. 그는 아내에게 시간이 얼마 남지 않았다는 걸 알았다. 그날이 언제일지는 알 수 없지만, 그는 닥쳐올 그 순간을 대면하는 것이 두려웠다. 같은 길을 오가며 힘겨운 싸움을 하듯 산책을 하고 돌아올 때마다 불현듯 생의 임계점에 다다랐음을 느끼는 것과도 같은 두려움이었다.

이종배는 며칠 전 마지막 산책에서 동쪽으로 막힌 길 끝까지 걸어갔다. 일방통행로를 따라 3년 전 도시철도 연장 공사가 한창일 때 굴다리는 철거되었다. 시멘트 바닥에 그려져 있던 사고의 흔적이 깨끗이 지워진 건 그보다 더 전이었다. 언제, 그곳에서 무슨 일이 있었던 건지 궁금해하거나 기억하는 사람은 아무도 없었다. 이종배가 산책을 나설 때마다 동쪽을 피했던 건 이곳에 아무것도 남아 있지 않으리란 걸 알기 때문이었다. 말짱한 거짓말처럼 아무런 흔적도 남아 있지 않은 공허를 마주할 자신이 없어서였다.

굴다리가 허물어진 자리는 일방도로에서 곧바로 고속도로로 진입할 수 있게 앞이 훤히 트여 있었다. 먹장구름이 몰려다니는 하늘은 햇빛 한 조각 없이 흐렸고, 점등 직전처럼 사물들이 무겁게 가라앉아 보였다. 고속도로를 질주하는 차량들의 굉음만이 그의 몸을 빨아들일 듯 거셌다. 그날 이종배는 무언가 한 가지 생각에 골똘해 있었던 것 같은데 그때 그를 사로잡은 생각이 무엇이었는지는 기억나지 않는다. 며칠 전의 일은 몇 년 전의 일처럼 까마득한데 승준의 죽음은 마치 어제 일처럼 또렷하게 상기되기도 했다.

밤은 차곡차곡 깊어 갔다. 이종배는 손에 들고 있던 티브이 리모컨을 내려놓고 불현듯이 아내의 아랫도리 속으로 손을 넣어 더듬었다. 벌써 며칠째 아내의 기저귀에는 오줌만 촉촉하게 묻어 있을 뿐, 변은 보이지 않았다. 아침에 갈아 준 기저귀도 보송보송했다. 사타구니 사이로 더 깊이 손을 밀어 넣어 괄약근 쪽을 만지작거리자 염소 똥처럼 마른 알갱이가 만져졌다.

똥을 쌌구나. 똥이라고 쥐똥만 한 걸 쌌구나.

이종배는 기저귀에서 손을 빼내 알갱이 똥의 냄새를 맡으며 중얼거렸다. 모진 구린내가 났지만 하나도 역겹지 않았다. 사람이 죽을 때가 되면 창자부터 말라비틀어진다고 했던가. 물 한 모금 넘길 수 없을 정도로 식도가 말라붙고, 마침내 곡기를 받아들일 수 없을 지경이 되면 희미해져 가던 생의 에너지도 바닥이 나는 거겠지.

그는 들춰진 이불자락을 여며 주고 세면실로 들어가 손을 씻고 세숫대야에 따뜻한 물을 받아 안방으로 들어왔다. 커튼을 치고 형광등을 켰다. 방 안에 우묵하게 불빛이 고였다.

여보.

부르는 소리에 반응하듯 늘어진 입술을 움찔거리던 아내가 반짝 눈을 떴다. 그는 아내의 눈을 들여다보았다. 물기가 서린 맑은 눈동자 속에 눈부처가 앉아 있었다. 마지막 빛을 담은 눈동자였다. 아내의 쭈글쭈글한 입술이 벌어졌다. 뭐라고 말하고 싶어 하는 듯했는데 소리는 되어 나오지 않았다. 그는 아내의 손을 잡고 귓가에 대고 속삭였다.

내가 다 해 줄게. 걱정하지 마.

그의 손에 잡힌 아내의 손에서 간신히 버티고 있는 미약한 힘이 느껴졌다.

이종배는 보들보들한 수건을 물에 적셔 아내의 얼굴부터 닦기 시작했다. 툭 불거진 눈썹뼈, 뭉그러진 이목구비, 늘어진 볼과 베개에 눌린 귓불까지 꼼꼼히 닦아 내고 다시 수건을 빨아 목과 쇄골을 닦았다. 승준이 간 거 알지? 그 녀석 떠난 지가 벌써 10년이 됐어. 승경이는 곧 올 거야. 퇴근하고 오늘은 꼭 들르라고 얘기했으니까. 승택이는 나왔다 간 지가 5년 됐지 아마. 당신 병원에 있을 때 얼굴 보고 갔으니까. 나온다, 나온다 말만 하고 올 생각을 안 하네. 그렇게 미적거리다간 당신 얼굴 못 보지, 고얀 놈.

그는 그동안 쌓인 말을 풀어놓기라도 하듯 미주알고주알 말이 많았다. 가슴 섶을 헤치고 배꼽까지 축 늘어진 젖가슴을 닦을 때는 아내의 체온이 희미하게 느껴졌다. 이윽고 아랫도리를 벗기고 종이 기저귀를 벗겨 내자 앙상하게 툭 불거진 골반뼈가 그대로 드러났다. 검고 축축한 사타구니 살결과 움푹 파여 들어간 듯 비어 있는 음부를 따뜻한 물수건으로 여러 번 닦아 냈다. 아내의 고부라진 발이 움찔움찔 움직였다.

당신 가면 나도 떠날 거야. 이제 이곳을 떠날 때가 됐지.

그는 목소리를 은근하게 깔고 다정하게 말했다.

새 옷을 갈아입은 아내의 얼굴은 말갰다. 그는 밝은 불빛 아래서 아내의 얼굴을 한참이나 들여다보곤 조용조용 방을 정리했다. 세면실에서 아내를 닦았던 수건을 빨고 나선 거울 속 자신의 얼굴을 한참이나 들여다보았다. 이내기 알아볼까 싶을 정도로 그는 자신의 얼굴이 낯설게 느껴졌다. 물 묻은 손으로 거울을 닦아 내고 다시 보아도 마찬가지였다. 손을 닦으면서 그는 오스스 한기를 느꼈다.

　방으로 돌아온 이종배는 티브이만 켜 둔 채 아내의 침대에 나란히 누웠다. 참으로 오랜만에 아내 곁에 누워 보는 거였다. 깨끗하게 닦인 아내의 몸에선 쌀뜨물 냄새가 났다. 50년을 함께 살아왔지만 아내의 몸을 이토록 자세하게 들여다본 건 처음이었다. 젊었던 신혼 시절에도 아내의 몸을 닦을 때처럼 세심하게 살펴본 기억이 없다. 그는 알고 있었다. 아랫도리에 물수건을 갖다 댔을 때, 아내의 몸에서 뭔가가 빠져나가고 있다는 것을. 그 순간 그가 감지한 게 죽음의 체온이라는 것을.

　그는 깊게 숨을 들이마셨다. 노곤하고 어지러웠다. 눈을 감자 순간적으로 깊은 동굴 속으로 발을 들인 것처럼 아득했다. 어딜 가는 거예요? 동굴 저 끝에서 목소리가 울렸다. 티브이에서 나오는 소리 같기도 하고 아내의 목소리 같기도 했다. 으응……. 그는 잠꼬대하듯 애매하게 대답을 얼버무렸다. 한없이 걷고 있을 때처럼 온몸이 나른하게 퍼지는 느낌이었다. 그는 일방도로를 따라 걷고 있었다. 폭 좁은 갓길이 갑자기 끊긴 구간에서도 그는 걸음을 멈추지 않았다. 도로를 밟고 걷다가 다시 좁은 인도로 올라섰다. 다리가 후들거렸다.

마지막 산책

동쪽을 택할 수 없어 서쪽으로 걸었을 뿐, 그 길 끝에 무엇이 있는지 그는 알고 싶지 않았다. 누군가가 잡아당기듯 뒤통수가 뜨거웠지만 돌아보지 않았다. 그는 승택에게 전화를 걸어야 한다고 생각했다. 침대 머리맡에 핸드폰이 놓여 있지만 손을 뻗을 수가 없었다. 캐나다의 하루는 이미 시작되었을 테고, 승택이 그 하루하루를 어떻게 사는지는 알 수 없었다. 하지만 그는 알고 있었다. 다시는 어떤 시절로도 돌아갈 수 없다는 걸. 그의 몸은 아내의 몸과 함께 점점 더 깊은 어둠 속으로 들어가는 중이었다.

밤이 고요한 것은

어느 날 분홍 여사가 죽었다. 세상 사람 아무도 모르게. 그 사실을 알게 되었을 때 모연은 죽은 그녀에게 미안한 생각이 들었다. 그녀를 조금은 알고 있기 때문이다.

태양빌라 301호.
'태양'이라는 이름과 걸맞지 않은 건물이었지만 태양이라는 두 글자는 모연의 마음에 들었다. 20여 년 넘은 낡은 다세대 빌라인데 이 자그맣고 볼품없는 건물에 어떻게 태양이란 거대한 이름을 붙일 생각을 했을까. 당시의 건설사나 시공을 맡은 업체 이름에서 비롯되었을 가능성이 크지만 아무렴 어떨까.

태양빌라가 위치한 골목은 묘해서 쉽게 눈에 띄지 않았다. 여러 동짜리 평수 넓은 신축 빌라들의 위세에 눌려 몇 걸음 안쪽으로 더 들어선 골목은 차도 다니지 못할 만큼 좁았다. 흡사 중간에 알박기로 남아 있는 건물처럼.

거실 창문을 열면 바로 앞에 서 있는 번들거리는 대리석 외벽의 5층짜리 빌라 건물에 시야가 잘리고 허공만 덩그러니 들어왔다. 베란다와 면한 뒷골목엔 맨홀에 격자무늬로 된 쇠뚜껑이 덮여 있어서 흐린 날엔 악취가 올라왔다.

모연이 이사 오던 날 아무도 내다보는 사람이 없었다. 낯선 이들 몇몇이 건물 안으로 들어가거나 나오는 걸 보긴 했지만, 모연은 아무와도 눈을 맞추지 않았다. 사다리차가 들어올 수도 없어 순전히 이삿짐센터 직원들이 지고 날라야 해서 이사는 좀 번거로웠다.

다음 날 처음으로 초인종이 울렸다. 바싹 마른 몸에 키가 훌쩍 큰 중년 남자가 서 있었다.

"이사 오셨죠?"

탁한 음성이었다.

"202호인데 반장입니다."

남자는 뒷머리를 긁적거렸다.

"안녕하세요."

모연은 집 안이 보이지 않게 몸을 반쯤 밖으로 빼고 문을 슬며시 오므렸다. 정리가 안 된 거실을 보이고 싶지 않았다.

"내가 하고 싶어서 하는 게 아니고 할 사람이 없어서 해요. 나한테 땡전 한 푼 떨어지는 것도 없어요. 그래도 어떡합니까. 공동으로 쓰는 걸 맡아서 해결할 사람이 하나는 있어야 하니까."

용건을 딱 집어 말하진 않았지만 대충 무슨 말인지 알 것 같았다.

"여긴 경비실이 없어요."

그것도 이미 알고 있는 사실이다. 고작 여덟 가구뿐인데 경비를 바라다니.

"계단 물청소는 이 주에 한 번씩 업체에서 하도록 맡겼어요. 돈은 석 달 치 걷어서 제가 갖고 있다가 내고 영수증은 입구 유리문에 붙여 놔요. 정화조 청소는 1년에 한 번이면 되고, 공동전기료 조금 나가고."

"네."

"집주인이세요?"

"네?"

"세입자세요?"

"아…… 네."

"그럼 해당 사항은 아닌데, 세입자가 주인한테 연락해 줘야 할 것들이 있어요. 건물 공동 보수가 가끔 발생하는데, 그건 세입자가 돈을 내는 게 아니라서."

반장은 이사 간 사람들이 이번 달까지 경비를 계산하고 나갔으니 다음 달부터 계산하면 된다고 했다.

반장이 문 앞을 떠나기 전에 문을 닫는 것이 실례인 것 같아 모연은 잠깐 그대로 서 있었다. 반장은 뒷머리를 긁적이며 계단을 한 칸씩 밟아 내려갔다.

모연은 왼쪽 귀가 들리지 않았다. 삐— 삐—, 고장 난 라디오의 주파수를 송신하듯 간헐적으로 귀가 울렸다. 잠자리에 누우면 삐— 소리는 훨씬 더 길게, 자주 들렸다. 세상 사람들에겐 들리지 않는, 모연이 평생 안고 살아야 하는 소리라고 의사는 말했다. 발생 원인은 알 수 없다고 했다. 모연은 스트레스가 원인이지 않을까요, 라고 말하는 의사의 입을 빤히 쳐다보았다. 툭 하면 스트레스를 들먹이는 소리는 누구나 할 수 있었다. 그러니까 그 스트레스라는 게 대체 왜 이런 병을 일으키는지가 궁금했지만 끝내 대답을 듣지 못했다. 이틀에 한 번씩 귓속에 스테로이드제를 주사했지만, 치료의 골든타임을 놓쳐 버려 효과는 없었다.

귓속의 소리는 오래전부터 있었다. 냉장고 냉각팬 돌아가는 소리, 안방 벽에 걸어 둔 시계 초침 소리에도 신경이 곤두섰다. 일상적인 소리들 속에 수많은 소음이 잠재되어 있다는 것을 깨달은 건 아이를 잃고 나서였다. 당연한 듯 받아들인 소리들 속에 모연이 듣지 못한 비명이 숨어 있을지도 모른다는 생각. 짐만 잔뜩 쌓아놓은 옷방에서도, 밀폐된 세면실에서도 귓속을 찌르는 소리가 나타났다 사라졌다 했다. 안과 밖을 구분할 수 없는 소리의 질책들. 그건 어떤 후회, 안타까움, 슬픔 같은 것의 표징이라 생각했다. 집에서만 그런 소리가 나는 건 아니었다. 단골 카페나 베이커리, 대형 마트에서도, 심지어는 처음 발을 딛는 낯선 공간에 들어섰을 때도 들렸다.

어느 때부턴가 귓속의 삐― 소리가 아주 가까운 곳

에서, 내부에서 들리기 시작했다. 베개에 눌린 쪽은 항상 왼쪽 귀였다. 천장을 보고 반듯이 누워서는 도저히 잘 수 없었다. 베개에 눌려 귀가 접힌 탓이라고만 생각했던 이상한 소리가 심상치 않다고 느꼈을 때 이미 골든타임은 지나가고 있었는지도 모른다.

모연은 정오부터 오후 3시까지 구립도서관에 있었다. 모연의 지정석은 1층 중앙 로비의 한가운데였다. 이중으로 된 출입문 정면을 향해 작은 테이블과 의자 두 개가 나란히 놓여 있었다. 오른쪽으로 고개를 돌리면 통유리벽 너머로 주차장 한쪽에 설치된 자전거 포치, 도로 건너편의 고층 아파트 단지가 한눈에 들어왔다. 흐린 날은 창밖으로 보이는 사물들이 물안개에 휩싸여 굴절돼 보였다. 종일 구름 잔뜩 낀 하늘이 그대로 어두워져 밤이 축축해지는 날이 이어지기도 했다.

언 땅이 서서히 풀리는 해토머리가 되어도 아침저녁 일교차가 커 쌀쌀했고 한낮 기온도 들쭉날쭉했다. 이 계설을 벗어나면 좋겠지만, 더는 바라는 것이 없었기에 이대로 사계절이 쭉 이어진다고 해도 상관은 없었다. 모연은 최소한의 숨으로 살아가고 있었다.

2인 1조 근무였다. 파견 인력의 관리처는 두 군데였다. 구청 일자리 센터와 노인복지센터. 노인복지센터에서는 만 65세 이상 노인을 파견했다. 오전 9시에 개방하는 도서관은 세 팀으로 나누어 공공근로를 썼다. 오전 근무자와 오후 3시 이후 근무자 사이에 낀 모연은 두 팀의 팀원들과도 인사를 나눠야 했다. 파트너는 만 65세 김영란 여사였다. 말수가 많은 편이었고, 무엇이든 일러 주길 좋아하는 여사님이었다. 이용객들에게 특별히 안내할 것은 없었다. 아무도 도서관 이용법에 대해 그들에게 묻지 않았다. 간혹 화장실이 어디 있느냐고 물어보는 사람이 있긴 했다. 도서관 인근 공원에 산책을 나온 사람들이었다.

일이 끝나면 모연은 천천히 걸어서 집으로 돌아왔다. 도보로 20여 분쯤 되는 거리였다. 흐린 날도, 유난히 사물이 반짝거리는 싱그러운 날도 도서관을 오가는 발걸음은 여일했다. 일정 수준의 보폭을 유지하면서 무감각해지려 노력했다.

모연은 오후 3시 25분쯤 집 앞에 도착했다. 행복드림빌라로 들어가는 골목이 넓어졌다 좁아지는 구간에서 태양빌라 바람벽이 보였다. 절묘하게 공간분할이

변형되는 지점에 언제부턴가 헌 소파 하나가 놓여 있었다. 폐기물 수거 딱지는 붙어 있지 않았다.

어느 날부턴가 퇴근길에 소파 한쪽에 등을 푹 파묻고 앉아 있는 분홍 여사가 보였다. 모자 가장자리에 프릴이 달린 분홍 보닛을 푹 눌러쓰고 턱밑으로 끈을 야무지게 조여 맨 모자만 인상적인 게 아니었다. 분홍 계열의 톤이 다른 치렁치렁한 치마와 블라우스, 그 위에 소매를 접은 알록달록한 셔츠, 큼지막한 주머니가 달린 분홍 스웨터를 받쳐 입은 패션이 예사로워 보이지 않았다. 모연이 지나갈 때면 모연의 뒷모습을 훑어보는 듯한 시선이 느껴졌다.

그날은 모연이 골목으로 들어서자 분홍 여사가 모연을 빤히 쳐다보았다.

"안녕하세요."

나직한 소리로 인사하며 모연은 보일 듯 말 듯 고개를 숙였다. 매번 턱을 꼿꼿이 쳐들고 지나가기엔 같은 시각, 같은 장소에서 보는 얼굴이었다. 인사를 받은 분홍 여사가 아무 말 없이 자리에서 일어서더니 모연을 따라왔다. 그래 봤자 몇 걸음 안 되는 거리였다. 모연이 태양빌라 유리문을 열어젖히고 건물 안으로 들어서자 그녀도 따라 들어왔다. 계단참을 돌면서 따라 올라오는 발소리를 의식한 모연은 힐끔 뒤를 돌아보았다.

"이사 왔지?"

분홍 여사가 불쑥 물었다.

"네."

모연은 걸음을 멈추었다. 301호 앞이었다. 도어록의 비밀번호를 누르길 망설였다.

"401호야."

분홍 여사가 앞서 위층으로 올라가고 나서야 모연은 집 안으로 들어갔다.

모연은 침대에 누워 천장을 빤히 쳐다보았다. 간혹 위층에서 들려오던 소리를 기억해 냈다. 깊은 밤이거나 새벽녘에 바닥을 집요하게 긁어 대거나 무거운 것으로 어딘가를 내리치는 소리가 들려오곤 했다. 천장에서 나는 소리는 사방 벽면에서 들려오는 것처럼 느껴지기도 했고, 멀쩡한 오른쪽 귀에서 새롭게 생성되는 소리처럼 들리기도 했다. 새벽 출근을 하는 사람이거나 낮엔 자고 밤에만 움직이는 사람이 사는 줄 알았다.

그다음 날 퇴근길엔 모연이 분홍 여사에게 먼저 말

을 걸었다.

"다른 식구들이 있으세요?"

"어디에?"

"401호에요."

"자기는 혼자 살아?"

"네."

"나도 혼자야."

치아가 의외로 맑고 반듯해서 모연은 분홍 여사의 입을 슬멋슬멋 쳐다보았다. 도서관 파트너인 김영란 여사보다 적은 나이로는 보이지 않았다. 소파에 다리를 약간 벌린 채 앉아 있는 그녀의 치마는 두 벌을 겹쳐 입은 거였다. 분홍 계열의 바깥 치마와 달리 안에 입은 치마는 빨강이었다.

"날마다 어디를 다녀와?"

"도서관에요."

"거긴 뭣 하러?"

"거기서 일해요."

어떤 일을 하는지에 대해선 말하지 않았다. 듣는 쪽에서 마음껏 상상하도록 내버려 두고 싶었다.

"많이 배운 사람이구만."

분홍 여사가 웃었다. 부끄러운 듯, 부러운 듯 보이는 웃음이었다.

"나는 젊었을 때도 남들보다 꿀릴 게 없고 부끄러운 것도 없었는데, 공부를 많이 한 사람은 부러웠어."

"무슨 일을 하셨는데요?"

"인사동에서 안국역 쪽으로 가는 중간쯤에 5층짜리 빌딩이 하나 있었어. 층층마다 무역회사 사무실들이 들어 있고 1층 상가는 꽤 고급스러운 가게들도 많은 곳인데, 거기에서 의상실을 했어. 김마리 의상실. 메이커 기성복들이 나오기 전에는 멋쟁이들은 시장 옷은 안 입었지. 남자는 양복점, 여자들은 의상실에서 고급 천으로 기술자들이 만든 옷을 입었지. 좀 산다 하는 여편네들은 철마다 새 옷을 맞춰 입고, 겨울 외투도 몇 벌씩 해 갔는걸. 내가 열일곱 살에 집 나와서 의상실에서 잔심부름하면서 재봉틀 앞에 앉는 데만 3년이 걸렸어. 그것도 주인 마담한테 대나무로 만든 얇은 제도용 자로 맞아 가면서 배웠지. 배우기는 더럽게 배웠어도 기술 하나는 제대로였지. 그야말로 죽기 살기로 했으니까."

분홍 여사는 그 후로 모연의 퇴근 시간만 기다리는

사람 같았다.

"왜 혼자 살아?"

어느 날 분홍 여사가 불쑥 물었다. 종일 소파에 엉덩이 붙이고 앉아 골몰했던 말을 비로소 뱉는 투였다.

"여사님은 왜 혼자세요?"

"여사님? 그렇지. 할머니라는 말은 모욕적이야. 내가 어딜 봐서 할머니야. 여사님이란 소리는 언제 들어도 좋아."

모연은 미적지근하게 웃었다.

도서관 직원들은 청소 업체 직원이나 공공근로나 가외의 인력들을 모두 여사님이라 불렀다. 모연은 여사님이라 불릴 나이는 아닌 듯했고, 여사님이라 불리는 것도 겸연쩍었다. 자료실 창구에 앉아 있는 사서들이나 3층 사무실에 있는 주무관들은 젊은 축들이었다. 밝은 표정, 친절한 목소리를 가장했지만 의무적이고 기계적인 인사에 불과했다. 사서들도 주무관도 급수가 다 달랐다. 11개월짜리 계약직, 5년짜리 경력 계약직, 공채 정규직, 서고에서 책 정리를 하는 아르바이트생 모두 눈에 보이지 않는 꼬리표를 달고 있었다. 표면적으론 고요하고 정숙하면서도 속으론 뭔가가 들끓고 있달까. 서열에 따라 움직임이 다르달까. 존대하며 배려하는 듯 보이지만 그 속을 누가 알까. 아무려나. 모연에겐 4층짜리 거대한 도서관이 도시 한가운데 떠 있는 열섬처럼 느껴졌다.

"손님들이 와서 주무시고 가시기도 하나요? 자녀분이라거나."

"나는 자식 낳아 본 경험이 없는 사람이야."

분홍 여사가 모연을 빤히 쳐다보았다. 거기는? 하고 되묻는 표정이었다. 모연은 그 부분에 관해선 말하고 싶지 않았다.

마침 고양이 한 마리가 행복드림빌라 주차장을 어슬렁거리고 있었다. 살찌고 덩치가 큰 녀석이었다.

며칠 전 반장이 모연을 찾아왔다. 102호에서 길고양이들 때문에 안 되겠다며 약이 바짝 올라 찾아왔었다고 했다. 태양빌라와 우측 바람벽이 붙은 하이츠빌라 사이의 좁은 틈바구니가 고양이들의 소굴이라고 했다. 누군가가 몰래 먹이를 주는지 고양이들 수가 점점 불어나고, 밤마다 고양이들의 교성 때문에 신경이 거슬려서 살 수가 없다고 했다. 해서 고양이들이 범접하지 못하게 철책을 세워 틈새를 막자고 했다. 틈새 공간은 102호만의 공간이 아니니 집주인들이 공동경비를 만들어야 한다고 주장했다. 이에 대해 어떻게 생각하느냐고 물었다. 모연은 글쎄요, 고개를 갸웃하곤 집주인에게 의견을 전달해 달라는 건가요, 물었다. 그런 일로 집주인과 통화하고 싶지는 않았다.

"고양이 문제 어떻게 생각하세요?"

분홍 여사에게도 반장이 찾아갔을 거란 생각에 모연이 물었다.

분홍 여사의 눈빛은 아직도 종로 바닥에 머물고 있는지, 어디를 바라보는지 모를 막연한 눈빛일 뿐 아무 대답이 없었다.

모연은 매일 오전 11시 35분에 집을 나섰다. 중간에 돌발 상황이 발생하지 않는다면 12시 4, 5분 전에는 도서관에 도착할 수 있었다. 고작 세 시간뿐이지만 공공근로는 모연이 공식적으로 외출할 충분한 명분이 되어 주었다.

모연은 근무시간에는 기의 지정석을 이탈하지 않았고 일이 끝나면 곧장 도서관을 나왔다. 간혹 근무가 끝나고 2층 종합자료실에 잠깐 올라갈 때가 있었다. 적어도 빈 테이블 위에 펼쳐 놓을 책 한 권쯤은 있어야 했다. 김영란 여사는 '큰 글씨 책'을 대여해 읽는 중이었다. 판형도 활자도 보통 책자의 1.5배 크기였다. 행간이 넓고 시원해서 옆에서 곁눈질로도 문장을 읽을 수 있었다. 김영란 여사는 큰 글씨 책을 가방에서 꺼낸 뒤 테이블에 올려놓고 한참 동안 핸드폰으로 무언가를 하다가 그것도 진력이 나야 겨우 책장을 펼쳤다.

"나는 그런 잔글씨 책은 못 읽어."

어느 날 김영란 여사가 모연이 읽고 있는 책을 보며 불쑥 말했다. 하필이면 모연의 왼쪽 귀에 대고 속삭여서 김영란 여사의 목소리가 뒤통수에서 들리는 듯했다.

"그런데 말이야. 나는 늘 이 자리에만 앉으면 좀 그래. 아무것도 안 하면서 돈을 받기가 좀……."

김영란 여사가 잇몸을 보이며 웃었다.

"왜 그런 말씀을 하세요. 시간을 여기에 투여하는 거잖아요. 이 시간엔 여사님 맘대로 시간을 쓸 수 있는 자유가 없잖아요. 그러니까 여사님의 소중한 시간을 파시는 거잖아요. 그게 바로 노동시간인 거예요."

모연의 목소리가 자신도 모르게 커졌다. 모연에겐

자신의 목소리나 상대방의 목소리가 짝짝이 구두를 신고 걷는 발소리처럼 파동이 어긋나게 들렸다.

"쉿."

김영란 여사가 손가락을 입술에 가져다 댔다.

"말소리가 너무 커. 정숙해야지, 도서관인데."

도서관에서 만나는 여사님들은 쓸데없이 의무감이 넘치고 참견이 많았다. 무엇이든 날렵하게 움직이려 들고 한발 먼저 나서려고 했다. 활동성 좋은 면바지와 쿠션감이 좋은 운동화를 신고 타일 바닥에 소리도 울리지 않을 정도로 사뿐사뿐 걸었다.

2층 열람실에 들어설 때마다 모연은 학창 시절을 떠올리지 않을 수 없었다. 영원히 지나가지 않을 것만 같던 시절도 까마득하게 먼 옛날의 일처럼 느껴졌다.

고등학교 2학년 때부터 졸업할 때까지 모연은 학교 도서실에서 일했다. 점심시간과 수업이 끝난 뒤 도서 대출과 반납 처리, 서가 정리, 청소를 도맡아 했다. 본관 건물과 구름다리로 이어진 뒤쪽 건물이어서 도서실은 뒷산 그늘에 덮여 있었고, 한낮에도 해가 거의 들지 않았다. 무거운 커튼을 걷고 창문을 열어 환기를 시킬 때면 코끝에 찡하게 닿는 다른 질감의 공기가 모연을 낯선 세계로 데려다 놓는 듯했다.

도서실이 붐빌 때는 시험 기간뿐이었다. 단 한 권의 도서 대출 경험도 없는 아이들이 수두룩했지만 시험 기간에는 서로 자리를 차지하려고 기를 쓰고 도서실로 들어왔다. 80석밖에 안 되는 열람실은 빈자리가 없을 정도로 꽉 찼다. 그땐 모연이 할 일은 많지 않았다. 시험공부를 위해 들어오는 학생들이 책을 대출하는 일은 없을 테니까. 시험 기간이 끝나면 도서실은 다시 고요했다. 숨이 막힐 듯한 적막이 모연은 마음에 들었다. 가끔 책을 빌리거나 반납하기 위해 찾아오는 학생들을 상대하고, 도서대장을 정리했다. 선생님들의 퇴근 시간이 될 때까지 도서실에 남았다가 담당 선생님의 사인을 받으면 마지막 정리를 하고 불을 끄고 도서실을 나왔다. 그 대가로 모연은 장학금이란 명목으로 공납금을 면제받았다.

모연이 매번 빌린 책을 제대로 읽는 건 아니었다. 시간을 견디기 위한 도구일 뿐, 집에서도 책은 읽히지 않았다. 이미 너무나 많은 것을 잃어버린 뒤라서 책은 책일 뿐이었다. 책 속에 길이 있는 게 맞아? 나는 못 찾겠네, 하고 김영란 여사가 우스갯소리를 할 때도 모연은 웃지 않았다.

모연은 퇴근 시간이면 은근히 분홍 여사가 궁금했다. 오늘도 그 자리에 있을까. 책 속의 이야기보다 그녀가 펼쳐 놓는 이야기가 더 흥미진진했다.

분홍 여사의 종로 시절 이야기는 무궁무진했다. 그녀 자신의 이야기뿐만 아니라 가게 단골들과 주변 사람들까지 중구난방 뒤얽혀 있긴 했지만, 그녀가 가장 빛나던 시절의 이야기이기도 했다. 5평짜리 합판으로 된 가건물을 얻어 시작한 의상실이 쇼윈도가 달린 15평짜리 가게가 되어 일약 그녀를 의상실 마담으로 만들어 놓았다.

그땐 미친년들이 많았어. 분홍 여사가 말하는 미친년들이란 업소에서 일하는 아가씨, 청담동을 들락거리는 마담뚜, 배웠네 하는 교수 부인, 의사 부인도 있었다. 분홍 여사가 제대로 차려입으면 아무도 그녀의 과거를 캐묻거나 의심하는 사람이 없었다. 내가 옷태 하나는 타고났지. 몸이 밑천인 거지. 사람이 사람을 보고 첫눈에 반할 때 오장육부를 보고 좋아하는 게 아니거든. 분홍 여사는 눈을 번득이며 웃었다. 고상한 척하는 배운 것들, 있는 것들이 겉치장에 더 공을 들여. 분홍 여사는 자신의 가치가 언제 빛나는지를 잘 알고 있었다. 입속의 혀처럼 굴면서 단꿀을 잔뜩 처발라 주면 손님들의 지갑이 척척 열렸다.

김마리를 가장 김마리답게 만든 이는 주유소를 몇 개나 굴리고 있다는 일명 오일 사장이었다. 그는 분홍 여사에겐 최고의 남자였다. 처자식이 있다는 것만 빼면 뭐 하나 나무랄 데 없는 사람이었다. 분홍 여사의 단골 중에도 웬만한 여자들은 세컨드를 거느리고 있었다. 은밀한 비밀은 보이지 않는 날개를 달고 빗장도 없이 공유되었다. 남의 사랑에는 은근히 콧방귀를 뀌면서도 분홍 여사는 자신의 사랑만은 진짜라고 믿었다. 잘못된 사랑이 진실에 간절히 목말라하듯이, 그녀도 그를 굳게 믿었다.

우리 김마리 여사, 내가 돈방석에 앉게 해 줄게. 남자는 분홍 여사에게 주유소에 투자할 것을 권했다. 서울과는 거리가 떨어져 있지만, 곧 시로 승격될 도시라 향후 투자 효과는 몇 배가 될 거라고 했다. 그녀는 남자의 어깨에 올라타고 더 높은 곳으로 가고 싶었다. 그녀의 단골들처럼. 그 여자들의 시중을 들면서 알량한 여사님 소리를 듣는 것보다 진짜 여사님이 되고 싶었다.

어느새 여름 기운이 완연했다. 분홍 여사의 지정석이 비어 있는 날이 점점 많아졌다. 며칠 보이지 않던 그녀가 소파에 앉아 있는 걸 본 모연은 몹시 반가웠다.

"어디 아프셨어요?"

분홍 여사는 맥없이 고개를 저었다.

분홍 보닛과 옷차림은 여전했지만, 어딘가 조금은 다르게 느껴졌다. 계절 탓이었다. 부쩍 기온이 올라가면서 모연의 차림새는 가벼워졌다. 재킷이나 얇은 점퍼를 입고 나갔지만 손에 들고 다닐 때가 더 많았다. 자세히 보면 변함없는 분홍 여사의 치맛자락, 접힌 소맷단이 꼬질꼬질하고 흰색 로퍼의 테두리도 때가 올라 회색에 가까웠다.

건물 틈새를 막는 공사는 성사되지 않았는지 누군가 갖다 놓은 작은 플라스틱 그릇에 고양이 사료가 남아 있었다. 건물을 파고드는 한낮의 햇발은 고양이 털처럼 부드럽고 따뜻했다.

"어디로 갔는지 종일 한 마리도 보이지 않아."

분홍 여사가 기다리는 건 모연이 아니라 고양이들이었는지도 몰랐다.

"밤엔 잘 주무세요?"

"잠이 안 와."

"밤마다 절구에 뭘 그렇게 찧으세요?"

"나는 아무 짓도 안 해. 밤마다 누가 내 집에 들어와 설랑 나를 괴롭히지. 화장실에도 누가 숨어 있는지 문을 열면 화닥닥 달아나는 소리가 들려. 집 안 곳곳에 낯선 사람들 천지야. 괴로운 건 나야. 그놈들과 싸우느라 밤새 한잠도 잘 수가 없어."

분홍 여사는 퍼렇게 멍이 든 손바닥을 펼쳐 보였다.

"그건 왜 그래요?"

"글쎄 이렇게 나를 죽도록 괴롭힌다니까."

"여사님!"

모연은 다음 말을 어떻게 할까 골똘히 생각한 끝에 입을 열었다.

"요즘은 병원 약이 좋아서 약을 잘 먹으면 밤마다 이상한 사람이 나타나서 괴롭히는 일은 없을 거예요. 혹시 병원 가 보셨어요?"

"그쪽도 똑같아."

분홍 여사의 목소리에 날이 섰다.

"누구랑요?"

"누구긴. 반장도 그러고, 한 번씩 찾아오는 주민센터 직원인가 그 여자도 그러고."

"여사님, 같이 갈 사람이 없으면 제가 도와드릴 수 있어요."

분홍 여사의 표정이 돌변하더니 멀쩡한 사람을 왜 다들 미친 사람 취급하느냐고 소리를 질렀다. 그러곤 자리에서 벌떡 일어났다. 태양빌라로 들어서는 그녀의 걸음걸이가 전에 없이 절룩거렸다. 모연도 뒤따라 건물 안으로 들어섰다.

"따라오지 말라고!"

분홍 여사는 4층으로 올라서며 냅다 소리를 질렀다.

그날이었나? 모연이 분홍 여사를 마지막으로 본 것이. 출근길엔 아무 생각 없이 지나갔는데 퇴근길에 보니 분홍 여사가 앉아 있던 소파가 치워지고 없었다. 어쩌면 그날이 아니라 며칠이 더 지난 뒤였는지도 모른다. 시간과 장소는 종종 실타래가 뒤엉키듯 기억의 혼란을 일으킨다.

모연은 아직 분홍 여사에게 궁금한 것이 많았다. 오일 사장이라 불리던 남자와는 어떻게 되었는지, 김마리 의상실은 어떻게 망해 먹었는지……. 분홍 여사가 묻는다면 답해 줄 수도 있었다. 몇 년 전 하나밖에 없는 아이를 사고로 잃고 남편과 헤어졌노라고. 아이가 죽은 뒤로는 똑바로 천장을 보고 누우면 잠을 잘 수 없어서, 한쪽으로만 누운 탓에 베개에 눌린 귀에 이상이 발생했노라고. 치료의 골든타임을 놓쳐 버려 세상 사람들이 들을 수 없는, 오직 나만이 감지할 수 있는 소리를 죽을 때까지 들으면서 살아야 한다고.

모연은 치료 시기를 일부러 간과했노라고 고백하고 싶었다. 당신은 정녕 그러지 말라고, 당신이 내는 소음에 내 귓속의 소리가 몇 배는 증폭된다고 충고해 주고 싶기도 했다.

모연은 여전히 같은 시각에 집을 나서서 20여 분 후에 도서관에 도착했고, 2층 종합자료실에 올라가지 않는 한 같은 시각에 도서관을 나서서 20여 분을 걸어 집에 도착했다. 소파가 놓였던 자리에는 아무것도 없었다. 분홍 여사도 보이지 않았다.

모연은 분홍 여사가 사는 4층에는 한 번도 올라가 본 적이 없었다. 3층까지가 매일의 최종 지점이었다. 1층 출입문 양쪽엔 택배 상자가 자주 쌓였다. 2층 반장

집 앞엔 플라스틱 상자들이 쌓여 있었다. 302호에는 누가 사는지, 얼굴을 본 적도 없었다.

건물 출입구 유리문 안쪽에 설치된 배전함 옆에는 여덟 칸짜리 우편함이 있었다. 모연의 우편함에도 빼가지 않은 우편물들이 제법 쌓여 있었다. 쓸모없는 우편물이라는 생각에 슬쩍 빼 보고도 치우기 싫어 도로 꽂아 두기도 했다. 401호 우편함에도 제법 많은 것들이 쌓여 있었다. 김마리가 아닌, 김미자 앞으로 온 우편물들이었다. 김미자가 김마리이고, 김마리가 김미자인 건 어렵잖게 알 수 있었다. 공공요금 독촉장도 보이고, 모연의 우편함에도 꽂혀 있는 종교단체 선전 전단도 있었다. 401호에서 더 이상 소리가 들리지 않은 것이 골목에 놓였던 소파가 치워진 뒤부터였는지 시간을 거슬러 기억을 더듬어 봤지만, 역시나 정확한 때는 알쏭달쏭했다.

모연이 퇴근길에 집 앞에서 반장을 만난 건 우연이었다. 얼룩덜룩 구정물이 튄 흰 위생복 차림에 기다란 고무장화를 신고 있었다. 반장 부부는 근처 상가에서 생선 가게를 하고 있었다.

"안녕하세요."

모연이 먼저 인사했다.

"네. 옷 갈아입으러 잠시 들른 길이에요. 오늘 집사람이 병원 가는 날인데 데려다 달라고 해서."

반장은 자신의 차림새를 훑으며 변명하듯 말했다.

"401호 여사님 못 보셨어요?"

"아뇨. 그쪽이랑 친해 보이던데 그쪽이 모르면 우리도 모르지요."

"우리가 친한 걸 어떻게 아세요?"

"골목에 같이 앉아서 얘기를 자주 나누길래."

"보셨어요?"

"우리 집 거실에서 바로 보이죠. 새벽시장에 나갔다가 그 시간이면 집에 들어와서 한숨 자고 아내랑 교대해야 하니까 가게 나가기 전에 띄엄띄엄 봤죠."

"그럼 언제부터 못 보셨어요? 소파는 언제 없어졌나요?"

"소파? 그게 언제 없어졌더라. 가만 보자……."

반장이 뒷머리를 긁적였다.

"밤엔 불도 꺼져 있어요."

"401호는 원래 밤에 불 안 켜고 살아요. 티브이만 틀어 놓고 사는 것 같던데."

"밤에 들리던 소리도 안 들려요. 괴상한 소리가 계속 났었거든요."

"그럼 어디 멀리 다니러 갔거나 병원에 들어갔거나."

"그럴까요?"

"철책 세우는 건 401호 때문에 안 됐어요. 밤마다 고양이 울음소리 때문에 102호가 아주 죽겠다고 난린데. 고양이가 올라서는 담벼락이 딱 102호 화장실 창문하고 만나잖아요."

"401호가 집주인이에요?"

"그럼요. 이 빌라 초기 입주잔데 다른 집들은 주인이 여러 번 바뀌었어요. 우리도 5년 전에 이사 왔는데, 401호가 제일 오래된 주인인 걸로 알고 있어요."

그날 저녁 모연은 이사 후 처음으로 4층으로 올라갔다. 401호와 402호 사이 복도의 넓은 채광창 앞에 죽은 화초가 담긴 화분이 잔뜩 나와 있었다. 401호와 가까운 것도 같고, 402호와 가까운 것도 같았다. 옥상으로 올라가는 계단 쪽을 슬쩍 훑어보았다. 옥상 출입문은 굵은 자물쇠가 걸려 있었디. 401호 초인종을 눌렀다. 대답이 없었다. 반장 말처럼 분홍 여사가 모처럼 긴 외출이라도 나섰나 보다 생각했다.

티브이 뉴스를 보면서 모연은 늦은 저녁을 먹고 있었다. 소도시의 한 농가에서 육십 대로 추정되는 남자가 숨진 채 발견되었다는 보도를 보면서 된장국을 떠먹던 숟가락을 내려놓았다. 사후 1년쯤 되었다고 했다. 백골이 된 남자의 신원은 유전자 감식을 통해 밝히겠다고 경찰은 말했다. 주소지에 등록된 남자가 죽은 남자가 맞는지, 아니면 다른 인물인지 특정할 수 없다는 얘기였다.

어떤 죽음이든 흔적을 남기고 어딘가에는 기입될 일이라고 생각했지만, 남자의 죽음은 세상 사람들에게 한 토막짜리 뉴스처럼 곧 잊힐 거였다. 모연은 고개를 쳐들고 천장을 쳐다보았다. 분홍 여사가 있을지도 모를 공간의 한 부분을 떠올려 보았다. 집의 구조는 라인을 따라 똑같이 설계되었다. 화장실과 주방, 거실과 안방, 작은방 어디엔가 그녀가 있을 것이라 생각했다.

다음 날 모연은 같은 시각에 집을 나서서 도서관으로 갔다. 김영란 여사는 무슨 일이 있는 사람처럼 종일 핸드폰에서 손을 떼지 못했다. 알림음을 죽여 놓았지만, 채팅방 화면이 수시로 빠르게 변하는 게 보였다.

"이봐. 이봐!"

김영란 여사가 속삭이듯 모연의 왼쪽 귀에 대고 말했으므로 모연은 자기를 부르는 소리인 줄 몰랐다. 김영란 여사가 모연의 옆구리를 툭툭 치며 새침한 얼굴로 쳐다보았다.

"무슨 일 있으세요?"

"불러도 대답이 없어."

김영란 여사가 똥 마려운 듯한 표정을 지으며 말했다.

"오후에 일이 좀 있어서 그런데 한 20분만 일찍 나가면 안 될까?"

그런 일이라면 모연이 허락할 일은 아니었다. 담당 주무관에게 동의를 구해야 할 일이었다.

"올라가서 말씀드려 보세요."

"아니 내 말은, 내가 먼저 나갈 테니 모연 씨가 눈감아 달라는 거지. 주무관이 나 어디 갔냐고 물으면 화장실 갔다고 하면 되잖아. 이제까지 근무시간에 내려와서 물은 적도 없지만, 혹시나."

모연은 대꾸할 말이 없었다.

"내가 갑자기 급한 일이 생겨서 그래. 지금 전화기에

불이 나고 있다니까. 다음에 내가 그쪽 편의를 봐줄게."

이번에도 모연의 왼쪽 귀에 대고 말했다. 자리를 바꾸지 않는 한 김영란 여사의 말은 왼쪽 귀를 스쳐 오른쪽으로 들어야 했다. 모연이 말이 없자 김영란 여사가 서운한 듯 다시 말했다.

"젊은 사람이 왜 이렇게 꽉 막혔어. 아무리 생각해도 오늘 해치워야 할 일이 있는데 불안해서 앉아 있을 수가 없어서 그래."

모연은 김영란 여사의 말에 고개를 끄덕였다. 내심 나는 고자질할 생각이 없으니 원한다면 당신 마음대로 하라는 뜻이었다. 도서관에서 일어날 수 있는 일이라는 게 고작 이런 정도여서 괜찮다고 생각했다. 길바닥에서 한꺼번에 사람이 죽어가는 일도 아니고, 전쟁이나 지진이 일어난 것도 아닌데 뭐가 대수랴. 한 사람의 생을 통째 뒤집어 버릴 일이 일어나지 않는 한, 관대해져야 한다고 모연은 생각했다.

그날 집으로 돌아오는 길에 모연은 집 근처 큰길에 119 구급차가 들어와 있는 걸 먼발치에서 보았다. 경찰차도 한 대 와 있었다. 좁은 골목에서 들것이 들려 나오고 있었다. 들것은 흰 천으로 푹 덮여 있었다. 마스크를 쓰고 주황색 유니폼을 입은 구급대원들과 대비되어 하얀 모포가 유난스레 눈에 띄었다. 사람들이 좁은 골목에 뒤엉켜 있었다.

"누구예요?"

모연은 아무나 붙잡고 물었다.

"글쎄요. 태양빌라 사람이라는데."

팔짱을 낀 채 서 있던 여자가 아무렇게나 말했다.

태양빌라 출입구에서 경찰과 얘기하고 있는 반장이 보였다. 그는 이번에도 목이 긴 고무장화를 신고 있었다. 반장과 모연의 눈이 마주쳤다.

"마침 저기 오시네요. 저기 저분, 301호한테 물어보세요."

반장이 고갯짓으로 모연을 가리켰다.

"401호, 김미자 씨를 잘 아세요?"

경찰관이 모연에게 다가와 물었다.

잘 안다는 건 어디까지를, 무엇을 말하는 것일까. 김마리이기도 한 김미지와 김미자이기도 한 김마리를 말하는 걸까. 그 이야기는 상대가 누구든, 모연이 아니어도 누구에게나 했을 법한 이야기일 수도 있었다. 아무에게나 할 수 있는 이야기는 모연만이 잘 안다고 할 수는 없었다.

"그냥 오며 가며 얘기 몇 마디 나누는 정도였어요."

"반장님 얘길 들어 보니까, 전에 살던 301호와는 불화가 좀 있었다고 하던데. 소음 문제로."

그 부분에 관한 한 모연은 반장에게 들은 바가 없었다. 물론 집주인에게서도 마찬가지였다. 어떨 때는 401호의 소음이 견딜 만했고, 어떨 때는 견딜 수 없이 고약하기도 했다. 골목에 놓였던 소파가 사라지고 더 이상 분홍 여사의 얼굴이 보이지 않았을 때부턴가 401호에서 나던 소리도 뚝 그쳤다. 출근 준비를 하면서 모연은 간밤에 깊은 잠이 들었던 거라고, 밤이 고요한 것은 내가 잠들었기 때문이라고 생각했다.

"소음은 있었죠."

"이상한 데가 한두 군데가 아니죠, 뭐. 재작년까지만 해도 그렇진 않았는데 갈수록 심해지는 것 같았어요. 대화가 안 됐어요, 대화가."

반장이 끼어들었다.

"평소 정신적인 이상 증세를 보였단 말씀이시죠? 담당 관할 기관에서도 그런 소견을 제시했습니다."

"사인은 뭔가요?"

모연이 경찰에게 물었다.

"부검을 해 봐야 알겠지만, 외부 침입 흔적도 없고······."

경찰은 말을 아꼈다.

분홍 여사가 언제 죽었는지는 아무도 모른다.

아무도 모르는 새에 홀로 죽어간 사람. 모연은 그 생각을 하자 그녀에게 조금 미안해졌다. 누구도 자신의 이야기를 남기지 않고 죽을 만큼 빈곤한 삶을 살지 않는다고 말한 사람이 누구였더라? 모연은 다만, 모든 날이 고요하길 바랄 뿐이었다.

모자

*

　매주 한 번씩 음식물쓰레기 수거차가 들어왔다. 화요일 새벽 3시와 4시 사이였다. 공동으로 사용하는 대형 음식물쓰레기통 세 개가 빌라 안쪽의 막다른 코너에 설치되어 있었다. 하필이면 내가 사는 집 베란다 코앞이었다. 육중한 차체가 후진 상태로 좁은 마당 안쪽으로 깊숙이 들어왔다. 삐익, 삐익, 삐익, 후진할 때 발생하는 날카로운 비상벨 소리가 고막을 찔렀다. 시동이 걸린 상태에서 쇠가 갈리는 듯한 기괴한 소리를 내며 음식물쓰레기통이 차체로 옮겨지는 동안 소음은 계속됐다.

대개 그 시각까지 잠들지 못하는 나는 가슴이 짓눌리는 듯한 소음이 사라지고 난 뒤에도 쉽게 잠들지 못했다. 눈을 감으면 망상과도 같은 온갖 생각들이 물어뜯듯이 달려들어 한참을 괴롭게 몸을 뒤척이다 겨우 잠에 빠져들곤 했다. 꿈속에서도 망상은 독버섯처럼 자라났다. 음식물쓰레기 수거차가 다녀간 날에는 비상벨 소리가 시그널이 되어 꿈속을 지배했다. 내 머릿속에는 수천 개의 길이 있고, 수만 개의 구멍이 있었다. 미로 같은 길들 사이에 포진해 있는 구멍 속에는 수만 개의 얼굴이 들어 있었다. 두더지를 잡을 때처럼 튀어나오는 얼굴들을 향해 미친 듯이 망치를 두들기다 보면 꿈속에서도 팔이 저려 왔다.

하지만 언제나 그렇듯 잠에서 깨면 아무 일도 없었다는 듯 거짓말같이 다시 하루가 시작되었다. 어제와도 같고, 내일도 다를 바 없을 하루. 출구가 보이지 않는 날들이 언제까지 계속될지, 이제껏 살아온 시간을 오버홀 상태로 재조립한다면 과연 무엇으로 시작할 수 있을지는 잘 몰랐다.

새벽녘에야 겨우 든 잠을 깨운 건 전화벨 소리였다.

나는 요란한 가장행렬을 따라가고 있었다. 핼러윈 축제에나 어울릴 법한 과장된 분장을 하고 탈을 뒤집어쓴 한 무리의 사람들이 북을 치고, 나팔과 트럼펫을 불며 집 앞을 지나갔다. 나는 겨우 행렬의 꽁무니에 붙어 섰다. 무리 속에는 내가 아는 사람도 있었다. 하지만 짐작이나 느낌일 뿐 아는 사람인지 아닌지는 알아볼 수 없었다. 무리는 도로를 점령한 채 길을 가로질렀다. 요란한 악기 소리들이 점점 멀어졌다. 그 소리를 따라가려고 걸음을 옮기던 나는 계속 들려오는 음악 소리가 전화벨 소리라는 걸 깨달았다.

잘못 걸려 온 전화인 줄 알았다. 이사를 하고 핸드폰을 교체하는 과정에서 저장된 전화번호의 일부분이 날아갔다는 걸 알았다. 기기를 교체한 업소에 가서 따져 물으려다 그만두었다. 대부분 연락한 지 오래된 사람들의 전화번호가 그에 해당했는데, 굳이 복원시킬 필요를 느끼지 못했다. 이름이 뜨지 않은 번호인데다 여보세요, 하는 목소리마저 낯설었다.

"마음카페 케이인데 모르겠어요?"

그제야 나는 아, 하고 감탄사를 내뱉듯 수긍했다. 나는 무슨 일이냐고 물었다. 우리 사이에 특별한 용건이 있을 리 없다고 생각했다. 서로 소통이 없어진 지 1년이나 지났고, 그사이에 나는 다른 세계로 편입된 듯 이전과는 완전히 다른 환경에 놓여 있었다.

이 집을 구하기 전, 남편은 시간이 어느 정도 지나면 살림을 합치자고 했다. 애초에 급한 위기 상황은 벗어나 보자는 합의하에 이루어진 위장이혼이었다. 나는 하청을 받아 건설업을 하던 남편의 사정이 어떻게 돌아가는지 잘 알지 못했다. 몇 년 전부터 사업이 어려워지기 시작했고, 막아야 할 빚은 눈덩이처럼 불어나고 있다는 것만 짐작했을 뿐. 파국은 도둑처럼 왔지만, 징조는 이미 오래전부터 있었다. 18개월의 징역형으로 남편이 수감된 뒤, 명의를 돌려놓은 아파트는 처분해서 받은 사채의 일부를 갚고, 일부는 중국으로 조기유학을 간 아들에게 보내고, 남은 돈으로 간신히 이 집을 얻었다. 낡은 다세대 빌라 지층이었다.

나는 남편과 생각이 달랐다. 자유로워지고 싶었다. 고질병처럼 계속되는 남편의 사업과 쌓여 가는 빚더미에서, 채무 같은 아내라는 자리에서도. 결혼생활에 종지부를 찍는다고 해도 하나도 아쉬울 게 없었다. 더욱 단조로워지고 싶었다. 물리적인 부분만이 아니라 머릿속이 텅 비어 마침내는 아무것도 없는 상태가 되기를. 무연한 사람들, 낯선 상점, 무심한 골목들을 마주하고 살아도 충분하리라 생각했다.

그즈음 나는 모든 관계에 열정이 사라지고 나 자신마저도 믿을 수 없거나 믿지 않게 되었다. 보고 듣는 것이 내 것이 아닌 남의 감각처럼 느껴지기도 했다. 모든 게 희미했다. 무언가를 보면서도 딴생각에 젖어 있거나 딴생각을 하면서 보게 되는 사물은 아무것도 안 본 것이나 마찬가지여서 조금 전에 눈앞에 무엇이 있었는지조차 기억하지 못했다. 아니, 기억하고 싶지 않았다. 한 발만 잘못 디디면 이곳과 저곳의 경계를 넘을 수 있을 것 같은 생각에 사로잡히기도 했다. 지금의 이 작은 평화와 고요가 태풍의 눈처럼 호시탐탐 나를 노리는 위협적인 위장처럼 느껴졌다.

내가 딴생각에 빠져 선뜻 응대를 못 하자 소야 씨를 기억하느냐고 케이 씨가 물었다. 소야 씨를 기억 못 할 리가 없다. 마음카페와 소통을 끊은 뒤에 유일하게 걸리는 사람이 소야 씨였다. 당연히 기억한다고 대답하자 케이 씨는 잠시 뜸을 들인 후 소야 씨의 상가에 가야 하는데 같이 갈 시간이 되느냐고 물었다. 소야 씨가 당한 상에 조문을 가자는 것인지, 소야 씨가 잘못됐다는 것인지 나는 이해하지 못했다.

"소야 씨가 떠났다고 하네요. 소야 씨 전화번호로 연락이 와서 처음엔 깜짝 놀랐어요. 살면서 이런 부고는 처음이거든요. 마음카페 회원들에게 연락을 돌리고 있는데 같이 가시겠어요?"

그제야 케이 씨의 말귀를 제대로 알아들었다. 나는 마치 꿈속의 일인 듯 몽롱한 상태였고, 뒤통수를 한 대 맞은 것처럼 멍한 기분에 휩싸였다. 케이 씨와 약속을 잡는 중에도 네, 네, 건성으로 대답했다. 마치 물밑에서 떠오르는 환영처럼 소야 씨의 모습이 천천히 되살아났다.

그날은 마음카페 정기 회합이 있는 날이었다. 소야 씨가 처음 참석한 날이기도 했다.

"소야라고 합니다."

간단하게 인사한 소야 씨가 자리에 앉으려 하자 케이 씨기 미음카페를 찾이오게 된 계기리든가 소감을 덧붙여 달라고 청했다. 소야 씨는 손수건을 만지작거리며 한참 뜸을 들인 후 말했다.

"언젠가 한강대교로 달려간 적이 있습니다. 그땐 많이 지쳐 있었고, 비관적이었죠. 그런데 다리 난간에 올라선다는 건 왠지 볼썽사나울 것 같은 생각이 불현듯 들었습니다. 제가 원하는 건 딱 한 가지였거든요. 나를 기억하는 사람들로부터 완전하게 지워지는 것. 방법이 없는 건 아니었죠. 그 방법이 하나뿐이라는 걸 알기에 쉽사리 그것을 실행하지 못하고 있을 뿐이었어요. 그리고 깨달았죠. 어쩌면 그건 살아내야 하는 사람들, 살고 싶은 사람들에겐 모욕이라는 것을요. 내가 무엇인지 모르겠다고 생각하는 순간, 나는 나를 너무나도 잘 알고 있다는 것도 알았습니다. 그런데도 나를 규정하는 것들엔 끊임없이 회의가 일고 나 자신을 인정할 수가 없었습니다. 여기 이 자리를 찾아온 것도 같은 이유입니다."

소야 씨의 어투는 무대 위에서 대사를 읊조리는 것처럼 들렸다. 파격적이라 할 만한 소야 씨의 발언이 끝나자 손뼉을 쳐야 할지 말아야 할지 고민하는 사람들의 표정이 읽혔다. 정색하고 진심을 내보이면 난감해진다는 걸 소야 씨는 모르는 듯했다.

"저 아시죠?"

그날 회합이 끝날 즈음 비어 있는 내 옆자리로 옮겨 온 소야 씨가 귓속말을 하듯 낮은 소리로 물었다. 나는 불쑥 치고 들어온 그녀의 말에 당황했다. 모임 내내 어쩌다 눈이 부딪칠 때마다 부담스러웠던 나로선 황당하기까지 했다.

"글쎄요……."

무슨 의도로 그런 말을 하는지 궁금하다는 눈빛으로 나는 애매하게 말끝을 흐렸다.

"모자는 잘 쓰고 있나요?"

뜬금없이 모자라니, 이건 또 무슨 소린가.

"장터에서 그쪽한테 모자를 팔았어요. 러시아 여행할 때 산 기념품이라고 했더니 사 갔잖아요."

"아…… 트루퍼."

그제야 나는 의혹을 풀고 맞장구를 쳤다. 소야 씨의 기억력이 놀라웠다. 그날 센터에서 열린 일일 장터 마당엔 수많은 사람이 오갔다. 복작대는 사람들 사이에서 이것저것 물건들을 구경하기는 했지만, 그날의 풍경이 알록달록한 단풍을 찍은 사진을 본 것처럼 특정하게 기억에 남는 게 없었다. 더구나 모자 주인을 아무리 떠올려 보아도 기억해 내지 못했다. 자그마한 체구에 깡마른 소야 씨의 독특해 보이는 외모로 치자면 눈에 담고도 남을 만큼 인상적인데 말이다.

"그날 그쪽이 입고 나왔던 옷까지 기억나요."

소야 씨의 말에 나는 더 이상 웃음만 짓고 있을 수 없었다.

"그렇게 놀란 얼굴 할 거 없어요. 본 듯한 얼굴이라서 이 근처에 살거나 센터에서 활동하시는 분인가 했어요. 꽤 추운 날이었는데 슬리퍼 차림으로 발목까지 오는 플레어스커트에 검은 숄을 두르고 있었잖아요. 맞죠?"

나는 얼결에 고개를 끄덕였다. 그날의 옷차림이 기억나지 않았지만 자주 입는 나의 평상복이었다. 거기다가 소야 씨가 말하는 검은 숄은 겨우내 소파에 걸쳐두고 외출할 때 두르곤 했었으니까. 그때 테이블을 정리하려고 행주를 들고 온 케이 씨가 두 사람이 잘 아는 사이냐고 물었다. 우리는 아니라는 듯 동시에 고개를 저었다.

이사 오기 전에 살던 아파트 근거리에 사회적 기업에서 운영하는 주민자율센터가 있었다. 아파트 숲 한

가운데 센터 건물을 에두르는 왕성한 대나무들이 녹색 띠를 이룬 덕분에 소박한 공간의 운치가 느껴졌다. 8차선 대로가 가로지르는 서울 시내 한가운데에서 그만한 눈요기를 할 만한 녹색지대는 흔치 않았다. 2층짜리 본관 건물과 1층짜리 별관 건물 사이에 제법 넓은 마당을 품고 있었다. 본관 건물엔 주민들이 운영하는 작은 도서관, 청소년을 위한 공부방과 공동생활 시범 공간도 있었고, 별관 건물은 무료로 대여해 주는 소극장도 갖추고 있었다. 소극장에서는 지역 주민들을 위한 무료 공연이나 강연회도 열리고 마당에서는 한 달에 한 번 정기적으로 중고품 일일 장터도 열렸다.

나는 순전히 집과 가깝다는 이유로 가끔씩 슬리퍼 차림으로 센터에 산책 겸 나들이를 하는 정도였지 적극적인 이용자는 아니었다. 일일 장터가 열리는 날에는 늘 조용하던 센터 마당이 사람들로 북적였다. 임시로 만든 매대나 트렁크 위에 펠트 천을 깔고 올려놓은 액세서리들, 가방이나 모자, 신발, 옷 따위 개인이 소장하고 있던 물건이면 뭐든 판매가 가능했다. 개중엔 꽤 쓸 만한 물건도 보였다. 물건을 살 때 의심이 많은 편인 내가 덥석 물건을 산 건 그때가 처음이었다.

트루퍼는 구릿빛이 도는 투박한 가죽에 턱끈에는 똑딱단추가 달려 있었다. 개의 두 귀처럼 늘어진 귀덮개에는 도톰한 털이 깔려 있어 촉감을 자극했다. 나는 불현듯 눈밭이 끝없이 펼쳐진 이국의 대지를 달려 보고 싶다는 생각이 들었다. 러시아산이라는 말이 충동적으로 들렸던 것도 그 때문이었다. 오래전 내가 탄 비행기가 기상악화로 중도에서 불시착하는 일을 겪은 뒤로는 비행기를 탄다는 생각만으로도 숨이 막힐 듯한 공황장애를 느끼면서도 말이다.

정작 나는 모자 따윈 거의 착용하지 않았다. 패션 소품으로도 그렇고 무엇보다 갑갑해서 쓰고 싶은 생각이 들지 않았다. 소야 씨는 언제나 모자를 쓰고 있었다. 주로 비니였다. 귀를 감싼 비니 아래로 목덜미를 덮은 머리카락이 없었다면 영락없는 환자로 보였을 것이다. 언젠가 소야 씨는 모자를 쓰지 않으면 발가벗은 느낌이라고 했다. 그 말에 고개를 끄덕이면서도 소야 씨의 특이한 취향인가 보다 생각했을 뿐이다. 그러고 보니 소야 씨를 만났던 내내 그녀의 귀를 본 적이 없다.

마음카페에서 소야 씨를 만난 후에도 소야 씨는 일일 장터가 열릴 때마다 갖가지 물건을 내다 팔았다. 소야 씨의 몸에 맞지 않는 옷이거나 신발, 쿠션이나 포장지도 뜯지 않은 소품 인형 등속의 자잘한 물건들을 들고나왔다. 작고 연약한 몸으로 28인치짜리 대용량 트렁크를 끌고 이동하는 소야 씨의 모습이 쉽게 상상이 되지 않았다. 언젠가 소야 씨에게 매번 장터에 무슨 물건을 그렇게 들고나오느냐고 물은 적이 있었다. 소야 씨는 쓸데없이 가진 게 너무 많다고, 최소한 필요한 몇 가지만 남기고 깨끗하게 처분하고 싶어서라고 했다.

마음카페는 매월 첫째 주에 센터 별관 로비에 딸린 카페에서 회합을 가졌다. 커피머신이며 찻잔, 간단한 주방 시설이 갖춰져 있어 재료는 이용자가 가져오면 되는 것이고, 공간 사용도 모임을 미리 공지하면 다른 이용자들에게 방해받지 않고 단독으로 사용할 수 있었다.

몇 년 전 소극장에서 주민들을 상대로 심리치료에 관한 특별강연을 한 적이 있었다. 소극장이 꽉 찰 정도로 많은 사람이 모였다. 한 달 전부터 특별강연 홍보용 대형 현수막이 내걸렸다. 강사는 가끔 티브이에서 본 적이 있는 심리학 박사였다. 센터에서 열린 특강 중에 그때만큼 사람들이 많이 모인 적이 없었다. 대중매체의 막강한 힘을 실감케 했다. 나도 강사의 실물을 보기 위해 모여든 사람 중의 하나였을 뿐이었다.

그때 대중강연을 매개로 예닐곱 명이 모여 소모임을 꾸린 게 '마음카페'였고, 나는 소모임이 결성된 뒤 센터 도서관에 붙은 안내문을 보고 중간에 결합했다. 회원은 모두 여성이고, 어떤 식으로든 센터와 인연이 있는 사람들이었다. 센터 도서관에서 자원봉사를 하는 사람도 있고, 옥상 텃밭 가꾸기 프로젝트에 참여했던 사람도 있었다.

이름만 내걸었을 뿐 그럴싸한 프로그램이 있는 건 아니었다. 다수의 관심거리가 되는 주제를 올려놓고 관련된 책을 함께 읽거나 자유토론을 하기도 했는데 마음카페를 끌고 가는 건 케이 씨였다. 염색을 하지 않아 반백인 단발 스타일의 머리는 오히려 건강미를 돋보이게 했다. 주름살 하나 없이 매끈한 피부에 활력이 넘치는 인상이었다. 한때 심리치료에 흥미를 느껴 공부한 적이 있다는 케이 씨는 센터 도서관에서 자원봉사를 하고 있었다. 그녀는 건강한 삶, 즐거운 삶, 행복한 삶을 위해서는 마음을 열고 열심히 사람들을 찾아가고, 만나야 한다고 했다. 나는 반은 공감하고 반은 회의했다. 과연 삶이 추구하고 목표한 대로 분명하게 보이는 것일까. 분명하게 보이는 것이 행복한 삶일까. 그것 또한 자기최면이나 위장이 아닐까. 회합의 만족도는 주제마다 달랐지만 번다하지 않고 소박하게 흘러가는 것이 그다지 나쁘지는 않았다. 적어도 감정의 강요는 없는 곳이었으니까.

나처럼 중간에 합류했다가 마음을 붙이지 못하고 발길을 하지 않는 사람들도 있었다. 열망이 뜨거운 만큼 빨리 식는 부류거나 기대치가 너무 컸거나, 자신의 특별함을 인정받지 못하는 것에 실망해서 서둘러 발을 빼는 부류거나. 소야 씨도 그런 부류 중의 하나일 줄 알았다. 소야 씨가 가진 갈구야말로 누구보다 특별해 보였으니까. 하지만 소야 씨는 조용히 자신의 지분을 사수하려는 듯한 자세로 일정 거리를 유지한 채 발을 담그고 있었다.

마음카페 회원들이 모처럼 점심 회식을 한 날은 소야 씨가 오고 네 번째 회합이 있던 날이었다. 모두 이런 저런 일로 바쁜 사람들이었다. 한두 사람씩 빠지기도 하고, 커피와 음료, 간단하게 준비해 온 간식을 나누면서 회합이 진행되기 때문에 누군가가 분위기를 몰아가지 않으면 뒤풀이 없이 모임이 종결되곤 했다. 회합이 끝나기 무섭게 자리를 떠나던 소야 씨도 그날은 웬일인지 괜찮다고 했다.

그날 주문한 음식은 만두전골이었다. 네 사람씩 자리를 맞춰 앉은 테이블 두 개에 커다란 전골냄비가 하나씩 놓였다. 큼지막한 만두가 머릿수만큼 하나씩 냄비 속에 잠겨 있었다. 갖가지 채소와 버섯이 담긴 전골냄비가 끓기 시작하고, 저마다 개인 접시에 만두를 하나씩 덜어 내는데도 소야 씨는 수저를 들 생각조차 하지 않았다. 내가 국자로 만두를 떠서 옆에 앉은 소야 씨의 개인 접시에 담으려고 하자 그녀는 입을 막고 손사래를 치며 말했다.

"저는 아무 거나 못 먹어요."

막 숟갈질을 시작하던 일행들은 눈을 동그랗게 떴다. 무엇보다 만두를 떠서 소야 씨에게 주려고 했던 내 손이 주춤했다. 소야 씨는 섭식장애를 앓고 있다고 했다. 그녀가 트러블 없이 즐기는 건 커피와 묽은 죽 같은 유동식 정도로 커피는 설탕도 크림도 첨가되지 않은 오로지 묽은 커피, 우유는 소화가 되지 않아 발효 요거

트만 가능하다고 했다. 커다란 머그잔에 하루에 네댓 잔씩, 커피가 밥이고 음료수고 욕망의 음식이라고 덧붙였다. 소야 씨는 좌중의 놀란 표정을 의식한 듯 뭐 그런 눈으로 쳐다볼 것까지야 없다는 듯 웃어 보였다. 나는 그제야 소야 씨가 회합 때도 커피 외에 간식을 집어 먹는 걸 본 적이 없다는 것을 떠올렸다.

"아유, 미리 말씀을 했어야지. 그럼 무슨 방법을 찾았을 텐데. 이걸 어째."

케이 씨가 안타까운 얼굴로 호들갑을 떨며 말했다.

"저는 신경 쓰시지 않아도 됩니다. 걱정 말고 맛있게들 드세요."

소야 씨는 여전히 손으로 입을 막은 채 말했다. 체한 사람처럼 낯빛이 창백했다.

"그래도 뭔가 드실 만한 게 있으면 말씀하세요. 여기요, 이모님!"

케이 씨가 도우미 아줌마를 불렀다. 그러곤 소야 씨를 가리키며 이분이 몸이 좋지 않아서 그러는데 죽 같은 선 안 되느냐고 물었다.

"죽은 없고 달걀찜은 돼요."

소야 씨가 만류하는데도 케이 씨는 달걀찜을 주문

했다.

"그건 드실 수 있죠? 뭐라도 드시는 게 좋을 거예요. 입맛 당기는 게 있으면 뭐든 드셔 버릇해야죠."

케이 씨가 걱정 가득한 얼굴로 말하자 일행들도 염려와 배려가 담긴 말을 건넸다.

일행들이 만두전골에 칼국수까지 먹는 동안, 소야 씨는 처음 해 보는 사람처럼 서툰 숟갈질로 작은 뚝배기에 담겨 나온 달걀찜을 개인 접시에 덜어 냈다.

"역겨워."

달걀찜을 겨우 한 숟갈 떠먹던 소야 씨가 말했다. 잘못 들었나 싶을 정도로 낮지만 분명한 목소리가 또렷하게 내 귀에 박혔다. 일행들은 먹으면서 이야기를 나누느라 소야 씨의 말을 못 들은 듯했다. 칼국수 면발을 물고 있던 나는 씹지도 않고 삼켰다. 식도가 무지근하게 저려 왔다.

그날 소야 씨는 모든 게 불편해 보였다.

"섭식장애는 마음 하나만 바꾸면 극복할 수도 있지 않아요? 우선 먹어야겠다는 생각을 다부지게 가지는 게 중요하죠. 어차피 삶은 마음 먹기에 따라 바뀌기 마런이니까요. 천당과 지옥이 우리 마음속에 있듯이. 안 그래요?"

식당 앞에서 헤어질 때 케이 씨가 소야 씨의 손을 잡고 걱정을 듬뿍 담아 충고하듯이 말했다. 소야 씨는 아무런 반응도 보이지 않았다.

"너무 신경 쓰지 마세요. 원래 남의 삶은 자기 잣대로밖엔 잴 수 없는 거니까요."

소야 씨와 둘이 되었을 때 내가 말했다. 듣기에 따라 케이 씨의 말은 소야 씨를 불편하게 할 수도 있겠다는 생각이 들어서였다. 소야 씨를 위로하고 싶은 생각은 없었다. 물건을 고를 때처럼 사람과의 관계에서도 조심스러워지는 나 자신에게 건네는 말이기도 했으니까.

"저는 사람들이 생각하는 것보다 훨씬 더 평온하게 살고 있어요. 염려가 무색할 정도로."

소야 씨가 말했다.

그날 처음으로 나는 소야 씨와 단둘이 마주 앉았다. 가끔 혼자 이용하곤 하던 단골 카페였다. 커피값이 좀 센 편인데 마들렌이나 조각 케이크가 풀세트로 나오는 곳이었다. 나는 마들렌을, 소야 씨는 부드러운 티라미수가 곁들여진 커피를 시켰다. 소야 씨는 커피를 홀짝거리면서 티라미수를 내 앞으로 밀어 놓았다. 혹시나 씹지 않아도 부드럽게 넘어가는 케이크는 먹지 않을까 싶었는데 정말이지 소야 씨는 먹을 수가 없다고 했다. 나는 마들렌 하나를 다 먹어 치우고 티라미수를 끌어당겼다.

"언제부턴가 식욕도 성욕과 다르지 않다는 걸 깨달았어요."

툭 던지듯이 말하는 건 소야 씨 특유의 화법이긴 했다. 결코 말이 많은 사람은 아니었지만 한번 말을 던져 놓으면 자기 생각에 사로잡혀 말이 길어졌다. 나는 티라미수의 귀퉁이를 허물어뜨리던 포크질을 멈춘 채 소야 씨를 바라보았다.

"왜 섭식장애를 겪게 된 건지 궁금했던 거 아니었어요?"

소야 씨가 물었다.

"어떤 계기가 있었을 거라는 생각은 했어요."

나는 포크로 떠낸 케이크 조각을 입속에 넣으려다 말고 말했다.

"나는 결혼에 두 번 실패했어요. 섹스를 견딜 수가 없었어요. 내가 바라는 그것과 실제로 행해지는 것에는 큰 차이가 있었어요. 하지만 언제나 그 욕망 앞에 무릎을 꿇었죠. 상대가 원하는 대로 비굴하게, 비참하게. 때로는 사랑한다는 말의 대가로. 말하자면 이런 거예요. 배가 고파서 할 수 없이 먹은 거예요. 그런데 내 입속으로 들어간 그것이 어느 순간 더러워서, 혐오스러워서 견딜 수가 없는 거예요. 실제로도 음식을 씹어 삼킬 수 없는 지경까지 간 거죠. 말했어요, 남편들에게. 그들은 내 말의 의미를 제대로 파악하지 못했어요. 그럴 수밖에요. 그들은 내가 아니니까요. 그들은 오히려 나에게 미쳤다고 욕하고 소리를 질렀죠."

소야 씨가 소리 내어 웃었다. 처음 들어 보는 소야 씨의 웃음소리였다. 나는 마지막 남은 티라미수 조각을 입속에 넣고 티슈로 입술을 닦았다.

"그쪽은 나를 이상하게 생각할지 모르겠지만, 나는 아주 정상적이에요. 생활도 규칙적이고. 그런 의미에서 마음카페는 규칙적인 일상 활동 중의 하나일 뿐이에요. 정기적으로 사람들을 만나 타인의 살아가는 얘기를 듣는다는 건 귀한 일이죠. 그렇지 않나요?"

소야 씨가 동의를 구하듯 말했다.

"모두 각자의 방식이 옳다고 생각하며 살죠. 저도 그

렇고요. 굳이 저를 이해시킬 필요는 없을 것 같은데요?"

나도 맞받았다.

커피를 삼키고 난 뒤라서 그런지 모르겠지만 소야 씨의 동공은 기름칠을 한 듯 번들거렸다. 소야 씨가 회심의 미소를 지었다. 입술 한쪽 끝이 올라가는 특유의 웃음. 보기에 따라서는 비웃음으로 오해받을 소지가 있었다. 나도 그녀를 향해 빙긋이 웃었다. 둘만의 친밀감이 더해진 것도 같고, 더욱 서먹해져 버린 것 같기도 했다.

케이 씨와 통화를 끝내고 난 뒤에야 완전히 잠에서 깬 듯 정신을 차리고 한동안 침대에 누워 있었다. 냉기 때문에 꼼짝도 하기 싫었다. 동파 방지를 위해 항상 '외출'로 설정해 놓은 보일러 온도는 16도를 넘지 않았다. 서너 시간에 한 번씩 텅텅 소리를 내며 보일러 돌아가는 소리가 들렸지만, 집 안에 고인 냉기를 몰아내기에는 역부족이었다. 생활은 거의 전기장판을 깔아 놓은 침대를 벗어나지 않았다. 화장실을 간다거나 필요한 것을 챙기러 방을 벗어날 때도 덧신을 신고 스웨터를 껴입었다. 심지어 끼니도 침대 위에서 간편식으로 대충 때웠다. 마치 동면에 든 짐승처럼 겨울은 활력을 빼앗아 갔다. 냉기에 빼앗긴 건 몸의 활력뿐만이 아니었다. 나는 어느 때보다 정신적으로 혹독한 계절을 살고 있었다.

겨우 몸을 일으킨 나는 차디찬 변기 위에 앉아서야 케이 씨와 잡은 약속을 후회했다. 마을버스와 전철을 갈아타고 낯선 곳에 있는 장례식장까지 찾아갈 일이 아득했다. 변기 물을 내린 후 칫솔에 치약을 짜면서도 가야 할지 말아야 할지 결단을 내리지 못하고 있었다. 케이 씨에게 전화를 걸까 생각해 봤지만 약속을 취소하는 일이 더 번거롭게 느껴졌다. 세면대 거울 앞에 다가서서 칫솔질을 하려고 입을 벌리는 순간 역한 입 냄새가 올라왔다. 내장에 고여 있던 썩은 냄새가 역류하는 듯한 고약한 냄새, 소야 씨가 마른입을 벌릴 때마다 나던 바로 그 악취였다.

소야 씨와 처음으로 단둘이 카페에 갔던 날, 소야 씨는 자기의 입에서 악취가 난다는 걸 의식하고 있었음이 틀림없다. 말하는 중간중간 버릇처럼 손수건으로 입을 막았다 뗐다 반복했다. 마음카페 회합 때도 소야 씨는 항상 의자 하나를 비워 놓고 자리를 잡곤 했었다. 소야 씨가 사람들과의 거리를 좁힐 수 없었던 건 어쩌면 그 냄새 때문이었는지도 모른다. 역겨워. 어느 날 밥을 먹으려고 식탁 앞에 앉았는데 한숨 대신 나도 모르게 불쑥 그 말이 튀어나왔다. 뒤틀린 감정을 억누를 수 없을 때, 곤란한 상황과 맞닥뜨릴 때, 길을 걷다가 발을 헛디딜 때도 불쑥불쑥 튀어나왔다.

이 집으로 이사 온 지 두 달쯤 지났을 때였다. 그때까지도 나는 이삿짐 정리를 다 마치지 못했다. 누런 박스 테이프도 뜯지 않은 짐들을 문간방에 쌓아 놓고 필요한 것들만 찾아서 썼다. 고등학교 과정을 시작한 아들에게는 이사했다는 사실조차 알리지 않았다. 내가 비행기를 탈 수 있었다면 아들이 있는 중국으로 갔을지도 모른다. 하루하루가 시간의 무덤 속에 잠긴 듯 흘러갔다. 아무도 찾아오는 사람이 없었고, 나 역시 아무도 찾아가지 않았다. 그런 어느 날인가 등기우편이 도착했다. 이사를 온 후 택배를 이용한 일도 없고, 우편물이라곤 공과금 고지서뿐이었다. 정확히 내 이름을 부르며 문을 두드리는 소리에 놀라 망설이다 문을 열었다.

문 앞에는 우편배달부가 서 있었다. 그가 다시 한번 내 이름을 확인하더니 우편물을 건네고 사인을 받아

갔다. 10여 년 전에 남편이 신용보증재단에서 사업자금 대출을 받을 때 제1 보증인이 되어 보증을 선 내용증명과 채무 정리에 대한 안내문이었다. 거기 적힌 수천만 원이나 되는 채무 내용보다 더 놀란 건 이사한 지 얼마 되지도 않은 내 집 주소를 어떻게 알았느냐는 것이었다. 역겨워. 역겨워. 역겨워. 나는 미친 듯이 내뱉으며 집 안을 뱅글뱅글 돌았다. 마침내는 거친 호흡이 격렬해져서 쓰러지듯이 푹 주저앉았다. 그날 내내 나는 아무것도 먹지 못했다.

만두전골을 먹던 식당에서 소야 씨가 조그만 소리로 역겨워, 하고 중얼거렸을 때 나는 그 말이 달걀찜 때문이 아니라는 걸 나중에야 알아차렸다. 소야 씨가 자신의 생의 모든 것에게 쏟아붓는 말, 이제껏 당해 온 모욕과 인내가 응축된 말이었다. 그녀를 알고 있는 주변부들은 어쩌면 그녀에 관한 한 아무것도 알 수 없었을 것이다. 마음카페 회원들 역시 소야 씨의 상태를 염려했지만, 결국엔 소야 씨의 안쪽으로 한 걸음도 다가가시 못했다. 나도 예외는 아니었다. 인시도 없이 도망치듯 그곳을 떠나왔으니까. 떠나온 뒤에는 두더지처럼 캄캄한 집 안에 처박혀 살았다. 아무것도 돌아보고 싶지 않았다. 어차피 안과 밖이 하나가 될 수 없는 거라면 돌아보지 않는 게 차라리 속이 편했다. 처음부터 나는 누구의 마음을 돌봐 줄 수 있다는 건 믿지도 않았다. 이런저런 사람들이 얽혀서 알아보는 척, 알아주는 척, 그 어떤 위로도 위약일 뿐이라는 걸 모르지 않았다.

"역겨워"라는 말이 내 입에 밴 것이 그 말을 처음 들었을 때부터였는지, 그곳을 떠나온 후부터인지는 알 수 없으나 이제는 내 말이 되었다. 닮은꼴을 만났을 때 회피하는 방식으로 강한 부정이 작동했는지는 몰라도 나는 그곳을 떠나온 후 소야 씨와 어떤 접촉도 시도하지 않았다.

소야 씨를 마지막으로 본 것이 마음카페 회합이 있던 날이었는지 약속을 잡아 따로 만난 것인지, 그것도 아니면 산책길에 센터에서 우연히 마주쳤던 건지 기억나지 않는다. 이미 떠날 작정이 되어 있었지만 나는 떠난다는 말은 입 밖에도 꺼내지 않았다. 소야 씨 역시 마음카페 회원들처럼 떠나면 일상적인 연결고리가 없기는 마찬가지일 테니까. 굳이 인연을 더 이어 간다면 개별적인 노력을 기울여야 했다. 내가 한 걸음 더 소야 씨 쪽으로 다가가거나 소야 씨가 다가오거나. 그러나 저러나 서로에게 완벽하게 닿을 수 없기는 마찬가지였다.

우리는 센터 후문 쪽에 있는 벤치에 나란히 앉았다. 바로 코앞에 차들이 쌩쌩 달리는 대로인데 센터 안쪽은 드나드는 사람 없이 고요했다. 멀리서 보면 푸른색 띠를 이룬 대나무 숲 사이로 오후 3시 방향에 서 있는 겨울 해가 물속처럼 어른거렸다. 대나무 울타리와 벤치 사이에 소야 씨의 짧은 그림자와 그보다 조금 긴 그림자가 나란했다.

"러시아에 가 본 적 없어요. 그 트루퍼 말이에요."

소야 씨가 불쑥 모자 얘기를 꺼냈다.

"왜 그런 거짓말을 해요?"

한참 만에 내가 물었다.

"러시아에서 온 친구한테 선물 받은 것이니까요."

어떻게 말하든 소야 씨의 목소리와 어투는 연극배우의 대사같이 들렸다. 목소리가 떠 있는데다 말끝이 뚝떨어졌다. 그것도 아니라면 소야 씨의 사고가 착지하는 곳이 현실과는 동떨어진 곳에 있기 때문일지도 모른다. 나는 소야 씨가 거짓말을 실토하는 것 역시 거짓말일지도 모른다는 엉뚱한 생각이 들었다.

"언제부턴가 나는 내가 하나의 단순 개체가 아니라는 것을 알았어요. 삼만 이천 개의 조각으로 쪼개진 퍼즐 같다는 생각이 들기도 하죠."

소야 씨가 고른 톤으로 말하기 시작했다. 대나무 울타리 사이로 들어온 햇빛이 옮겨 감에 따라 두 개의 그림자가 얼룩덜룩하게 뭉개졌다. 나는 잠자코 소야 씨의 얘기를 들었다.

"숫자는 중요하지 않아요. 경우에 따른 숫자일 뿐이니까요. 문제는 그 조각들이 언제나 딱 제자리에 맞게 완성되지 않는다는 것. 언제나 결함이 발생하고, 그에 따른 후유증이 가시지 않는다는 것. 틀어지거나 빠진 조각을 찾아 헤매다 밤을 송두리째 밝히는 날들도 있어요. 하지만 그 노력 자체가 무위로 끝날 확률이 높고, 그 어떤 것도 완벽하지 않다는 걸 생각하면 끔찍하기도 해요. 그 밤이 지나면 또 다른 날이 시작된다는 것 또한 위로가 안 된다는 건 그쪽도 잘 알 거예요. 밤낮은 수없이 되풀이될 것이고, 우리의 삶 역시 그러할 테니까요. 이 세상에 완전한 것이란 없겠죠. 없는 것을 찾아 헤매는 내가 가진 병적인 혐오를 인정하지만, 그것 역시 나의 혐오일 뿐이고, 내가 가진 혐오를 설명할 수도, 더구나 이해시킬 자신도 없어요. 하지만 내게서 파생된 수천 조각의 퍼즐들이 내가 아니라고 부인하기도 힘들죠. 다시 원점이란 얘기겠죠. 말은 할수록 독이 쌓이고 뱉어 내는 말의 천 조각 중 구백구십 개는 헛된 말일지도 몰라요. 단 한마디의 진실이 어떤 것인지도 모를 때가 있어요. 내 입에서 발화되는 모든 것들은 한 번쯤은 나의 의식을 걸러서 나온 것이겠지만, 그 의식 자체를 믿을 수가 없으니 못 할 노릇이죠. 역겨워요, 삶 자체가. 하지만 난 오래 살 거예요."

대나무 숲 사이가 어둑해지더니 뭉개진 그림자가 평면처럼 납작하게 땅에 붙어 서서히 사라졌다. 나는 하고 싶은 말이 있었으나 끝내 뱉지 않았다. 어떤 말을 꺼내든 소야 씨의 이야기와 뒤섞여 버릴 것만 같았다. 긴 침묵이 이어졌다. 감당할 수 없는 말이 침묵 속에 가라앉았다. 날이 빠르게 어두워졌다.

그날 길 건너 사거리 버스정류장까지 가는 소야 씨를 배웅하기 위해 내가 살고 있는 아파트 단지를 지나쳐 꽤 걸었다. 나는 건널목 이쪽에 서서 교차하는 사람들 속으로 섞여드는 소야 씨를 바라보았다. 엉덩이를 뒤덮는 두툼한 스웨터를 걸치고 풀색 비니를 뒤집어 쓴 조그만 소야 씨의 뒷모습이 내가 본 마지막 모습이었다.

밖으로 나왔을 때는 눈이 내리고 있었다. 언제부터 내리기 시작했는지 골목길엔 뚜렷한 발자국들이 어지럽게 찍혀 있었다. 골목을 벗어나기도 전에 머리가 다 젖을 정도로 펄펄 날리는 눈이었다. 집으로 다시 돌아온 나는 멍하니 생각에 잠겨 있다가 우산을 찾았다. 신발장 옆에 세워 둔 우산이 보이지 않았다. 그 자리가 아니라면 오갈 데 없는 우산이 도깨비방망이처럼 어디로 사라졌단 말인가. 다용도실과 베란다까지 뒤졌지만 우산은 어디에도 보이지 않았다.

결국 나는 주저앉고 말았다. 우산 때문은 아니었다. 케이 씨와 약속을 잡을 때부터 줄곧 망설여지던 마음이 무릎이 꺾이듯 접혔다. 가 봐야 소용없는 일이었다. 그녀가 떠나기 전에 위로의 말을, 이 세상의 말을 건넸어야 했다. 이미 접어 버린 인연을 다시 꺼내고 싶지 않았다. 낯선 빈소에서 격식을 차린 술잔을 기울이고 음식을 먹을 일이 아무래도 쉬울 것 같지 않았다.

그렇게 얼마나 앉아 있었을까. 전화벨이 울렸다. 여전히 이름이 뜨지 않는 번호였지만 전화가 올 데라곤 케이 씨밖에 없었다. 망설이다 전화를 받았다. 케이 씨는 장례식장에 들어가서 잠시 앉았다 막 밖으로 나온 참인데 만나기로 한 마음카페 회원들이 아무도 보이지 않는다고 했다.

"소야 씨 가족은 어떻게 돼요?"

"여동생밖에 없어요. 춥고 쓸쓸하네요."

케이 씨가 한숨을 쉬었다. 그러곤 묻지도 않은 말을 덧붙였다. 소야 씨의 사인을 밝히기 위해 경찰에서 부검을 하겠다고 했으나 소야 씨 여동생은 원치 않았다고 했다. 케이 씨가 소야 씨를 마지막으로 본 건 한 달 전이었다고 했다. 마음카페 정기 회합이 있는 날이었고, 평소와 다름없어 보였다. 추위를 몹시 타는 소야 씨를 위해 난방 온도를 조금 더 올렸고, 헤어질 때는 다음에 보자는 인사를 나누었다. 가끔씩 소야 씨가 나의 안부도 궁금해했는데 그동안 서로 연락이 없었냐고도 물었다. 케이 씨의 말이 길어지자 나는 급격한 피로감에 휩싸였다.

"언제 도착하나요?"

케이 씨가 물었다.

나는 죄송하다고, 시간에 맞춰 가기엔 늦었으니 케이 씨를 만날 수 있을지 모르겠다고 했다.

케이 씨와 통화를 끝낸 후 나는 겉옷도 벗지 않은 채 침대에 드러누웠다. 몸이 노곤하게 가라앉았지만 머릿속은 점점 더 맑아지기만 했다. 나는 소야 씨의 마지막 말을 기억하고 있었다. 독백하듯 한마디, 한마디 또렷하게 뱉어 내던 말, 오래 살 거라던 그 말. 그건 어쩌면 오래전부터 자신의 죽음을 예감했던 말이었는지도 모른다.

소야 씨에게 하고자 했던 말이 무엇이었는지 나는 끝내 기억해 내지 못한다. 발화되지 않은 말은 존재하지 않은 말이기도 하다. 소야 씨에게 그 말을 건넸더라면 무엇이 달라질 수 있었을까. 하지만 나는 알고 있었다. 그 무엇도, 그 어떤 말도 소야 씨에겐 소용없는 말뿐이라는 것을.

어느새 밤은 깊어지고, 집 안을 압박하면서 쌓이는 어둠의 깊이가 끔찍한 통증이 찾아오는 것처럼 느껴졌다. 하지만 나는 어느 때부턴가 그 끔찍한 순간을 기다리고 있었다. 마치 그 통증을 앓아야만 삶이 지속될 수 있는 것처럼 밤은 날카로운 칼날처럼 내 앞에 가로놓여 있었다.

 나는 질끈 눈을 감은 채 호흡을 멈추었다. 콧방울이 부풀어 오르고, 이마로 열이 몰리면서 가슴이 튀어나올 듯한 상태가 될 때까지. 어둠의 장막 너머 가장행렬 무리들 속에 섞인 소야 씨의 실루엣이 보였다. 길게 늘어뜨린 검은 망토와 얼굴을 죄다 가린 커다란 가면 때문에 불분명했지만, 짐작만으로도 소야 씨라는 걸 믿어 의심치 않았다.

 "사람으로 사는 일은 참으로 어렵습니다."

 소야 씨의 목소리가 들렸다.

 "당신에게도 지금, 이 시간 상처 입은 기억들이 몰려올 겁니다. 어쩌면 낱낱의 사건들이나 이야기가 아닌 당신을 구성하는 모든 것들에 대한 기억일지도 모릅니다. 나는 밤의 메뚜기 떼들 속에서도 당신을 알아볼 수 있습니다. 당신이 나이기도 하고, 내가 당신이기도 할 테니까요."

 소리가 들리는 쪽으로 고개를 돌렸다. 그 순간 검은 망토가 뒤를 돌아보았는데 그 얼굴은 다름 아닌 나의 얼굴로 보였다. 당신은 정말 구제 불능이야. 나는 거칠게 터지는 숨을 몰아쉬며 중얼거렸다.

나는 불현듯 침대에서 벌떡 일어나 문간방으로 건너갔다. 한쪽 구석엔 아직도 풀지 않은 박스가 쌓여 있었다. 당장에 필요치 않거나 무엇이 들어 있는지조차 궁금하지 않은 박스들. 최소한의 생활에서는 눈에 띄지 않으면 그만인 것들.

나는 허겁지겁 누런 박스테이프를 뜯었다. 이삿짐을 쌀 때 소야 씨에게 산 모자 따위를 따로 챙길 정신은 없었다. 마음카페에서 소야 씨를 처음 만난 날도 모자 따윈 생각하지 않았어. 내 앞에 불쑥 나타난 그 여자를 보느라, 아니 그 여자를 외면하느라. 나는 박스를 뒤적이며 중얼거렸다. 역겨워. 역겨워. 한번 터지기 시작한 중얼거림은 멈추지 않았다.

마침내 네 개째 박스에서 구겨져 있는 트루퍼를 찾아냈다. 나는 신발장에 붙어 있는 거울 앞에서 모자를 뒤집어썼다. 귀덮개를 내리고 턱에 붙은 똑딱단추를 채우자 술렁거리던 마음이 가라앉고, 세상의 모든 소리들이 어둠에 묻힌 듯 사라졌다. 모자를 쓰지 않으면 발가벗은 것 같다던 소야 씨의 말이 떠올랐다. 소야 씨가 가진 자기만의 세계는 귀를 가린 모자 속에 있지 않았을까. 발가벗은 존재를 감싸 줄 유일한 그 무엇이 모자일 수도 있을 것이라고 집을 나서며 생각했다. 깊은 어둠 속에서 여전히 눈이 내리고 있었다.

연주는 '카페온'까지 가는 길이 수월치 않았다. 현숙이 핸드폰으로 길 찾기 앱을 이용하라고 했지만 문제는 그게 아니었다. 연주는 자신의 방향 감각을 믿을 수 없었다. 연주의 핸드폰엔 그런 게 깔려 있지도 않지만, 문자가 아닌 것을 해독하는 것도 힘들었다. 연주는 옛날부터 약도를 읽는 것에 취약했다. 동서남북으로 곁가지를 치면서 뻗어 나간 그림은 해독 불가의 상형 문자처럼 느껴졌다.

카페온은 H역 2번 출구가 기점이었다. 2번 출구에서 100여 미터쯤 직진하면 산업 단지와 아파트 단지를 분리하는 완충 공원이 조성돼 있고, 공원 외곽 산책로를 따라 올라오다 보면 좁은 사거리에 자리한 요양보호센터 다음 블록이 시작되는 지점에 카페온이 있다고 했다.

하여간 넌 옛날에도 길치더니 여전하구나.

현숙은 장황하게 설명한 후 문자로 다시 보내 주겠다고 했다.

연주에게 그보다 더한 문제는 언제나 시간이었다. 마음먹을 시간, 실행에 옮길 시간. 그것이 오래된 과거의 답사라면 더욱더 그랬다. 꽤 오랜 시간 동안 현숙과 간헐적인 소통을 이어 오면서 한 번도 얼굴을 맞대지 못한 이유였다.

연주의 집에서 카페온까지는 복잡한 세 번의 환승이 걸려 있었다. 이동 시간도 만만치 않았다. 수원과 인천의 경로를 머릿속으로 그려 보면 말굽자석이 떠올랐다. 끌어당기는 힘이 영원히 평행으로 뻗어 나가 결코 다시 붙을 일이 없을 것만 같은 평행선. 더구나 H역은 연주가 한 번도 이용해 보지 않은, 예전엔 없던 노선이었다.

환승역을 놓치지 않기 위해 신경을 곤두세워야 하

는 전동차 안에서 연주는 자리에 앉을 때마다 깜빡깜빡 졸았다. 졸다가 안내방송 소리에 본능적으로 눈을 뜨곤 했지만 내려야 할 역이 아님을 알고는 이내 병든 닭처럼 꾸벅꾸벅 졸았다. 구간 구간 구멍 뚫린 잠 속에서 밟아 보지 못한 동네가, 새로 생긴 플랫폼이 지나갔다. 창밖으로 흘러가는 구름이라든지 번들거리는 유리 벽으로 치장된 낯선 건물, 혹은 그 사이에 낀 오래된 간판이나 전동차 안의 사람들조차도 꿈속에 스쳐 가는 일인 듯 느껴졌다. 연주는 며칠씩 계속되는 장거리 여행에서나 받을 법한 여독에 휩싸인 듯했는데, 실은 이렇듯 덮치는 쪽잠이 근래 들어 가장 달콤한 잠이었다. 찔린 듯이 놀라 깨어 보니 어느덧 H역에 가까웠는데 난간 끝에 매달린 꿈에서 살아난 것처럼 아슬아슬한 타이밍이었다.

  카페온은 건물과 건물 사이 모퉁이에 끼어 있었다. 5평 남짓한 공간은 묘한 삼각형 구조로 출입문은 경첩을 달아 만든 특이한 접이식 형태였다. 삼각형의 꼭짓점에 해당하는 공간에 주방 시설을 들이고 커피머신을 배치하고 선반을 얹었는데, 주방으로 드나드는 곳엔 원목 스윙 도어가 달려 있었다. 한 사람이 움직이기도 불편해 보이는 주방이지만 허튼 구석 없이 알뜰함과 꼼꼼함이 느껴졌다.

원래는 창고였던 공간을 순전히 현숙의 아이디어로 리모델링했다고 한다. 현숙은 보증금과 월세가 싼 가게를 물색하던 중이었고, 마침 지인의 소개로 주인을 만나게 되었는데 창고에다 카페를 연다고 하니 주인조차도 난색을 표했다. 다 허물어져 가는 농가도 남편이랑 둘이서만 손봐서 살았는데 이깟 건 일도 아니었지 뭐. 현숙은 헐겁게 웃으며 말했다. 현숙이 남편과 귀촌한 건 10여 년 전이었고, 남편이 암으로 세상을 떠난 건 3년 전이었다. 남편의 손때가 묻은 집은 정나미가 떨어져 버렸고, 아직 살날이 창창한 현숙은 마음이 떠나 버린 집을 정리하고 어디든 가야 했다. 서울은 집값이 비싸 들어갈 수 없고, 돌아온 곳이 이곳이라고 했다.

연주는 방문 기념으로 사 온 조그만 화분을 테이블 위에 얹어놓았다. 노란 꽃이 핀 싱싱한 칼랑코에는 얼기설기 엮은 리탄 바구니에 앙증맞게 들어 있었다. 아유, 예쁘네. 시골에서도 이런 화분은 안 키워 봤는데. 현숙이 꽃바구니를 보며 말했다. 키우기 쉽다고 해서 산 거야. 연주도 헐렁하게 웃으며 대답했다. H역에서 나오는 순간 연주는 한 번도 와 본 적이 없는 낯선 곳이라는 걸 알았다. 인천이 얼마나 넓은데. 중얼중얼 혼잣말을 하며 꽃집부터 찾았다. 다행히 H역 출구 근처에서 조그만 꽃집을 발견했다. 카페온에 어울릴 만한 화분을 찾느라 한참 고심한 끝에 골랐다. 꽃이야 꽃값보다 화분이나 바구니 따위의 장식용품값이라는 건 알지만 집에서라면 절대로 바구니째 사지 않았을 꽃을 사고 보니 현숙에게 뭔가를 선물해 본 기억이 없었다는 것을 깨달았다. 그러고 보니 현숙과 보낸 청춘 시절이 이 꽃바구니에 재단된 꽃 같다는 생각이 들었다. 세상이 운명을 시험하는줄도 모르던 그때, 스스로 빛을 발하면서도 그 눈부심이 마냥 초라하게만 보였던 엽기적인 시절이었다.

  꽃바구니 놓을 자리를 찾으며 현숙은 창고를 카페답게 꾸미는 데 들인 시간과 노력에 대해 한참을 더 떠들었다. 쓰레기더미처럼 쌓여 있는 짐을 치우고 먼지를 털어 내는 데만 꼬박 일주일, 시멘트벽 칠부터 바닥에폭시 공사까지 또 며칠, 카페온이 탄생하는 데는 한 달이나 걸렸다고 한다. 연주는 우둘투둘한 시멘트벽을 손으로 쓸어 보았다. 에폭시로 코팅 처리가 되었지만 거친 질감이 그대로 살아 있었다. 그게 멋이야. 빈티지한 느낌을 그대로 살리는 거. 현숙이 주방으로 들어서며 말했다. 먹고는 살 만해? 연주는 엇박자를 놓듯 물었다. 인건비가 안 나가니까. 카푸치노 마실래? 연주는 가게 안을 다시 한번 둘러보며 응, 하고 대답했다.

현숙이 시나몬을 얹은 카푸치노를 테이블에 놓자 가게 안에 들어와 줄곧 서 있었던 연주도 그제야 자리에 앉았다. 실핏줄 같은 햇살이 가닥가닥 유리창 사면으로 스며들었다. 오후 2시, 아직은 찬 기운이 다 가시지 않은 봄 햇살이다. 아침을 거른 채 나온 연주는 빈속에 진한 시나몬 향이 나는 커피를 한입 물고 오래도록 입안에서 굴린다. 몽롱하게 굴러가던 의식이 그제야 돌아오는 듯했다. 여기 오랜만이지? 불현듯 묻는 현숙의 말에 연주는 고개만 끄덕였다. 이곳을 떠난 뒤로는 한 번도 발을 디뎌 본 적 없다는 말은 뱉지 않는다.

내가 처음으로 1호선을 타고 내린 게 동인천이었어. 청량리에 있는 사촌 언니 집에서 2년인가 살다가 내려온 거였거든. 청량리에서 전철을 탔는데 어찌나 멀던지 엉덩이가 아파서 앉아 있을 수가 없었다니까.

연주는 처음 듣는 얘기였다. 현숙의 고향이 안동이란 것은 알았지만 청량리 얘길 한 적이 있었던가 하는 생각에 빠져 있는데, 그때 처음 맡았던 냄새가 지금은 없다고 현숙이 말했다.

무슨 냄새?

갯내.

갯내?

바람결이 서울이랑은 확실히 달랐거든. 바다는 보이지 않는데 젓갈 비린내 같은 특유의 냄새가 났어. 인천이 항구 도시라는 게 온몸으로 다가왔지. 안동 촌것이란 게 단박에 표가 났단 말이지. 그런데 다시 돌아와보니 그 냄새를 맡을 수가 없네. 건물의 밀도가 훨씬 더 조밀하고 공기는 그만큼 혼탁해졌고. 갯가는 더 멀어진 것 같고.

연주에겐 아주 먼 옛날의 인천을 얘기하고 있는 듯이 들렸다. 식민지의 개항장 역할을 하던 인천이랄까. 경성에서 경인선 철도를 타고 관광차 제물포를 찾던 개화기 시절의 이미지가 문득 떠올랐다. 아무튼 갯내를 단번에 이색적으로 맡을 수 있었던 그 시절, 사방각지에서 모여든 청춘들 속에 연주도 있었다.

연주는 봉제 제품 공장에 다녔다. 처음에는 남성복 바지를 만드는 곳에서 일했다. 절개선을 따라 재봉 가위로 바지 주머니의 입술 선을 따는 일부터 배웠다. 한 치의 오차도 없이 정확하게 가위질을 해야만 했다. 하루에 수백 장씩 연주가 가위질을 해 놓은 절개선을 안으로 말아 넣고 박는 작업은 B급 미싱사가 했다. 잔업은 필수였다. 작업장 앞에 걸린 작은 칠판에는 그날 빼야 할 물량이 적혀 있었다. 저녁 시간은 점심시간보다 짧았고, 잔업이 시작되면 그나마 점심 전후로 10분씩 주어지던 휴식 시간도 없이 드르륵거리는 재봉틀 소리만 들릴 정도로 숨 쉴 틈이 없었다. 종일 무거운 재봉 가위를 잡은 연주의 손가락엔 물집이 가라앉아 굳은살이 박였다.

그다음에 간 곳이 잠바를 전문으로 만드는 공장이었다. 전체 인원이 고작 열한 명이었던 바지 공장보다 규모가 훨씬 큰 곳이었다. 연주는 제2 작업장에 배치되어 소매의 시보리 돌리는 일을 맡았다. 가위질은 아니었지만 여전히 시다였다. 잠바의 몸판을 붙이는 작업은 A급 미싱사들의 몫이었고, B급은 소매를 달았다.

소매가 달린 잠바의 손목 단을 돌리는 일을 시보리 작업이라고 했다. 고무 밴드에 씌운 옷감을 말아 넣어 한 방향으로 단번에 드르륵 돌리는 단순 공정이었지만 그 일이 손에 익기까지 자투리 천에다 수없이 박음질 연습을 해야만 가능했다. 잠바 공장에서도 어김없이 잔업 할당이 있었고, 노조가 없는 작업장이었다.

연주는 노동조합 준비모임에 가담하는 한편 여성 노동자들의 소모임도 하고 있었다. 그곳에서 현숙을 만났다. 그녀는 주안공단 전자 부품 공장에서 포인트 끼우는 일을 하고 있었다. 소모임에서 작업장 소식을 공유하고, 책도 같이 읽고, 철학 공부도 하고, 매월 회비를 모아 나름대로 소식지도 만들었다. 소모임이 점점 커져 구성원이 서른 명에 육박한 적도 있었지만, 열심히 모이는 사람은 열댓 명 안팎이었다. 전국적으로 행해지는 서울 집회에 참석하기도 하고, 투쟁 사업장이 있으면 연대도 갔다.

그 시절 연주에게 가장 시급한 문제는 주거 공간이었다. 시골에서 올라온 지 몇 년이 지나는 동안 방 한 칸 얻을 돈을 모으지 못해서 친구들 방을 전전했다. 시골에 있는 부모님에겐 손 벌릴 처지가 아니었다. 연주의 아버지는 당신 입으로 들어가는 술값이나 챙길 줄 알았지 식구들에게는 무책임했고, 오로지 어머니 노동으로 겨우 고등학교를 졸업하고 무작정 집을 떠났으니까. 다시 집으로 돌아갈 수 없다면 악착같이 이 도시 어딘가에 붙어 살아내야 했다. 소모임에서 동갑내기인 현숙을 만나 동거하지 않았다면 떠돌이 생활은 계속되었을지도 모른다.

예전 모임방이 있던 동네에 가 봤더니 완전히 천지개벽이 됐더라. 일대가 싹 헐리고 아파트가 들어서서 아예 지형까지 바꿔 놓은 것 같아.

커피잔 바닥으로 가라앉은 거품을 훑으며 현숙이 무심한 듯 말했다.

변했겠지, 흘러간 세월이 얼만데.

무심을 가장했지만 연주의 목소리는 흔들리고 있었다.

모임방은 한 시민단체가 입주해 있는 건물 지하에 있었다. 월세 사용료 없이 소액의 관리비만 내고 사용했던 공간은 허름했지만 아늑했다. 넓은 회의실 한 칸과 거실이 전부인 공간에 간단하게 주방 설비를 했다. 그러고 보니 그때 모임방이 있던 지하에서 1층으로 오르내리는 계단참에 전깃불을 단 것도 연주네가 한 일이었다.

그땐 모이면 뭘 만들어 먹느라 부산을 피웠는데…… 너랑 마주 앉아 있으니까 그때 생각이 나네. 하여튼 우린 그때 많이들 해 먹었어. 뭘 하든 배가 고팠고.

현숙의 말에 연주는 가만히 고개만 끄덕였다.

그땐 모이면 으레 뒤풀이가 이어졌고, 뭐든 해 먹어야 직성이 풀렸다. 큰 들통에 백숙도 끓여 먹고, 보름에는 오곡밥도 해 먹었다. 뒤풀이 때 먹는 찌개나 부침개도 직접 만들어 먹었다. 재료를 다 갖출 때도 있었지만, 재료가 없으면 없는 대로 뚝딱뚝딱 만들었다. 맛은 보장되지 않았지만 맛있다는 소리를 연발해 가며 먹었다. 음식은 하겠다고 나서는 사람이 주도했지만 공동 공간에선 뭐든 함께하는 게 원칙이었다. 다 같이 장을 보고, 음식을 만들고, 다 같이 상을 펴고, 다 같이 방을 쓸고 닦고, 설거지를 했다.

그때 많이 해 먹었던 간장비빔국수, 생각나지? 그거 미조 걔가 잘 만들던 음식이었는데. 난 처음 먹어 보는 맛이었거든.

기어이 현숙의 입에서 미조라는 이름이 나왔을 때

연주는 순간적으로 강한 전류 같은 것이 전신을 훑어 내리는 듯한 느낌에 사로잡혔다. '그것'이 올 때 찾아오는 전조 증상과 비슷했다. 연주는 미간에 잔뜩 힘을 준 채 상체를 꼿꼿이 세우고 골조가 드러난 카페 천장을 쳐다봤다.

그때 마침 손님이 들어와서 현숙이 자리에서 일어났다. 운동복 차림의 젊은 여자는 알록달록한 옷을 입힌 개를 끌어안은 채 주방 앞에 서서 기다렸다. 뜨거운 아메리카노 한 잔을 건네받은 여자는 인사도 없이 가게를 나갔다. 주방 앞 테이블에는 빵 바구니가 놓여 있었는데, '우유, 달걀, 버터, 방부제가 없는 통밀빵입니다'라는 문구가 적혀 있었다. 저 빵은 유통기한이 짧겠네. 주방 쪽을 쳐다보던 연주가 물었다. 그래도 찾는 손님들이 꽤 있어. 요즘 비건주의자들이 많잖아. 빵 먹을래? 현숙이 물었지만 연주는 고개를 저었다. 우리 가게의 경쟁력이 뭔 줄 아니? 코앞이나 옆구리나 카페가 더 생길 가능성이 없다는 게 포인트야. 연주가 앉아 있는 테이블로 돌아오며 현숙이 말했다.

연주는 둥근 커피잔을 두 손으로 감싸 쥔 채 바깥 풍경을 보며 현숙의 말을 흘려들었다. 공원의 엉성한 숲 너머 공장 지대의 낮은 지붕 라인이 물결처럼 보였다. 거기 어딘가에 그들이 두고 온 시간들이 있을 것만 같았다.

가끔 미조 생각을 했었어.

연주가 중얼거리듯 말했다. 커피잔을 쥔 연주의 손에 땀이 고였다. 그 애만 그렇게 가지 않았다면 사는 게 조금은 가벼웠을까? 현숙의 입에서 미조 얘기가 나오지 않았다면 연주는 결코 그 이름을 꺼내지 않았을 것이다.

그랬다. 최근엔 그것이 올 때마다 한 번씩 연주는 지난 시간의 소용돌이 속에 휘말려 들어가는 듯했다. 잊고 싶었으나 결코 사라지지 않을 기억. 어쩌면 그것은 그런 것들을 한꺼번에 몰고 어디서부턴가 시작되었는지도 모를 일이다.

사고였잖아. 나도 다 잊어버린 줄 알았는데 여기 오자마자 그 생각부터 나더라. 눈에서 멀어지고 환경이 달라지니까 생각이고 뭐고 안 나더니. 그때 생각하면 지금도 심장이 쿵 하고 떨어질 때가 있는데 너라고 왜 안 그렇겠어. 걔가 너를 많이 따랐잖아.

현숙의 말처럼 미조는 연주를 졸졸 따라다녔다. 연

주가 있는 곳엔 어김없이 미조가 있었다. 미조는 연주가 알고 있던 몇 안 되는 이곳 출신이었다. 작업장에서도 이곳 출신은 흔치 않았는데 소모임 구성원 중에서는 그 애가 유일했다. 가까이 집을 두고 밖으로 돌듯이 모임방에 애착이 유별했던 미조는 연주가 아니었다면 소모임엔 가담하지 않았을 것이다.

현숙의 말대로 사고였다. 세상엔 상상하지도 못했던 일들이 얼마나 많이 일어나는가. 사고 소식을 들었을 때 연주는 악몽을 꾸고 있다고 생각했다. 실제로 연주가 깊은 잠에 빠져 있었던 한밤중이었고 머리맡에서 울리는 전화벨을 자명종의 알람 소리인 줄 알고 미적거리다가 겨우 전화를 받았다.

그때 연주에게 전화를 건 사람은 누구였던가? 까맣게 타 버린 필름처럼 그날의 일은 군데군데 기억이 지워지고 없다. 어떻게 미조가 실려 갔다는 병원까지 달려갔는지도 기억나지 않는다. 그때 현숙이 옆에 있었던가? 그날의 사고에 대해 연주가 알고 있는 사실은 모두가 알고 있는 사실과 다를 바 없다. 모임방에서 혼자 밤을 보내던 미조가 커피 물을 끓이기 위해 가스레인지에 불을 붙였다고 한다. 가스레인지는 모임방에 주방 설비를 할 때 이웃에서 내놓은 중고품을 얻어 온 것이었다. 1년이나 넘게 아무 탈 없이 사용했다. 그 가스레인지로 음식을 만들고 온갖 것을 끓여 먹었으니까. 가끔씩 점화가 되지 않아 라이터로 점화를 한 적은 있었다. 미조도 라이터로 불을 붙였다. 가스레인지에…… 라이터로…… 커피를 마시고 싶어서……. 구급차에 실려 가면서 미조가 했다는 말은 미조가 세상에 남긴 마지막 말이기도 했다.

가스레인지가 폭발하던 순간 한쪽 창문이 날아갔다. 불기를 뒤집어쓴 미조는 지하에서 1층까지 계단을 엉금엉금 기어 밖으로 나왔다고 한다. 좁은 입구까지 나와서 널브러진 미조를 발견한 사람은 누구였던가. 밤낮의 일교차가 심하던 가을이었고, 1층 사무실엔 아무도 없었다. 주변의 건물들도 거의 문이 닫혀 캄캄한 어둠뿐일 때였다. 연주는 아무것도 보지 못했다. 병원으로 실려 간 미조가 사흘을 버티지 못하고 화상 쇼크로 숨을 거둘 때까지 중환자실 문밖에서 그 애를 바라만 봤으니까.

연주는 눈앞에서 흐릿하게 번지는 바깥 풍경만 바

라보았다. 연주는 그날 밤, 미조가 혼자서 모임방에 간 건 자신의 탓이라는 말은 끝내 뱉지 못했다. 사고가 일어나기 전날 퇴근길에 미조와 집으로 왔더라면 그런 일은 일어나지 않았을지도 모른다.

연주의 몸이 약간씩 흔들리기 시작했다. 그 감각은 너무나 익숙한 것이면서 낯설고, 동시에 두려웠다. 연주는 양손으로 관자놀이를 지그시 누르며 마치 꿈속에서 흔들림을 감지할 때와 같은 느낌을 떨쳐 버리려는 자세를 취했다. 어디 아파? 현숙이 걱정스러운 목소리로 물었다. 아냐, 아무것도 아냐. 안심하라고, 괜찮아질 거라고 자신에게 주문을 걸듯 연주는 연거푸 말했다. 식은땀이 배어날 듯 몸이 떨렸지만 견디지 못할 정도는 아니었다. 그때 한 무리의 손님들이 들어와 안쪽 테이블에 자리를 잡았고, 손님들에게 인사를 하며 현숙이 자리에서 일어났다.

덩치 큰 중년 남자 넷은 사인용 테이블 두 개를 차지했다. 세 남자가 다리를 쩍 벌린 채 앉아서 떠들기 시작했고 한 남자가 주방으로 다가가 현숙과 마주 보며 커피를 주문했다. 주문을 맡은 남자는 카페온 단골인 듯 보였다. 테이블을 차지하고 앉은 남자들의 목소리가 공간을 잡아먹을 듯 쩌렁쩌렁했다. 연주는 마치 개들의 하울링을 들을 때처럼 울렁거림을 느꼈다. 그건 아닐 거야, 아니겠지. 스스로를 진정시키듯 연주는 낮은 소리로 중얼거렸다. 주문을 마친 남자가 테이블로 돌아가자 연주는 자리에서 일어나 주방으로 다가갔다. 연주는 스윙 도어에 간신히 몸을 기댄 채 커피를 내리고 있는 현숙을 빤히 쳐다보았다.

왜, 커피 한 잔 더 줘?

아니. 이제 가 봐야 할 것 같아.

벌써 가려고?

커피를 내리느라 바쁘게 손을 놀리던 현숙이 놀란 목소리로 물었다.

손님들 있는데 방해되잖아.

뭘 벌써 가려고 그래. 저녁은 먹고 가야지.

현숙이 당황해하며 말렸지만 연주는 다음에 또 보자는 말을 남기고 서둘러 카페를 나왔다. 현숙이 뒤늦게 따라 나와 부르는 소리가 들렸지만 연주는 잠깐 멈춰 선 채 뒤돌아 손을 흔들었다.

카페온에 다녀온 다음 날 연주는 자리에서 일어나

지 못했다. 카페온에서 시작된 흔들림이 우려했던 그것이라는 걸 잠에서 깨는 순간 깨달았다. 새벽까지 잠을 못 이뤄 이리저리 뒤척이다 겨우 잠에 빠져들었는데 어쩌면 어지러운 꿈에 시달리는 중에 다시 시작되었을지도 모를 일이다.

연주가 눈을 떴을 때 집은 고요했다. 침실까지 깊숙이 들어온 햇살이 환했다. 아침에 아이와 남편이 나가는 소리를 듣지 못한 걸 보면 잠을 자긴 잤었나 본데 알록달록한 만화경 속의 풍경을 보고 있는 것처럼 머릿속은 요란하게 날뛰고 있었다.

연주는 몸을 움직여 보았다. 방바닥과 천장이 맞붙은 듯 어지러웠다. 사방이 15도쯤 기울어진 상자 속에 누워 있는 듯했다. 왼쪽에서 오른쪽으로 몸을 돌리자 코끼리 발바닥에라도 밟힌 듯 사방이 심하게 흔들렸다.

증상이 시작된 건 이삼 년 전쯤이었다. 처음엔 위경련과 관련된 줄 알았다. 오랫동안 위염과 위궤양을 앓아 온 연주는 연례 행사처럼 응급실 신세를 지는 처지였다. 응급실행 이후 한두 달은 식이요법을 지키며 약을 복용했고 좋아지면 다시 방심하게 되는 사이클이 반복되었다. 위궤양이 올 때마다 흔들림도 같이 왔다.

그러다 위궤양의 증상과는 상관없이 어지럼증이 시작됐고 한두 달 간격으로 짧게 지나가던 그것이 점점 빈도가 잦아졌다. 뒤늦게 동네 이비인후과를 찾은 연주는 그것이 이석증이라는 걸 알았다.

내이에서 떨어져 나온 돌이 이리저리 돌아다니면서 반고리관을 자극해 어지럼증과 구토 같은 증상들이 생깁니다. 그러니까 한마디로 평형감각이 깨져서 생기는 증상들이죠.

정확한 원인은 밝혀지지 않았다고 의사는 말했다.

그날 연주는 30분가량 이석치환술 처치를 받았다. 진료실 한쪽에 놓인 시술대에 누웠다. 의사는 연주의 눈앞에 손가락 두 개를 치켜세운 채 눈동자를 모아서 똑바로 보라고 했다.

어지럽습니까?

의사가 물었다. 당연히 어지러웠다. 모아 뜬 눈이 정상인가? 눈동자가 터질 듯 아프기까지 했다. 의사는 어느 쪽으로 누웠을 때 어지럼증이 심한지 물었다. 연주는 왼쪽이라고 대답했다가, 이내 오른쪽이라고 대답하며 얼버무렸다. 의사는 양손으로 연주의 관자놀이를 잡고 오른쪽으로 홱 틀었다가 왼쪽으로 놓기, 왼쪽으로 틀었다가 오른쪽으로 놓기를 반복했다. 그 상태에서 5분간 꼼짝하지 않고 버티기가 반복될 때마다 속이 메스꺼웠다.

    시술대에서 내려왔을 때 연주는 다리에 힘이 풀려 휘청거렸다. 순 돌팔이야, 돌팔이. 맥없이 중얼거리며 집으로 돌아온 연주는 그날 밤 처방전대로 사 온 약을 복용하고 가슴팍이 뜯기듯 아팠다. 참을 만큼 참다가 응급실에 들어갔다 나온 후로 더 이상 동네 이비인후과에는 가지 않았다. 한의원에서 면역 기능을 높이고 혈의 안정을 돕는다는 침도 맞아 봤지만 효과는 없었다. 복합적인 스트레스가 원인일 수 있다는 소견을 밝힌 한의사는 시간이 지나면 저절로 사라질 수도 있다고 했다. 시간이 지나면 저절로 사라질 수도 있다는 위약적인 처방에 이제껏 버텨 왔는지도 모른다.

    어차피 그것의 발병 원인도 알 수 없고 치료법도 확실하지 않다면 자가 치료로 마음을 다스려야 했다. 그것이 올 때마다 연주의 대처 방법은 '시체 자세' 취하기였다. 우선은 어지럼증이 최소한으로 느껴지는 자세를 찾는다. 왼쪽이나 오른쪽으로 모로 누운 자세일 때도 있고, 천장을 향한 반듯한 자세일 때도 있다. 그것이 어디에서 오는지 알 길이 없는 것처럼 어떤 자세가 가장 최적의 자세일지는 그때그때 달랐다. 자세를 찾은 다음에는 호흡을 고른다. 편안하게 눈을 감고 천천히 심호흡을 시작한다. 그러다 보면 스르륵 잠에 빠질 때도 있는데, 꿈을 꾸지 않는 게 중요하다. 혼란스럽게 꿈이 뒤엉키는 날에는 그것이 극에 달했다는 증거였다.

카페온에 다녀온 뒤에는 그 어떤 방법도 소용없었다. 시체 자세를 잡아 봐도 안전한 곳에, 단단한 바닥에 닻을 내릴 수가 없었다. 연주가 카페온에 머물렀던 시간은 고작 두 시간 남짓이었는데 한생을 돌아온 듯 아득했다.

미조는 연주가 잠바 시보리 돌리는 일을 마스터하고 잠바 지퍼를 달게 되었을 때 연주가 앉았던 자리에 들어온 애였다. 작업대에 가득 쌓인 잠바 무더기에 가려져 고개를 푹 숙인 모습이 꼭 연주 자신을 보는 듯했다. 어느 날 연주는 구내식당에서 식판을 들고 자리를 찾아 두리번거리는 미조를 보고 비어 있는 옆자리를 가리켰다. 동료들이 친한 사이냐고 물었다. 그때까지 제대로 말 한번 섞어 보지 않았던 사이였다. 고마워요,

언니. 미조가 환하게 웃으며 연주의 대답을 낚아챘다.

어떻게 단박에 언니라는 말이 튀어나올 수 있느냐고 연주가 묻자 헤헤거리며 웃던 미조는 저보다 언니잖아요, 맞죠? 하고 되물었다. 그래 봐야 고작 두 살 차이밖엔 나지 않았다. 제 이름이 미조거든요. 근데 또박또박 미조라고 발음해도 미자냐고 되묻는 사람들이 많아요. 특이한 이름이긴 한가 봐요. 고등학교 졸업 앨범을 싹 뒤졌는데 미조라는 이름은 저 하나밖에 없었거든요. 미조는 묻지도 않은 말을 했다.

한 번 점심밥을 같이 먹은 뒤로 미조는 스스럼없이 연주에게 언니라고 부르고 아무 곳에서나 연주의 팔짱을 끼었다. 신체적인 접촉으로 친밀감을 표현하거나 언니라는 말을 스스럼없이 쓰는 건 그 애의 스타일이었다. 현숙의 말대로 미조가 연주를 잘 따르긴 했지만, 미조에겐 누구나 언니가 될 수 있었다. 그녀의 인사법인 '언니들 안녕'은 누구에게나 공평했으니까.

연주가 미조를 소모임에 데려간 것도 의도치 않은 일이었다. 연주가 퇴근 후에 모임이 있어서 먼저 간다고 말했더니 어디를 가느냐고 꼬치꼬치 캐물었다. 대답을 망설이던 연주가 같이 가 볼래? 하고 말하자 지옥

에라도 따라갈 듯한 표정으로 매달렸다. 미조는 퇴근하는 동료들에게도 높이 손을 흔들어 인사하며 저 오늘 어디 가요, 라고 큰 목소리로 부르짖듯이 말했다.

어딜 가는 줄 알고 그렇게 좋아해?

언니가 가는 데면 다 좋아요.

연주는 미조를 빤히 쳐다보며 아, 이 속없는 애를 어떡해야 하냐는 표정을 감추지 못했다. 그런데 미조가 지금 속으로 아, 앤 뭔가 그랬죠? 하고 되물어서, 연주는 그만 웃음이 폭발해 버렸고 두 사람은 배를 잡고 한참을 웃었다.

미조는 소모임의 일원이 된 뒤에는 뭐든 열심히 했다. 연대 집회든 지역 행사든 약방의 감초처럼 꼭 끼어 있었다. 특이한 건 미조가 옆구리에 끼고 사는 요리책이었다. 여성 월간지에서 발행하는 부록이었는데 어디서 구해 오는지 매월 다른 요리책을 진지하게 들여다봤다. 나중에 요리사가 꿈인 거냐고 물어보는 선배들도 있었다. 초등학생 때 제 꿈은 현모양처였어요. 웃기죠? 미조의 대답에 옆에 있던 사람들도 와아, 웃음을 터뜨렸다. 현모양처가 뭔지도 잘 모르면서 그런 여자가 되어야겠다 생각하면서 꿈을 꾸었던 적이 있었다고요. 미조가 거의 울 듯한 표정으로 변명하는 바람에 또다시 웃음바다가 되었다.

정작 미조가 들고 다니던 요리책 속의 요리는 한 번도 얻어먹지 못했지만 미조는 자기만의 손맛을 자랑하기도 했다. 현숙이 말한 간장비빔국수였다. 모임이 끝나고 뒤풀이를 할 때 미조가 즉석 레시피로 만들어낸 술안주였다. 비빔국수를 만들려고 했는데 마침 고추장도 떨어지고 식초도 없어 어릴 때 엄마가 자주 해주던 대로 만들었다고 했다. 삶은 국수에 조림간장과 설탕, 들기름을 넣고 무친 간장비빔국수 맛은 예상과는 달리 묘하게 감칠맛이 있었다. 먹다 남은 조미 김이 있으면 비벼 넣고, 깻잎이 있으면 잘게 채 썰어 고명처럼 얹으면 그만이었다. 그래도 없으면 없는 대로 맛있다고 손가락을 치켜세우자 미조는 요모조모를 더하거나 빼면서 한동안은 간장비빔국수를 전담했다. 공부하는 것도 좋고, 연대 가는 것도 좋고, 회의하는 것도 좋지만요, 저는 다 같이 음식 만들어 먹을 때가 제일 좋아요. 진짜 사람 사는 맛이 나잖아요. 미조가 자주 하던 그 말에 선배들은 하나같이 목소리를 맞췄다. 그래, 사람 사는 세상이 우리가 만들고 싶은 세상이잖아.

어느 토요일 오후에 미조가 연주를 집으로 초대했다. 가끔씩 미조가 연주 방에 와서 자고 간 적은 있지만 미조가 집에 초대하기는 처음이었다. 특별한 날은 아니었을 것이다. 특별한 날이 아니어서 그런 일이 가능했던 것인지도 모른다. 토요일마다 무슨 일인가가 기다리고 있던 때였다. 집회가 잡혀 있거나 소모임 행사가 있거나.

미조네 집은 공설묘지가 보이는 산 아랫동네에 있었다. 버스에서 내려 걸어가면서 아버지는 일찍 돌아가셨다고 미조가 귀띔했다. 미리 알아야 할 정보라도 되는 듯이. 연주는 그저 고개를 끄덕였을 뿐 별다른 대꾸는 하지 않았다.

골목 입구에 놓인 평상에 동네 어른들이 모여 막걸리판을 벌이고 있었다. 미조야, 하고 누군가가 부르자 그냥 지나치려던 미조가 걸음을 멈추었다. 미조가 엄마라고 해서 연주는 길 한가운데 서서 꾸벅 고개를 숙여 인사했다. 미조 어머니는 바깥인데도 조끼가 달린 붉은색 나일론 속치마 바람이었다. 흰머리가 반이나 섞인 짧은 파마머리에 얼굴 피부가 거칠었다. 미조는 어머니를 골목에서 만난 게 당황스럽지도 않은지 태연하게 말했다. 이 언니랑 밥해 먹으려고. 미조는 한 손에 들고 있던 비닐봉지를 들어 보였다. 잡것. 애먼 사람 불러다 밥해 먹일 생각은 하면서 불쌍한 지 에미는 뭘 먹고 사는지도 모르지. 미조 어머니가 입을 씰룩거리며 말했다.

미조가 연주의 팔짱을 끼며 잡아끌었다. 평상이 있는 곳에서 조금 더 올라가 좁은 골목으로 꺾어 들었다. 골목은 둘이 나란히 걷기에도 빠듯했다. 마주 보고 있는 시멘트 담벼락이 거무스름했다. 골목의 막다른 집이 미조네 집이었다. 한 쪽짜리 대문을 열자 마당이랄 것도 없이 바로 유리문 달린 마루가 보였다. 네댓 걸음 폭의 마당인데도 어수선하게 물건들이 잔뜩 쌓여 있었다.

방 두 칸짜리에 거실과 잇대어 살림살이가 훤히 보이는 주방이 있었다. 주방 벽에 붙여 놓은 식탁에는 온갖 것이 다 나와 빈 곳이 없었다. 미조는 식탁 위에 놓인 것들을 한쪽으로 밀어 놓고 비닐봉지를 내려놓았다. 언니는 손님이니까 가만히 앉아 있으면 돼. 미조가 찬장을 뒤져서 볼이 움푹한 프라이팬을 꺼내며 말했다.

그날따라 미조는 말이 많았다. 자기만의 방이 없어서 독립하고 싶은 게 꿈이지만, 보시다시피 소녀 가장 같은 처지라 집을 떠날 수가 없다고 했다. 두 개의 방 중에 하나는 엄마와 같이 쓰는 방이고 하나는 오빠 방이라고 했다. 오빠는 멀리 일을 가서 며칠은 집에 들어오지 않을 거라고 안심해도 된다며 쿡쿡 웃기까지 했다. 미조가 식탁 옆에 벗어 둔 가방에서 요리책을 꺼내 놓을 때는 생뚱맞다 싶을 정도로 우스운 상황이었지만 웃음이 나오지 않았다. 골목에서 만났던 미조 어머니의 말이 목에 걸렸고, 어딘가 모르게 편안하지 못한 상황이라 미조를 말리고 싶었다. 맛있는 밥은 안 먹어도 된다고, 맛있는 밥을 해 먹을 거면 나중에 모임방에서 다 같이 해 먹어도 된다고.

그날 미조가 만든 음식이 뭐였는지 생각나지 않는다. 집에서 끓인 평범한 된장찌개나 김치찌개가 아니었던 것만은 분명한데, 다 차려진 밥상 앞에 앉아 숟가락을 들 때쯤 대문이 떨어질 만큼 뺑 차대는 소리가 났다. 연주는 놀라서 숟가락을 놓았다. 곧이어 마루 문이 거세게 열렸다. 두 팔을 힘껏 벌려 양쪽으로 마루 문을 밀어붙인 남자는 소리부터 꽥 질렀다. 뭣들 하고 있어.

그 소리에 놀라 연주는 자리에서 벌떡 일어났다. 그러자 미조도 따라서 자리에서 일어섰다.

술에 잔뜩 취해 나타난 남자는 미조의 오빠였다. 신발을 신은 채 마루턱에 걸터앉은 남자는 온몸을 흔들어 가며 머리통을 문설주에 쾅쾅 소리 나게 처박아대기 시작했다. 그만해, 그만하라고. 미조가 소리쳤다. 그러자 남자는 마루턱에 반쯤 몸을 걸친 채 널브러졌다. 미조 어머니가 나타난 건 미조가 씩씩거리고 있을 때였다. 집구석 자알 돌아간다, 에미 앞에서 술 처먹고 뻐드러져 누운 아들이나 골질이나 부리는 딸년이나. 미조 어머니 입에서도 술 냄새가 났다. 그녀가 누워 있는 아들의 옆구리를 발로 툭툭 치자 그는 투레질하는 아이처럼 얼굴을 사방으로 돌려 가며 이상한 소리를 내뱉었다. 그런 일이 한두 번은 아닌 듯했다. 미조는 밥상을 치우며 자꾸만 연주에게 미안하다고 했다. 미조가 어머니와 힘을 합쳐 마룻바닥에 누운 그를 질질 끌고 작은방에다 눕히고 나서야 미조와 집을 나올 수 있었다.

그날 미조와 동네 골목을 이리저리 걸어 다녔다. 연주는 방향 감각도 없이 낯선 동네를, 미조의 발길이 닿는 데로 말없이 따라 걸었다. 어느 길목에선가 터진 길에서 다시 미조네 집 앞, 평상이 놓여 있던 골목을 지나간 적도 있었는데 머릿속에 엉긴 길은 하나도 눈에 들어오지 않았다.

미안해요, 언니.

버스정류장에 섰을 때 미조가 또 미안하다고 말했다.

아니야, 미안하긴. 괜찮아, 괜찮아.

연주는 미조에게 무슨 말인가를 해 주고 싶었지만 미조의 손만 잡아 주었을 뿐이다.

그 일이 사고가 나기 며칠 전의 일인지, 그보다 훨씬 전의 일인지 연주의 기억은 분명하지 않다. 미조네 집을 방문한 건 한 번뿐이었고, 그 장면은 사고가 나던 즈음과 뒤엉켜 특정된 기억으로 남아 있다.

연주는 도대체 그것이 어떻게 다시 시작되었는지 알 수 없다. 오랫동안 단절된 채 쌓여 온 시간들이 만들어 낸 미세한 반란의 파동은 아닐까. 연주는 몸을 일으켰다. 아직은 흔들림이 멈출 기미가 없다.

사고가 난 날 밤은 잔업이 있어서 그날따라 퇴근이

늦었다. 미조가 쫄랑거리며 달려와 연주의 팔짱을 끼며 오늘 언니네 집에서 자도 돼? 하고 물었다. 연주는 대답하지 않았다. 연주에겐 혼자만의 시간이 필요했다. 왠지 지친다는 생각이 들었다.

 혼자 갈까?

 중얼거림처럼 미조가 말했던 것도 같다.

 버스정류장까지 왔을 때 두 사람은 말없이 버스를 기다렸다. 연주가 타야 할 버스가 먼저 왔고 연주는 혼자서 버스에 올랐다. 정류장에 선 채로 미조가 손을 높이 뻗어 흔들었다. 대답을 하지 않았던 연주는 미조를 향해 크게 손을 흔들어 화답할 수가 없었다. 버스가 출발하기 전에 타, 라고 소리치고 싶은 걸 꾹 눌러 참았다. 그 길로 미조는 집으로 돌아가지 않고 혼자 모임방에 갔을 것이다. 공동으로 사용하는 열쇠는 지하로 내려가는 계단 입구의 커다란 고무나무 화분 밑에 있었다. 공간이 필요한 사람은 언제든지 이용할 수 있도록.

 노제를 지내던 날은 바람이 많이 불었다. 먼지바람이 불던 골목길에 허술하게 붙은 간판들이 덜컹덜컹 소리를 냈다. 모임방 앞 좁은 이면 도로가 구경꾼들로 꽉 차서 차들이 지나다니지 못했다. 울음 섞인 목소리로 조시를 읽어 내려가던 사람이 누구였는지도 기억나지 않는다. 길바닥에 놓여 있던 검은 천을 뒤집어쓴 관만이 눈앞에서 일렁거렸다.

연주는 그제야 건물 지하로 내려가 보았다. 불에 타다 만 탁자와 집기들이 아무렇게나 널브러져 있고 터진 창문 쪽이 검게 그을려 있었다. 연주는 숨을 쉴 수가 없어 바깥으로 뛰쳐나왔다. 그새 노제 행렬이 지나간 건물 앞은 텅 비어 있었다. 연주는 길 건너편 슈퍼마켓을 멍하니 쳐다보며 한참을 서 있었다. 채소와 생선, 온갖 잡품을 취급했던 슈퍼마켓은 굴속처럼 안으로 들어갈수록 공간이 넓어지는 특이한 형태였다. 꽝꽝 언 동태를 토막 치던 뭉툭한 생선 칼이 박힌 채 문밖에 놓여 있던 둥근 통나무 도마, 그 옆에 생뚱맞게 놓여 있던 조그만 오락기기 한 대. 동전을 집어넣고 단 몇 분 만에 게임 오버가 되어 버린 기기 앞에서 발을 탕탕 구르던 미조의 모습이 떠올랐다.

뒤늦게 노제 행렬을 따라가던 연주는 낙오자처럼 슬그머니 행렬의 뒤꽁무니에서 빠져나왔다. 어디로 가는 길인지 방향 감각도 없이 무작정 걸었다. 익숙한 길이다 싶어 주변을 둘러보면 처음 와 보는 곳이었고,

처음인가 싶어 낯선 표정으로 둘러보면 언젠가 한 번은 와 본 적이 있는 길이었다. 길은 어디에나 있었지만 정작 연주는 어디로 가야 하는지 알 수 없었다.

노제를 지내던 날 미조의 어머니나 오빠의 얼굴을 봤는지도 기억나지 않는다. 그들은 어디에 있었을까. 미조의 장례식을 치르고 며칠 뒤 연주는 미조의 집으로 찾아간 적이 있었다. 희한하게도 몇 번이나 골목을 찾아 헤맸는데도 이 골목이 그 골목 같고, 저 골목도 그 골목 같았다. 미조 어머니가 동네 사람들과 어울려 앉아 있던 나무 그늘에 놓인 평상도 보이지 않았다. 분명 언덕길을 올라가다 보면 미조네 집으로 들어가는 골목이 보일 듯했는데 그 골목은 나타나지 않았다.

연주는 다시 침대에 몸을 눕힌다. 흔들림이 시작되면 바깥출입은 물론 집안일 따위도 손에 잡히지 않았다. 식구들조차도 그녀의 영역 바깥에 존재하는 그림자에 불과했다. 지금껏 연주가 지녀 온 평형감각은 귓속에 든 미세한 돌처럼 눈에 보이지 않게 존재했다. 그것을 뭐라고 부르면 좋을까. 보이지 않지만 균형을 잃지 않는 것, 흔들리는 몸을 잡아 줄 평형감각은 연주에겐 삶의 기준 같은 것이었다. 누구에겐들 그렇지 않을까. 한쪽으로 기울어진 채 살아갈 수는 없으니까. 시간의 중심을 잡아 주는 것 역시 온전한 기억을 복원하는 것일 텐데, 너무 흐릿하거나 지워진 것들이 많았다.

카페온을 서둘러 나오면서 연주는 깨달았다. 현숙에게 차마 하지 못한 말 역시 지워진 시간들 사이에 끼어 있는 무엇일지도 모른다는 것을. 남은 시간을 살아내는 데 필요한 것은 균형감각을 회복하는 것이라는 걸. 모임방 문을 열고 들어설 때나 헤어질 때 한결같이 특유의 높은 톤으로 인사하던 미조의 목소리가 떠오른다.

언니들 안녕!

그들의 내력

*

　수연 부부는 출발한 지 한 시간 반이 지나서야 간신히 서해대교에 들어섰다. 대교 주변으로 안개가 뭉글뭉글 피어올랐다. 내비게이션에서는 안개가 많은 지역이니 주의하라는 안내 멘트가 5분 간격으로 쏟아졌다. 수연은 언젠가 이 다리 위에서 일어났던 20중 추돌 사고가 떠올랐다. 빗길이었고, 그날도 물안개가 자욱했다. 창호와 숱하게 이 길을 오가면서 용케 사고의 순간들을 비켜 갔다고 생각하면 소름이 돋았다. 7킬로미터에 달하는 대교는 해무에 싸여 끝이 보이지 않았다. 앞선 차들이 속도를 줄이는 바람에 창호도 속도를 줄이며 브레이크 페달에서 발을 떼지 못했다.

창호는 저녁 식사를 하던 중에 사촌 동생 홍수의 전화를 받았다. 아무 말 없이 듣고만 있던 창호의 얼굴이 딱딱하게 굳었다.

무슨 일이야? 수연이 작은 소리로 물었다.

그는 이맛살을 찌푸리며 조용히 하라는 눈치를 주더니 잠시 후 알았다고 말하며 전화를 끊었다. 창호는 국그릇에 담긴 숟가락을 식탁에 내려놓았다.

은범이가 갔다네.

수연도 숟가락을 놓았다.

수연이 식탁을 치울 동안 창호는 안방에 들어가 옷장을 뒤지며 와이셔츠가 어디 있느냐고 물었다.

잘 찾아봐, 장롱 안쪽에 있어. 수연이 소리쳤다. 평소에 양복 입을 일이 없는 직업이라 어쩌다 한 번씩 입는 그의 양복과 와이셔츠는 장롱 깊숙한 곳에 있었다.

은범은 보름 전쯤 사고로 입원 중이었고, 그들은 병문안을 다녀왔다. 상태는 심각했지만 잘 버텨 주고 있었다. 장례식장은 은범이 입원해 있던 병원이 아니라 장씨 일가의 본가가 있는 Y시였다.

창호는 브레이크 페달에 발을 올려놓은 채 차창을

열고 깊은숨을 들이마셨다. 바람결에 갯내가 묻어 있었다. 대교 아래 넓은 만은 기척조차 느껴지지 않았다. 시의 경계를 이루는 바다 한가운데에는 섬 같은 휴게소가 있었다. 휴게소를 경유해 올라오는 차들도 깜빡이를 켠 채 밀려 있었다. 앞 차가 움직이자 그의 차도 움직이기 시작했다. 겨우 시속 20킬로미터였다. 세 개의 차선에서 점멸하는 브레이크등이 흡사 흩날리는 미러볼처럼 보였다. 안개 밖에서는 안개 속을 볼 수 없다는 게 안개의 본질이었다. 그건 안에서도 마찬가지였다. 안개 속에선 안개 밖을 볼 수 없다는 것. 겨우 확보된 시야에 드러난 것이 전부가 아니라는 것. 스물한 살 나이에 생을 마감하게 된 은범의 인생도 그들 부부에겐 안개 속처럼 모호했다.

상행선의 어느 구간은 아예 뒤엉킨 불빛들이 움직이지 않았다. 접촉사고가 난 모양이었다. 창호는 턱을 쳐들고 창밖을 내다보았지만 앞 차가 계속 움직이고 있어서 멈출 수 없었다. 저속으로 흐르는 차들의 꽁무니를 따라 그의 차도 천천히 흘러갔다. Y시의 한 시골마을엔 아직도 그의 노모가 살고 있었다.

창호의 본가는 들 한가운데 있었다. 논이 되기 전에는 염전이었던 곳. 그의 아버지는 집 앞 염전에서 일했다. 수연은 시아버지를 사진에서 보았다. 사진은 모두 흑백이었다. 비스듬히 기운 소금 창고에서 도시락을 먹고 있는 남자와 수차에 올라서서 해주구더리의 물을 퍼 올리는 남자는 같은 사람으로 보이지 않았다. 염전 바닥에 내리쬐는 햇빛 때문인지도 모른다고 수연은 생각했다. 그의 아버지가 돌아가신 후 염전이 있던 자리는 논이 되었다. 논을 불하받은 염주들이 가진 논에서 시어머니는 도지 농사를 지었다. 들 가운데 남은 농가들은 염부들이 촌락을 이루어 살던 집이었다. 갯벌은 까마득히 먼 시야 밖으로 물러났고, 수연이 본 건 논밭으로 변한 풍경이었다.

느이 시아버지가 돌아가셨을 때 헛간에 소금 가마니가 산처럼 쌓여 있었다. 밀린 품삯 대신 염주가 부조한답시고 싣고 온 거여. 한동안 소금을 팔아서 끼니를 이었지.

시어머니는 수연을 앉혀 놓고 옛이야기 하기를 좋아했다. 대부분 그녀가 알지 못하는 그의 집안 내력이었다. 매파가 오가며 다리를 놓아 낯선 동네로 시집을 왔다는 시어머니는 아무것도 없었다고, 달랑 솥단지 하나 들고 큰집에서 제금났다고 했다.

창호 큰아버지랑 느이 시아버지랑은 열일곱 살이나 차이가 져. 그러니께 큰아버지 밑으로 딸이 싯이고, 느이 시할아버지가 늘그막에 새장가 들어서 느이 시아버지를 낳았웅께. 딸들은 일찌감치 시집가서 소용읎고 어른들 돌아가시고 둘만 남은겨. 형님 밑에서 그집 농사쳐에 머슴처럼 살던 느이 시아버지가 장가를 간다니께 줄 게 아무것도 없다더랴. 선산이랑 논밭들도 제법 있었는디. 바보 같은 느이 시아버지 만나서 내가 이때껏 고생하고 산 얘기는 말할 것도 읎지 뭐.

수연은 살아 보지 않은 시절이라서 마음을 턱 놓고 귀를 기울였다. 창호의 큰아버지는 읍내 노름판에서 이틀 날밤을 새우고 동네 초상집에 다녀오던 길에 논물을 가둬 놓은 웅덩이에 빠져 돌아가셨다.

느이 시아버지는 키가 쪼끄만데 큰아버지는 마실 초입에 서 있던 장승마냥 허우대가 멀쩡했지. 그 양반이 구깃구깃한 두루마기 자락 휘날리며 캄캄한 새벽에 초상집을 나셨디야. 그믐날 밤길에 어딜 나서느냐고 말리는디도 집에 들어가 한숨 눈 붙이고 다시 오마

그들의 내력 153

하구선 기연시 길을 나섰디야. 그게 기멕힐 노릇이지. 옷자락 붙잡는디 어째 뿌리쳐, 뿌리치길. 뭣에 홀리지 않고서야 그 고집을 부릴 일이 아니지. 어디 생판 모르는 길에서 그런 것도 아니고 엎어지면 코 닿을 데 집을 두고 논물을 대느라 파 놓은 둠벙에 가서 엎어질 게 뭣이야. 느이 큰어머니가 곡을 하다 말고는 모질게 한마디를 내뱉었어. 죽으면서도 마누라 팔자 오지게도 뒤집어 놓고 간다고.

수연의 시어머니는 네 번 임신했고, 셋을 낳았다. 창호가 장남이었고 그 밑으로 아들이 둘이었다. 막내를 낳기 전에 한 번 유산의 경험이 있었다. 필시 그 아이가 딸이었을 거라고 시어머니는 굳게 믿고 있었다. 그 애라도 있었다면 늘그막에 엄니, 엄니, 하고 불러 줄 사람이 있었을 거라고.

내가 그 애를 쏟고 나서 누워 있을 때 창호를 큰집에 심부름을 보냈잖니. 미역 여퉈 둔 거 있으면 한 줌만 꿔 달라고. 그때 큰집 막내 경수가 젖먹이였을 때니께 창호가 여덟아홉 살 때였나 그랬을겨. 학교가 재 너머 한 10리는 걸어야 하는 큰집 동넨디 거기꺼정 걸어서 학교 갔다 온 애를 또 심부름을 보낸겨. 그란디 글쎄

해가 꼴딱 넘어갔는디도 오지를 않아. 나는 몸이 무거워 기냥 드러누웠지. 집어먹을 만한 건더기가 있시야지. 미역이라도 한 줌 얻어 오면 그거라도 끓여서 멀국에 밥이라도 한술 말아 먹을까 이제나저제나 하고 기다렸는디 통 오덜 않어. 날이 깜깜 저물어서야 빈손으로 터덜터덜 온겨. 뭐 허다 이제야 왔냐니께 사촌들하고 놀다 저녁 먹고 왔댜. 뭐 해서 밥을 먹었냐니께 미역국에 밥 말아 먹고 왔슈, 그려. 큰어머니는 내 사정을 알고 있었는디도 애가 말을 못 하면 알아서 쥐여 보내기라도 헐 것이지 어째서 빈손으로 보냈을까 섭섭했지만서두 경수가 가고 난 뒤에야 퍼뜩 그 생각이 먼첨 나두먼. 그때 속으로 묻어 두길 잘했지, 잘했어.

장경수의 사고는 수연도 아는 이야기였다. 수연이 창호와 결혼한 그해의 일이었다. 장경수가 탄 소형 승용차는 새벽 2시경, Y시의 해넘이골 방파제 끝에서 추락했다. 운전자를 포함해 네 명 모두 사망했다. 세 구의 시체는 차와 함께 인양되었으나 유실된 장경수는 일주일 후에 수습되었다. 먼바다에 조업을 나간 어선의 그물에 걸렸는데, 목이 달아나고 없었다.

수연은 연애 시절 창호와 해넘이골에 간 적이 있었다. 조그만 어촌 마을 초입을 지나자 떡판 같은 갯벌이 멀리까지 뻗어 있었다. 인근 들판에는 딱히 볼 만한 경관이랄 것도 없는데 관광객들을 상대로 하는 간이 식당들이 즐비했다. 해넘이 명소로 알려지면서 연말 즈음이면 일몰을 보려는 관광객들이 끊이지 않았다. 승용차와 사람이 뒤섞여 한참 먼 들판까지 줄을 이었다. 볼 것이라곤 해를 삼키는 먼바다의 가느다란 수평선이 가로놓여 있을 뿐이었다. 해넘이 명소로 알려지기 전 창호의 어머니는 이곳까지 와서 망둥이를 잡거나 조개를 캐서 시장에 내다 팔았다. 만을 정비하는 방조제 공사가 시작되고, 벌써부터 식당들이 몰려 있는 들판 너머로 하나둘씩 모텔이 들어서고 있었다.

그들은 복작대는 사람들 틈에서 지는 해를 봤다. 장엄하지는 않았지만 은은하게 깔린 갯노을은 내륙 깊숙한 곳에서 유년을 보낸 수연에겐 색다른 감흥을 불러일으켰다. 노을보다 빠르게 물이 차오르며 지워진 해안선, 발목까지 올라온 물이 구경꾼들을 집어삼킬 듯한 풍경은 압권이었다. 그들은 인근 식당에 들어가 조개구이와 바지락칼국수를 먹었다. 노을이 지던 풍경 앞에서는 아무 말도 없던 창호가 굵은 면발을 건져 올리며 말했다. 결혼하자. 그는 마치 커피 한잔하자, 하듯이 말했다. 그들은 한 직장에서 5년이나 선후배로 지내 왔고, 연애가 본격적으로 시작된 건 몇 달 되지 않았다. 그러지 뭐. 수연도 면발을 후루룩거리며 농담처럼 대꾸했다. 설마 그 농담이 결혼까지 이어질 줄은 몰랐다.

외진 바닷가에 그림 같은 모텔들이 들어서고 바다 깊숙한 곳까지 뻗은 방조제가 건설되는 데는 그리 오랜 시간이 걸리지 않았다. 솥단지 하나 들고 제금났다던 시어머니와 별다를 것도 없이 수연도 단칸 셋방살이로 결혼생활을 시작했다. 그들의 결혼식 사진에는 장경수가 없었다. 신랑 측 친지들이 차지하고 있는 전체 사진의 신랑 옆쪽에는 그의 큰집 식구들이 자리를 빼곡하게 차지하고 있었다.

장경수의 사고는 만을 획일적으로 정렬해 놓은 방조제를 질주한 결과였다. 장경수 일행은 일찍부터 모여 술을 마셨고, 누군가의 제안인지 알 수 없지만 차를 몰고 서울에서 내려왔다. 장경수 외에 일행들의 고향이 각지인 걸 보면 어딘가로 떠나 보자는 충동질에 장경수가 해넘이골을 제안했을지도 모른다. 달빛이 환한 밤이었다. 방조제는 활주로처럼 길게 뻗어 있었다. 아직 마감공사가 끝나지 않은 방조제는 위험을 방지하는 라인조차 없었다. 그들은 차창을 모두 열고 밤바다를 향해 괴성을 질렀을지도 모른다. 스물네 살의 장경수는 위스키 바에서 웨이터 일을 하고 있었지만 그의 부모나 형제들은 그가 무슨 일을 하는지 몰랐다. 장경수에게는 새로운 계획이 있었을지도 모르겠다. 누구에게나 버거운 현재보다 더 나은 삶을 위한 갈망을 간직하고 살아갈 테니까. 그 순간 그들의 눈엔 달빛에 수면이 반짝거리는 방파제 끝의 바다와 길이 구분되지 않았을지도 모른다. 추락한 차에서는 브레이크를 밟은 흔적을 찾을 수 없다고 했으니까. 그들의 사고 경위는 제삼자들의 추측일 뿐, 누구도 정확한 사유는 알 수 없다.

문제는 장경수가 그날 그 차에 동승하고 있을 때 갓난아이를 어르며 그를 기다리는 여자가 있었다는 것이다. 장경수가 무슨 일을 하며 사는지 가족들이 몰랐듯 동거하는 여자가 있다는 것도 몰랐다. 장경수가 죽은 후에 드러난 여자와 은범의 존재는 그의 가족들에게 또 한 번의 충격을 안겨 주었다. 세상 무서운 줄 모르고 부모 형제까지 감쪽같이 속이고 아이를 낳아 기르고 있었다니. 큰어머니는 그런 줄 몰랐다며 땅을 치고 통곡했다고 한다. 아비 없는 자식을 어쩌라고 그렇게 험하게 갔느냐고, 세상에 이렇게 무서운 일이 어디 있느냐고.

은범은 할머니의 손에서 자랐다. 장경수가 죽은 뒤 여자는 아이만 떨어뜨려 놓고 종적을 감춰 버렸다.

애를 데리고 온 날 딱 하룻밤을 지내고 몸만 쏙 빠져나갔어. 아침에 눈 떠 보니 애만 방에서 울고 있고 엄니는 온다 간다 말 한마디 없이 보이질 않더라. 모질고 매정한 년이라고 큰어머니가 욕을 해쌓더구만, 젊으나 젊은 것을 어떻게 붙잡어.

임신 중이었던 수연은 시어머니의 이야기를 들으며 얼굴도 본 적 없는 여자를 떠올렸다. 나라면 어땠을까. 여자의 마음을 짐작조차 할 수 없는 수연은 여자를 함부로 비난할 수도 없었다.

은범은 출생신고도 되어 있지 않았다. 은범을 백부인 장일수의 호적에 올리는 일로 장일수 부부가 이혼하느니 마느니 난리를 쳤다는 얘기를 수연은 시어머니에게서 들었다.

　명절 때면 그의 큰어머니는 은범을 데리고 장일수가 사는 도시로 올라갔다. 명절날 왕래가 없는 게 서운했지만 수연의 시어머니는 이 눈치 저 눈치 안 보고 한갓져서 좋았다고 했다. 동서지간보다는 시어른을 대하듯 어려운 양반이라고 했다. 수연에게도 어려운 사람이었다. 어쩌다 시댁에서 큰어머니를 보게 되면 흉이 잡힐까 싶어 자세부터 고쳐 앉았다. 밥상을 차릴 때도 입이 짧은 큰어머니를 위해 손이 많이 가는 음식을 하느라 신경을 썼다.

　남의 자식은 거저 크는 것 같다고 했던가. 드문드문 보아서인지 수연이 볼 때마다 은범은 쑥쑥 자라 있었다. 예닐곱 살 때의 은범이 수연에겐 첫 느낌처럼 강하게 남아 있었다. 은범은 그맘때의 아이들보다 활동성도 왕성했고 웬만해선 한자리에 엉덩이를 붙이고 오래 앉아 있지 못했다. 겁도 없어서 아무렇지도 않게 덩치 큰 나무를 타고 오르거나 담벼락에 기어올랐고, 개집 앞에 묶어 놓은 덩치 큰 개도 무서워하지 않았다.

　개는 은범의 냄새를 기억하고 있는지 짖지 않았다. 은범이 손가락을 까딱거리며 혓소리를 내자 꼬리를 흔들며 은범에게 엉겨 붙었다. 은범은 거칠게 개의 꼬리를 잡아당겨 올라타려고 했다. 그럴 때마다 개가 낑낑거리며 빠져나갔다. 괴롭히지 말고 개랑도 사이좋게 지내야지. 수연이 개 꼬리를 붙들고 빙빙 돌고 있는 은범의 허리를 잡아 앉히며 말했다. 좋아서 그러는 거예요. 은범은 씩 웃으며 말했다. 그러곤 수연의 손아귀에서 벗어나 개의 목줄을 확 잡아당겨 목걸이에 연결된 줄을 단숨에 풀었다. 많이 해 본 솜씨 같았다. 목줄에서 풀려난 개가 펄쩍거리며 뛰자 은범이 개를 부르며 골목 밖으로 뛰어나갔다.

범아, 범아…… 뛰지 말어. 큰어머니가 밖을 내다보며 소리쳤다. 카랑카랑한 목소리였다. 납작한 고무 슬리퍼를 신은 은범은 자갈이 깔린 길을 개와 함께 달렸다. 저 멀리 구부러진 길에서 트럭이 달려오고 있었다. 은범은 보란 듯이 개를 쫓아 찻길로 달려 나갔다.

대교를 벗어나자 거짓말처럼 해무가 벗겨지기 시작했다. 오래전 장경수 일행이 탔던 차가 바다에 빠진 날은 별빛이 무수히 내리는 맑은 날이었다. 밤하늘과 반짝거리는 수면이 하나의 거대한 우주로 맞붙어 버린 건 아니었을까. 안개 속처럼 그들은 어쩌면 안팎을 분간할 수 없었을지도 모른다.

수연 부부는 대교를 건넌 후 30여 분을 더 달려 Y읍 외곽의 한 장례식장에 도착했다.

큰어머닌 아시겠지? 수연이 안전벨트를 풀며 말했다.

정신 놓으신 양반인데 얘기해도 못 알아들으실 거야.

차창을 열어 놓은 채 창호가 담배 한 대를 다 태울 때까지 그들은 차 안에 잠시 앉아 있었다. 장례식장은 야산과 인접한 곳에 있었다. 주변에 인가는 없고, 주차장은 관중이 없는 축구장처럼 널찍했다. 검은 양복 차림의 남자들이 출입구 왼쪽에 놓인 벤치 근처에 따로따로 떨어져 서서 담배를 피우고 있었다. 그들은 바지 주머니에 한 손을 찌른 채 구부정하게 몸을 수그리고 담배를 피우는 장일수에게 다가갔다.

형님! 창호가 인사했다.

왔구나. 장일수가 그의 어깨를 툭 치며 말했다.

안녕하세요. 수연이 잠긴 목소리로 인사했다.

제수씨, 오시느라 고생했어요.

수연은 조금 전 자신의 인사말이 부적절하다는 생

각이 불쑥 들어 장일수의 눈을 피했다.

당연히 와 봐야죠……. 창호가 말끝을 흐렸다.

탈모가 진행되어 가운데가 훤하게 빈 장일수의 정수리가 보였다. 3년 전 이혼한 장일수는 Y시로 내려와 오랫동안 비워 두었던 본가를 대충 손봐서 혼자 살고 있었다.

들어가자. 담배꽁초를 발로 비비며 장일수가 말했다.

건물 모퉁이 담벼락을 따라 이어진 숲에서 푸드덕거리는 소리가 들렸다. 꿩인가? 멧새인가? 장일수의 입에서 한숨 소리가 터져 나왔다. 꿩이면 어떻고 멧새면 어떤가. 새가 아니고 산을 헤집고 다니는 멧돼지면 어떤가. 어두워서 숲은 보이지 않았다.

은범의 빈소는 맨 끝이었다. 빈소와 접객실이 통로를 마주하고 있었다. 그들은 통로 안쪽으로 들어갔다. 빈소가 군데군데 비어 있어 장례식장은 번잡스럽지 않았다.

영정 사진 속의 은범은 평온해 보였다. 수연과 나란히 선 창호가 한 발 앞으로 나가 향을 붙여 향로에 꽂았다. 그들은 영정 사진 앞에 고개를 숙인 채 한동안 아무 말 없이 서 있었다. 영정 사진은 은범의 SNS 프로필을 장식했던 사진 중에서 내려받아 만든 것이라는데 수연은 어엿한 청년이 된 은범이 낯설었다. 사고 후 본 은범의 얼굴은 알아볼 수 없을 정도로 부풀어 있었고, 수연이 마지막이라 기억하는 얼굴은 큰어머니의 팔순잔치 때 본 열네 살 소년의 얼굴이었다.

큰어머니의 팔순 잔치는 Y시 읍내에 있는 한 컨벤션 홀에서 열렸다. 교복 차림의 은범이 큰어머니가 앉아 있는 앞쪽 테이블에 자리를 잡고 있었다. 잔칫날이라 은범의 교복은 눈에 띄었다. 큰어머니의 자손들 중에서 교복을 입고 그 자리에 온 아이는 아무도 없었다. 수연은 큰어머니의 자리로 가서 인사를 드렸다. 한복을 곱게 차려입은 큰어머니는 그날만큼은 활짝 웃어도 좋다는 듯 편안해 보였다. 은범이 교복 입은 모습 보니까 몰라보겠다. 수연은 은범에게도 먼저 말을 건넸다. 은범이 보일 듯 말 듯 웃었는데 얼굴이 금세 붉어졌다. 납작한 슬리퍼를 끌고 개와 뛰어가던 어릴 적의 모습은 사라지고 없었다. 이마를 덮은 머리칼 아래 여드름이 발그레하게 성이 나 있었다. 앞머리는 뒤로 넘기고 다녀, 그래야 여드름이 덧나지 않지. 수연이 작은 목소리로 말한 걸 큰어머니도 들은 모양이었다. 이제는 머리가 굵었다고 늙은이 말은 안 들어. 그러자 은범이 할머니, 하고 짜증 섞인 목소리로 내뱉었다. 잔치가 끝나갈 즈음에 수연은 다른 사람들이 보지 않을 때 은범에게 슬쩍 봉투를 건넸다. 얼마 안 되지만 중학교 입학 축하금이야. 필요한 학용품도 사고 친구들이랑 맛있는 것도 사 먹어. 은범은 두 손으로 봉투를 받아들고 멍하니 쳐다보더니 기어드는 목소리로 고맙습니다, 하고 고개를 꾸벅 숙였다. 집으로 돌아오는 길에 수연이 창호에게 언제 은범이 초대해서 밥 한번 해 먹여야 하는데, 라고 말하자 그도 그럼 좋지, 하고 대답했다.

수연 부부는 접객실로 건너와 큰집 식구들이 모여 앉은 테이블에 가서 인사했다. 접객실은 한산했다. 몇몇씩 모여 앉은 문상객들은 사촌들의 지인들이었다. 오래전에 죽은 장경수를 보고 찾아왔을 리는 없었다. 은범의 또래로 보이는 문상객은 보이지 않았다. 수연은 딸아이를 떠올렸다. 학원에서 수업 중인 아이에겐 메시지만 남기고 같이 가 보자는 말도 하지 않았다. 은범이 사고를 당했다는 걸 알았을 때 딸아이의 반응은

'어떡해'였다. 사회적인 공감 능력은 갖춘 아이니까, 그 정도는 일반적인 반응일 뿐이었다. 딸아이에겐 은범의 존재가 그 이상도 이하도 아닌 관계에 불과했다.

장일수는 만만찮게 취해 있었는데도 자리에 앉자마자 술을 마시기 시작했다.

오빠는 술 좀 작작 마셔. 장일수 바로 아래 동생인 장영희가 술병을 빼앗았다.

이리 줘, 한 잔 더 해야겠다. 장일수가 술병을 가져가며 말했다.

큰어머니는 팔순 잔치를 치르고 몇 달 뒤 한여름 땡볕에 텃밭에 나앉아 밭을 매다가 갑자기 쓰러졌다. 일사병인가 했는데 그날 밤에 다시 쓰러졌다. 아침에 일어난 은범이 방문턱에 쓰러져 있는 할머니를 발견했다고 한다. 그의 사촌들은 할머니가 쓰러진 것도 모른 은범을 원망했지만 누구보다 놀란 건 집을 떠나 있는 자식들이 아니라 옆에 있었던 은범이었을 것이다.

그의 큰어머니가 중환자실에서 간신히 깨어나 요양병원으로 옮겨진 지도 오래되었다. 몇 달 전에 수연 부부가 병문안을 갔을 때, 큰어머니는 그들을 알아보지 못했다. 간병인이 조카라네요, 하고 귓불에 입술을 붙이듯이 하고 말하자 뭐라고 입을 달싹거렸지만 그들은 알아듣지 못했다. 길쭉한 얼굴은 볼이 쑥 꺼져 절여 놓은 오이 같고, 하얗게 센 머리는 잔디처럼 깎아 놓았는데 예전의 카랑카랑한 모습은 상상할 수조차 없었다. 큰어머니, 은범이 안 보고 싶으세요? 창호가 큰 소리로 물었다. 범이? 큰어머니의 눈동자에 총기가 실리며 주변을 두리번거렸다. 은범이요, 은범이. 창호가 다시 목소리를 높이자 고개를 흔들며 같은 말만 반복했다. 몰라, 몰라.

접객실 분위기는 침울했다. 하지만 누구도 울음소리를 내지 않았다.

자식들도 하나 소용없어. 제 아버지는 버리듯이 하고 엄마한테만 붙어서. 오빠, 애들은 불러야지, 그래도 명색이 사촌 동생인데 애들은 와 봐야지. 장영희가 타령하듯 말했다.

올 거야. 장일수가 장영희를 힐끔 쳐다보며 말했다.

언제 어떤 식으로든 백지상태가 될 수 있는 가족 관계란 그만큼의 대가를 지불했을 것이다. 그런 후에도 지리멸렬하게 계속된다면 그건 과연 뭐라고 할 수 있을까. 끊어 내도 끊어지지 않는 게 핏줄이라면 은범에게 남은 건 뭐였을까. 부모가 없는 은범의 주변에는 핏줄이란 이름으로 열거할 수 있는 관계들이 수없이 많았지만 결국엔 혼자였던 것처럼.

올케언니는 시집와서 내내 힘들었다고 하는데, 혼자만 힘들었어? 엄마 아파서 병원에 있는 거 뻔히 알면서, 오빠가 잘못했으면 얼마나 잘못했다고. 이혼하면 다 끝난 거야. 은범이는 어디 올케언니한테만 맡겼나? 우린 아무것도 안 한 거야?

누나, 그만해. 장홍수가 소리쳤다.

애 좀 봐. 왜 소리는 지르고 그래. 장영희가 눈을 부라렸다.

조용히 해. 애 맘 편히 가지도 못하겠다. 장일수가 축 처진 목소리로 중얼거렸다. 함부로 부풀어 오른 분위기가 나락으로 떨어지듯 침묵에 빠졌다. 수연은 슬그머니 일어나 밖으로 나왔다.

은범이 사고를 당한 날, 수연은 혼자서 저녁을 먹고 있었다. 식탁에 덩그러니 앉아 있는 게 싫어서 거실에서 티브이를 보면서 밥을 먹었다. 채널을 돌리는 것도 귀찮아 평소엔 보지도 않던 지역방송 뉴스를 멍하니 쳐다보면서. 뉴스 말미에 '오늘의 사건 사고'가 보도되었는데 채 1분도 안 되는 짧은 시간이었다.

'오늘 오전 1시경, 대흥동의 한 사거리 인근에서 과속으로 달리던 배달 오토바이 한 대가 갑자기 사라지는 사고가 발생했습니다. 사거리 코너에서 발생한 땅 꺼짐 현상으로 공사 중이었던 이 구간엔 안전 라인이 설치되어 있었지만, 경찰에서는 운전자가 이 라인을 무시한 채 달린 것으로 조사됐습니다. 이 사고로 운전자인 이십 대 남성 한 명이 중상을 입고 병원으로 옮겨졌습니다.'

수연은 밥숟가락을 입에 문 채 저걸 어쩌나, 중얼거렸다. 언젠가 티브이의 한 프로그램에서 어처구니없는 사고 현장을 설명하면서 누군가에게 일어날 수 있는 일은 우리 모두에게 일어날 수 있는 일이라고 한 말이 떠올랐다. 우리가 살아가는 일 자체가 기적일지도 모른다고 했다. 누군가의 불행을 뒤집으면 내 것이 될 수도 있다는 불안감이 엄습하지만 그 순간이 지나면 쉽게 잊힌다. 내게도 일어날 수 있는 일이지만, 내가 당한 일은 아니기에 살아갈 수 있는 게 아닐까.

수연이 은범의 사고 소식을 듣게 된 건 그다음 날이었다. 퇴근한 창호가 오늘 홍수한테서 전화가 왔었어, 하고 말을 꺼냈을 때 수연은 직감적으로 큰어머니에게 무슨 일이 생긴 게 아닌가 생각했다. 아무 일 없이 가벼운 안부 전화였다면 굳이 그가 통화한 얘기를 꺼내지 않았을 것이다. 은범이가 중환자실에 있다네. 창호가 어두운 얼굴로 말했다. 어쩌다가? 왜? 수연은 떨리는 마음을 가라앉히며 연거푸 물었다. 오토바이로 배달 일을 하다가 사고가 났다나 봐. 그때야 수연은 어제저녁에 본 뉴스를 떠올렸다. 까만 배경 화면에 흰색 화살표가 가리키던 사고 지점을.

수연은 은범을 까맣게 잊고 있었다. 드문드문 은범의 이야기가 들려올 때마다 그녀는 화들짝 놀란 듯이 아, 은범이, 하고 그 애를 떠올리곤 했다. 큰어머니가 입원한 뒤로 은범은 장일수의 집에서 장홍수, 장영희의 집으로 옮겨 가며 학교를 다녔다. 한창 고민이 많을 예민한 나이였다. 한동안 마음을 못 붙이고 힘들어했다는 얘기, 취업을 목적으로 하는 기숙학교에 입학했다는 얘기를 들은 것 같은데 어느새 졸업했다는 소식을 들었을 땐 그녀의 딸아이가 고등학교에 들어갔으니

졸업한 게 맞네, 그런 식의 연상작용처럼 떠올리곤 했던 아이. 뉴스에서 봤던 사고의 당사자가 은범일 줄은 꿈에도 생각하지 못했다.

수연 부부가 병문안을 갔을 때도 은범은 깨어나지 못하고 있었다. 수연은 중환자실로 들어서는 게 두려웠다. 은범에게 해 줄 수 있는 위로가, 인사를 건넬 말이 떠오르지 않았다. 은범아, 하고 장영희가 불렀지만 은범은 고요했다. 수연은 숨이 막혀 그 자리에 오래 서 있을 수 없었다. 절대적인 고통과 절망의 순간을 눈으로 보고 있다면 바로 그 순간이 아니었을까.

수연 부부는 중환자실에서 나올 때까지 이렇다 할 말 한마디 하지 못했다. 그들은 병원 1층 휴게실로 내려왔다. 자리를 잡고 앉자마자 장영희는 참았던 말을 쏟아 냈다.

뇌수술을 했는데, 거의 가망이 없대. 워낙 크게 다쳤으니까. 구멍 속으로 쏙 빠져서는 아래로 처박힌 거야. 배달 일을 시작한 지 겨우 한 달도 안 됐어. 밤에 뭐가 제대로 보였겠어. 그저 급한 마음에 앞만 보고 달린 거겠지. 집이라고 한 번 찾아가 봤더니 고시원도 아닌데 요새도 그런 집이 있나 싶었어. 그래도 저는 좋대. 은범이 꿈이 뭐였는지 알아? 어서 돈 벌어서 집을 사는 거래. 저 혼자서라도 제대로 살아 보고 싶었던 거지. 장영희가 혼자 묻고 혼자 말했다.

수연은 장영희의 이야기를 들으면서 은범의 생활 공간을 떠올렸다. 오래전 창호도 살았고, 장경수가 살았을지도 모를 열악한 공간. 그곳에서 스물한 살의 청년은 미래를 꿈꿨을 것이다. 은범의 부모가 그랬던 것처럼.

부모도 다 주지 못한다는 사랑을 우리가 무슨 수로 채워 주겠어. 더군다나 은범이라면 끔찍하게 생각하던 할머니가 이젠 알아보지도 못하는데. 장영희가 한숨을 쉬며 말했다.

수연은 불현듯이 은범에게 밥 한번 해 먹여야 하는데, 했던 말이 어떤 죄의식처럼 떠올랐다. 그 생각은 어느 순간 깜깜한 무의식 속으로 접혀 들어갔을까.

수연은 장례식장 건물을 천천히 한 바퀴 돌았다. 불빛이 닿지 않는 뒤란 숲 쪽은 지하 공간의 창문에서 흘러나오는 빛이 간신히 발밑을 비추었다. 시체 안치실에서 흘러나온 불빛인지도 모른다. 가을과 겨울 사이의 모호한 공기 속엔 아무 냄새도 나지 않았다.

수연이 고개를 숙인 채 뒤란을 돌아 건물 현관 쪽으로 오자 담배를 피우고 있던 창호가 어디 갔다 오느냐고 물었다.

바람 쐬러. 은범이 엄마한텐 연락했대?

홍수가 했다고 하는데 모르지 뭐. 그가 침을 뱉으며 말했다.

침 뱉지 말라니까. 아무 데서나 침을 뱉고 그래. 담배 피우면서 아무 데나 콱콱 소리 내서 침 뱉는 사람처럼 꼴불견이 없더라. 수연이 신경질을 내자, 그가 허 참, 소리를 내며 기막힌 표정을 지었다.

그들이 안으로 들어갔을 때 만취한 장일수가 술병을 든 채 고래고래 소리를 지르고 있었다.

어머니, 보세요. 다 제가 못난 탓입니다. 제가 못나서 은범이도 이렇게 된 거라니까요.

접객실에 앉아 있던 사람들은 장일수를 지켜보고만 있었다. 숫제 팔짱을 낀 채 바라보고 있던 장홍수는 빈소를 나가 버렸다. 바라보고만 있는 사람들의 머릿속에는 무엇이 들어 있는지 수연은 알지 못했다. 각자 은범과 함께해 온 시간만큼 가슴속에 가라앉은 묵직

그들의 내력 173

한 무엇인가를 달래고 있을지도 몰랐다.

　형님, 진정하세요.

　창호가 장일수의 손에서 술병부터 빼앗았다. 그러곤 장일수를 끌고 밖으로 나갔다.

　밤이 깊어지고, 더는 문상객들도 없었다. 친지들끼리 불빛이 환한 접객실에 모여 앉아 통로 건너편 빈소를 우두커니 바라보았다.

　나쁜 년!

　수연의 바로 옆자리에 앉은 장영희가 낮은 소리로 중얼거렸다. 장영희는 한쪽 다리를 구부리고 앉아 발을 주무르고 있었다.

　은범을 면회 갔던 병원 휴게실에서도 장영희는 은범의 생모 얘기를 하며 욕설을 내뱉었다. 장영희가 장경수의 동창들을 수소문해 어렵게 찾아낸 은범의 생모에게 전화를 걸었을 때 여자가 무슨 일로 자신을 찾느냐고 딱딱하게 응대하더라고 했다. 은범이 얘기를 하기도 전에 가슴이 턱 막히면서 심장이 벌렁거려 장영희는 입이 떨어지지 않았다고 한다. 그동안 아이가 살았는지 죽었는지 한 번이라도 찾아볼 생각 못 했느냐고, 은범이가 이러저러한 사정으로 위급을 다투게 생겼다고 하자 지금은 갈 수 없는 형편이니 조금만 기다려 달라고 여자는 놀라지도 않고 차분하게 대꾸했다. 세상에 그게 어미로서 할 말이니? 하루하루 숨 쉬는 게 천금 같은 목숨인 애한테 기다려 달라니. 수연 부부는 장영희의 말을 가만히 듣고만 있었다. 뭐라고 대꾸할 말이 없었다. 장영희가 그들에게 묻듯이 말한 건 속에서 타고 있는 불을 꺼뜨릴 수 없어서라는 걸 알았다. 애가 둘이라고 하더라고. 아직 남편도 은범이 존재를 모르고 아이들도 어려서 선뜻 시간을 낼 수 없대. 장영희가 씩씩거렸다. 그래도 그렇지. 자식까지 낳고 살면서 어미라는 년이…… 나쁜 년.

작은어머님한테 가 봐야지. 장영희가 두 다리를 쭉 뻗으며 수연에게 말했다.

좀 더 있다가 가도 돼요.

뭐 하러. 벌써 자정이 넘었는데. 들어갔다가 내일 와도 돼. 여긴 우리가 지킬 테니까. 작은어머님한텐 오시지 말라고 해. 근력도 없어서 움직이기 불편하실 텐데.

은범 엄마는 내일 온대요?

와야지, 그래도 어민데. 장영희는 고개를 쳐들고 천장을 바라보다 코를 쓱 문질렀다.

아이구, 저 불쌍한 걸 어쩔까. 내가 기가 막혀 말이 안 나와. 고모 나 열심히 돈 벌어서 집 살 거예요, 하던 그 목소리가 아직도 생생해. 경수야 어쩔 거여. 기어코 니 자식까지 데려가냐, 경수야 이놈아.

장영희가 기어코 꺼이꺼이 울음을 쏟아냈다.

수연 부부는 자정이 훨씬 지나 장례식장을 나왔다. 젤리처럼 밤공기가 끈끈했다. 안개가 다 녹아 공기 중으로 섞여 든 걸까. 읍내를 빠져나와 가로등이 없는 어두운 시골길을 달렸다.

은범이 간 거 어머님은 아시겠지?

수연이 물었다.

아시겠지.

그러곤 두 사람은 아무 말이 없었다. 어둠에 잠긴 들판은 보이지 않았다. 자동차의 헤드라이트 불빛이 핥고 지나가는 풍경은 흰 얼룩처럼 보였다. 그의 아버지가 수차에 올라가 염전에 물을 퍼 올리던 시절, 그의 어머니가 20리가 넘는 해넘이골까지 망둥이를 잡으러 다니던 시절, 수연이 그를 만나기 전의 시절들이 감감한 어둠 속에서 흘러갔다. 양가 상견례도 없이 결혼식을 치르기 며칠 전 수연은 창호와 함께 Y시 읍내에서 택시를 타고 그의 집으로 인사를 갔다. 여름 폭우에 휩쓸려 낮은 산자락에서 토사가 흘러내린 시골길을 달리던 택시가 갑자기 멈춰 섰다.

못 가겠네. 택시 기사가 혀를 차며 말했다.

택시가 멈춰 선 길 앞에 밑동까지 파헤쳐진 나무가 쓰러져 길을 가로막고 있었다. 그와 택시 기사가 힘을 합쳐 쓰러진 나무를 치웠다. 그날 밤 수연은 한없이 깊은 산골로 들어가는 줄 알았는데 날이 밝자 너른 논밭 한가운데였다. 여름 장맛비를 견디고 난 논들이 온통 녹색 물결로 출렁거렸다. 아무것도 없는 집으로 시집을 와 준다니 고맙구나. 그의 어머니가 수연의 손을 붙잡고 말했다. 그렇게 수연이 그의 집안 내력 속으로 들어온 지가 엊그제 같았다.

불빛 한 점 없이 캄캄한 집 마당에 차를 세웠다. 차 소리가 나는데도 불이 켜지지 않는 걸 보니 시어머니는 깊이 잠든 모양이라고 수연은 생각했다. 그들은 조용히 어두운 집 안으로 들어가 거실의 불을 켰다. 안방에서 기척이 들렸다. 창호가 방문을 열자 그제야 불이 켜졌다. 그의 어머니가 힘겹게 몸을 일으켜 앉았다. 염색을 하지 않아 온통 흰 머리칼이 불빛 속에서 도드라져 보였다.

범이한테서 오는 길이냐? 그의 어머니가 갈라지는 목소리로 물었다.

네, 더 주무세요. 저희도 들어가서 잘게요.

창호가 대답하곤 먼저 건넌방으로 들어갔다.

수연은 시어머니가 자리에 눕는 걸 도와주고 이불을 덮어 주었다.

쓸데없는 노인네나 데려갈 것이지……. 벽을 보고 누운 시어머니가 중얼거렸다. 큰어머니를 두고 하는 말인지 당신 자신을 두고 하는 말인지 알 수 없었다. 수연은 안방의 불을 끄고 건넌방으로 건너갔다. 오래된 농가는 빈집처럼 캄캄한 어둠 속에 묻혀 들었다.

마술이 필요한 순간

연극은 오후 2시부터 시작되었다. 토요일이었고, 공연 첫날이었지만 200석 규모의 객석은 거의 반 넘게 비어 있었다. 솔이 출연하는 세 번째 작품이었다. 솔이 속한 극단은 청년이라는 기치를 내걸고 2년 전에 창단한 신생 극단이었다.

극이 시작되기 전 어두운 객석에 앉았을 때부터 연경은 목이 타는 듯한 갈증을 느꼈다. 녹음된 솔의 목소리가 내레이션으로 극을 끌어갔다. 솔의 목소리가 저랬나, 싶을 정도로 낯설게 들렸다. 분장을 최소화한 솔이 무대에 등장했을 때는 몰입이 쉽지 않았다. 극중 인물이 솔의 평소 모습과 별다르지 않았다. 가장 자연스럽게 배우 본연의 모습을 끌어내는 게 참다운 연기라고 솔이 말했던가. 연륜이 쌓인 대가에게나 어울릴 법한 말이었다. 연경은 과장된 톤의 내레이션과 솔의 극중 인물에서 줄곧 불편함을 느꼈다.

무대 세트는 단순했다. 왼쪽에 덩그러니 놓인 침대 하나가 고정 세트였다. 텅 빈 중앙에 일인용 테이블과 그에 딸린 의자가 놓였다 철거되곤 했다. 등장인물 하나씩 네 세트가 놓일 때도 있고, 달랑 한 세트만 놓일 때도 있었다. 테이블을 나란히 놓고 앉았지만 각자 단절된 상태. 카페에 앉아 노트북을 들여다보거나, 면접을 보거나, 밥을 먹거나 술을 마시는 것도 개별자의 일이었다. 침대는 한 사람도 눕기 빠듯할 정도로 좁아 몸을 돌려 누울 때마다 팔이나 다리 한쪽이 바닥에 닿을 듯 위태로웠다. 날이 밝고 밤이 찾아오는 장면은 모두 침대에서 이루어졌고 그때마다 내레이션이 흘러나왔다.

'우리는 어디로 가고 있는 걸까요?'

그래픽 문장이 조명을 따라 왼쪽에서 나타났다 오른쪽으로 사라지고, 다시 나타났다. 무대를 비추는 빛이라곤 침대 머리맡 테이블에 놓인 작은 스탠드와 각각의 테이블을 비추는 동그란 조명뿐이라, 전체적으로 무겁고 어두웠다. 등장인물들은 알바생이면서 취준생이거나 백수였다. 그들 중 누군가는 철저한 고립 속에 빠져 외부와 소통 불능인 고독생으로 묘사됐다. 솔도 그중의 하나로 등장했다. 내레이션이 극의 장면을 환기시킬 때마다 새로운 인물이 등장하고 또 사라졌다. 모두에게 마술 같은 선물이 필요했다. 극의 후반부에 망토를 걸친 마술사가 등장했다. 모처럼 스펙터클한 조명이 터지고 과장된 마술사의 손동작이 이어졌다.

여러분, 우리에겐 마술이 필요합니다. 마술이 아니면 세상은 절대로 여러분에게 문을 열어 주지 않습니다. 자, 저를 믿으십시오. 눈을 감으세요. 행운을 받으세요!

비둘기를 날리듯 마술사가 제스처를 취했지만 실패였다. 마술사마저 행운을 선사하지 못하고 고개를 갸웃거렸다. 오리처럼 뒤뚱거리는 우스꽝스러운 걸음걸이로 퇴장하는 마술사의 뒷모습을 보고도 객석에선 웃음이 터지지 않았다. 한 시간 40분 동안 긴장해 있었던 연경은 손바닥으로 마른 얼굴을 씻어 내렸다.

배우들이 무대 인사를 할 때 연경은 솔을 향해 손을 흔들어 주고 소극장이 있는 5층 건물 입구에서 기다렸다. 50여 미터 앞, 혜화역 근처는 사람들로 북적거렸다. 사람들이 몰려가는 전철역 입구를 빤히 쳐다보고 있는데 누군가가 연경의 어깨를 툭 쳤다. 솔이었다. 솔은 무대에서 입었던 얇은 회색 스웨터 차림이었다.

사진도 안 찍고 혼자 나가 버리면 어떡해?

네가 사람들한테 둘러싸여 있으니까 걸리적거릴까 싶어서.

어땠어?

솔이 묻기 전에 연경이 얘길 했어야 했다. 수고했다고, 잘 봤다고.

괜찮았어.

애개 그 정도밖에 안 됐어? 두 달 동안 열나게 연습했구만.

그래, 고생 많았다.

오늘은 이상하게 긴장되더라. 엄마가 와 있어서 그런가.

솔이 고개를 숙이고 신발 코끝으로 바닥을 긁었다.

뒤늦게 한 무리의 사람들이 몰려나오면서 극장 출

입구가 시끌벅적했다. 꽃다발을 든 배우 주위로 둘러서서 사진을 찍는 무리를 향해 솔이 손을 저어 인사했다. 그들 중 한 사람이 프레임 안으로 들어오라고 부르자 솔이 웃으면서 됐어, 하고 대답했다. 무대에서 입었던 옷 그대로라 극중 인물이 누구인지 알 것 같았다. 침대에 묶이듯 누워 있던 청년, 칙칙한 카키색 운동복 차림인 그는 무대에서와는 달리 활달하고 생기가 넘치는 표정이었다.

가 봐. 기다리잖아.

와 줘서 고마워. 조심해서 들어가시고.

너도 몸조심하고, 남은 공연도 잘하고.

끝나고 시간 내서 집에 한번 갈게.

연경은 솔이 종종걸음으로 사라지는 모습을 보고 걸음을 돌렸다. 그러고 보니 솔에게 줄 꽃다발도 준비하지 않았다.

몇 달 전 이사를 온 후 긴 나들이는 처음이었다. 솔이 출연하지만 않았어도 굳이 집을 나서진 않았을 것이다. 고립을 자처한 건 아니지만 연경은 숨듯이 꼬리를 감추고 조용히 침잠해 있고 싶었다. 잃어버린 것이 무엇인지도 모른 채 살아왔다는 생각이 들 때마다 갈망이 올라오는 것처럼 온몸이 가려웠다.

집으로 돌아오는 길엔 갈 때와 마찬가지로 전철을 두 번이나 환승했다. 마치 지하철을 처음 타 보는 사람처럼 환승역마다 이정표를 몇 번씩이나 확인하며 머뭇댔다. 이사를 한 후로 바뀐 대중교통 경로가 익숙하지 않아서였다. 전철역을 빠져나올 때도 3번 출구인지, 4번 출구인지, 아니면 1, 2번 출구가 있는 반대쪽인지 헷갈렸다. 출입구를 잘못 빠져나가면 다시 신호등이 있는 건널목을 건너야 할 수도 있었다. 짐작만으로 4번 출입구를 빠져나오자 눈에 익은 길이 보였다. 4번 출입구에서 오른쪽으로 골목을 꺾어 들면 곧바로 거북 등처럼 솟은 언덕바지가 시야에 걸렸다. 거기서부터 내리막길을 따라 일자 도로가 길게 이어졌다.

그다지 높지도 않건만 언덕 너머는 아무것도 보이지 않았다. 눕힌 곡선의 아랫부분이 생략된 채 먼 시야에 높이 솟은 구조물들이 드문드문 잡혔는데, 집에서는 보이지도 않는 오래된 놀이공원이었다.

엄마, 저 너머에 뭐가 있을 것 같지 않아?

이사 후 처음 집을 찾아오는 솔을 마중 나갔을 때,

솔이 꿈꾸듯 물었다.

글쎄. 뭐가 있을까.

뻔히 알면서도 우리가 모르는 무언가가 있을지도 모른다고 생각하던 때가 있긴 있었나 싶었다.

바람 소리가 파도 소리 같아. 꼭 바다가 있을 것 같지 않아?

그런 기대치가 있어서 살아지는 거 아닐까.

연경의 대답에 솔이 실망스럽다는 듯 풋, 하고 웃었다.

엄만 꼭 초 치는 소릴 잘하더라. 바다 얘기하는데 심각하긴.

언덕길을 넘어오면서 연경은 솔이 말한 대로 심각하게 중얼거렸다. 가 보면 뭔가가 있겠지.

'오늘은 쉽니다.'

언덕 아래 자리한 션사인 출입문엔 흰 종이가 붙어 있었다. 어제는 영업을 했다는 뜻으로 읽히는 문장이었다. 언젠가도 이런 종이가 붙어 있었던 것 같다. 상습적이군. 출입문 손잡이를 당겨 본 연경은 한 발 뒤로 물러섰다. 잠긴 유리문은 둔중하게 흔들리다 멈췄다. 시월의 지는 해를 역광으로 받은 가게는 내부에 불이 켜진 듯 보였다. 외출할 때 서둘러 지나가느라 종이가 붙어 있는 걸 본 기억이 없었다.

연경은 골목길을 좌우로 훑으며 천천히 걸음을 옮겼다. 배가 고팠지만 다른 곳에 들어갈 생각은 없었다. 돈가스 안주에 생맥주 한 잔이면 딱 좋겠다는 생각에 뒤도 돌아보지 않고 왔는데 낭패였다. 모처럼 챙겨 신은 구두가 내리막에서 벗겨질 듯 헐떡댔다. 종일 남의 구두를 신고 있는 것처럼 불편했다. 긴장이 풀리자 헐떡대는 구둣발 소리가 더 귀에 거슬렸다.

연경이 이 동네로 이사를 온 건 직장을 그만둔 직후였고, 솔은 이미 독립했으므로 혼자 살림이었다. '당분간'이라는 단서를 달았지만 연경은 골치 아픈 생각은 밀쳐 두기로 했다. 실업급여가 끝날 때까지 경제활동을 할 생각도 없었다. 아무 일도 하지 않고, 어떤 것에도 얽매이지 않은 채 아무 때나 자고 아무 때나 일어났다. 아무도 그녀를 방해하지 않았고, 그녀 역시 아무도 방해하지 않았다. 끝난 일을 생각하는 건 어쨌든 끔찍한 일이었다.

연경은 직장을 다닐 때도 전철을 두 번이나 환승했다. 규모가 크지 않지만 오랜 전통을 지닌 사단법인체였다. 회원을 관리하고, 회보를 발행하고, 각종 회의 준비를 했다. 대내외 행사를 준비할 때는 유관 단체에 협조 공문을 보내고 타임테이블을 짜고, 행사 주최자로서 잡다하게 챙겨야 하는 일을 맡았다. 그간 해 오던 방식과 크게 다를 것 없는 일을 다섯 명의 직원들이 나누어서 했다. 사무국을 책임지는 국장은 임기가 4년이었지만 사정에 따라 잠시 머물다 다른 기관으로 영전되어 가는 경우도 있었다.

사무실은 옛 건물들이 밀집한 서대문의 낡은 빌딩 5층에 있었다. 꼭대기 층이라 옥상을 편하게 사용할 수 있었다. 건물 사람들은 담배를 피우거나 점심시간에 남은 휴식을 취하는 공간으로 이용했다. 칠이 벗겨진 낡은 벤치도 놓여 있고, 누군가가 키우던 화분도 여기저기 놓여 있었다. 연경은 반쯤 죽은 식물들에 먹다 남은 생수를 열심히 부어 준 적도 있었다. 절망을 극복하는 방식, 슬픔을 만회하는 방식, 외로움을 달래는 방식은 각기 달랐다. 나이를 먹어 가는 법도 조금씩은 다를 테지. 자기만의 방식을 고수해도 직장 생활은 모눈종이 안을 벗어나지 못했다. 연경은 살얼음이 끼는 겨울에는 더 차가운 공기를 마시기 위해, 뜨거운 한여름에는 더 뜨거운 태양 아래 서 보기 위해 옥상을 찾았다. 연경은 첫인상이 주는 강렬함을 믿지 않았다. 그 속에 얼마쯤은 포함되어 있을지도 모를 허위와 과장된 제스처들을 믿지 않았다. 권력을 가진 자들의 관대한 미소에도 시큰둥하게 반응했다. 누구에게나 다정하고 모두에게 친절한 사람을 경계했다. 적당한 거리가 무너지고 생활의 일부로 굳어졌을 때 찾아온 피로감을 견디지 못했다. 7년 남짓한 정훈과의 결혼생활이 파경을 맞은 것도 그런 피로감의 하나였다. 자식이 있기에 끝까지 참아야만 한다는 피로감. 정훈에게 받은 실망감이 정신적인 피로감을 더했다.

옥상에서는 건물 앞 도로가 한눈에 들어왔다. 난간에 바싹 붙어 서서 허리를 반으로 꺾으면 바로 몸이 바닥으로 떨어질 수도 있었다. 난간에 다가서면 언제나 그렇듯 아슬아슬한 경계에 내몰린 듯한 감정에 사로잡혔다. 나이가 더 들면 더 이상의 이직은 꿈도 꿀 수 없을 것이라 생각했는데, 그동안 수없이 떠돌았던 작은 사무실들에 비해 좀 오래간다 싶었다. 연경은 옥상에서 한겨울의 추위와 혹서의 갈증을 느끼며 가끔은 솔에게 속삭였다. 네가 있어서 나는 이 삶을 놓지 못하는 거야. 솔아 너무 애쓰며 살게 해서 미안해. 솔이 살아갈 세상은 연경의 남은 삶이 포함된 세상이기도 했다.

미련은 없었다. 연경은 무언의 압박감을 견딜 수 없었다. 인사권을 쥐고 있는 새 국장의 임기가 시작되면 언제든 떠날 준비를 하고 있었으니까. 새 술은 새 부대에 담아야 한다고 그들은 생각하고 있었다. 연경은 오히려 맞지 않는 옷을 너무 오래 입고 있었다는 생각이 들었다. 더 이상 지하철을 두 번이나 환승해야 하는 출퇴근의 부담감도, 마음에도 없는 뒤풀이 자리를 끝까지 지켜야 하는 일도, 자신이 하는 일을 누군가가 더 잘할 수 있다는 생각에서도 놓여날 수 있었다.

요즘 말로 먹는 데 진심인 국장을 모신 적이 있었다. 짧게 있다가 다른 자리로 갔지만, 그에겐 밥이 하늘이고, 술이 신인지라 모든 회의와 만남의 자리가 뒤풀이로 이어졌다. 회사에선 한 끼를 먹더라도 나 홀로 옆으로 빠지고 싶어도 그럴 수 없었다. 법인 카드로 밥을 먹기 위해선, 커피 한 잔이라도 마시려면 싫어도 같이 움직여야 했다. 마치 한 두릅에 꿴 생선 같은 신세랄까. 내가 있는 동안은 먹는 것에 아끼지 말자. 먹는 것에 진심인 국장은 말하곤 했다. 고생한다고, 온갖 민원 때문에 스트레스가 쌓인다고, 일의 결과가 생각처럼 되지 않아 나쁜 평가가 돌아왔을 때도 그는 그럴싸한 안주와 술로 직원들을 위로했다. 법인 카드를 쓸 수 없는 자리에선 자신의 사비를 털어 가며 먹이긴 했지만 몸이 안 좋거나 개인적인 일이 있어도 그의 성찬엔 함부로 빠질 수 없었다. 법인 카드를 쓸 수 없었다면 그토록 먹는 일에 진심일 수 있었을까. 그가 떠난 뒤에 남은 건 온갖 종류의 식당을 순례했던 기억밖엔 없었다.

이사 온 첫날부터 한 끼 식사를 매식할 수밖에 없었던 연경은 골목 식당들을 순례하면서 되도록 자신이 다녀갔다는 흔적을 남기지 않으려 애썼다. 그래 봤자 숨길 수도 없이 드러나는 뻔한 곳이어서 신경이 쓰였다. 며칠에 한 번씩 밥하기 귀찮고, 먹는 것에 진심이 생기지 않을 때 허기를 때우기 위해 찾아갔을 뿐인데도 종업원을 부리지 않는 식당 주인들은 연경을 알아봤다.

동네 식당들은 분위기가 비슷했다. 다세대 빌라와 저층 아파트가 섞인 골목에는 살림집을 개조해 식당으로 쓰는 가게들도 여럿 보였다. 인테리어라고 할 것도 없었다. 개업 축하 리본을 단 채 먼지를 뒤집어쓴 녹보수니 금전수, 스투키니 하는 식물들, 티브이를 얹어놓은 선반 아래 자질구레한 짐들이 얹힌 이인용 테이블, 벽면에 큼지막하게 걸린 메뉴판, 출입구 한쪽에 놓인 정수기와 신발장, 붙박이 서랍장으로 짠 좁은 데스크에 얹어놓은 금전출납기, 주방 전면이 뚫려 있어 홀과 혼연일체가 된 좁은 공간.

연경은 골목 밥집은 웬만큼 섭렵한 상태였다. 손님들이 뜸해서 몇 번 드나들었더니 그새 얼굴이 다 팔렸다. 감지 않은 머리에 모자를 둘러쓰고 집에서 입고 뒹굴던 옷에 재킷만 대충 걸치고, 현금카드가 꽂힌 핸드폰만 달랑 들고나온 몰골을 보면 누구라도 동네 여자인 걸 알아볼 수 있었다.

연경은 긴 언덕길을 내려오며 골목 식당들을 하나하나 훑었다. 마음 놓고 들어갈 만한 데가 없었다. 션사인 바로 맞은편 거북반점은 한 달 내내 '내부 수리 중'이라는 팻말이 붙어 있었다. 공사 중이라면 문을 열어 놓고 움직일 텐데 그런 기미는 없어 보였다. 삼천 원짜리 기본 짜장면은 조미료 맛이 강해서 먹고 나면 속이 울렁거렸다. 짜장 소스를 끓여 스테인리스 통에 담아 두고 면만 삶아 그 위에 소스를 끼얹어 내왔다. 묵은 소스일지도 몰랐다. 그나마 간짜장은 먹을 만했는데 조미료 맛은 여전히 강했고, 소스를 새로 볶아서 끼얹는 게 달랐다. 값은 무려 두 배나 차이가 났다.

몇 걸음 떨어진 곳에 굴밥 전문점이 있었다. 조그만 가게였다. 연경은 언젠가 굴밥집에서 밥을 먹고 배탈이 난 적이 있었다. 뚝배기에 살짝 익은 굴 대여섯 알이 얹혀 있는데, 그날따라 굴이 상했던지 비린내가 약간 났고, 식감이 좋지 않았다. 옆 테이블에 앉은 사람들은 굴전에 막걸리를 먹고 있었다. 주로 단골들이 이용하는 식당이었다. 굴이 상한 것 같다고 말할 수가 없어서 연경은 참고 먹었다. 밥을 새로 해 달라거나 굴을 걷어 내고 먹었어야 했는데 하는 생각은 식당을 나설 때야 들었다. 집으로 돌아온 연경은 속이 메슥거렸고 한두 시간 후엔 먹은 걸 토해 내느라 화장실을 몇 번이나 들락거려야 했다. 그다음부턴 '굴'이라는 글자만 봐도 속이 울렁거렸다. 굴밥 전문점 옆 순댓국집은 한 무리씩 진을 치고 있는 단골들이 꼭 있었다. 중년이나 노년의 남자들이었다. 연경은 국밥을 안주로 소주를 마시는 사람들 사이를 뚫고 용감하게 안쪽으로 들어가 국밥 한 그릇을 먹고 나온 적도 있었다. 시끄러워서 체할 것 같았다. 요행히 아무도 없는 늦은 점심시간에 들어갔을 때는 마침 공깃밥이 떨어졌다며 주인이 부리나케 어디론가 나가더니 공깃밥을 들고 들어왔다.

삼삼하게 간을 한 묵나물 여러 가지를 고명으로 얹고, 자그마한 뚝배기에 애호박과 양파 몇 조각을 띄운 된장찌개를 내오는 보리밥집도 슬그머니 부담스러워지기 시작했다. 몇 번 밥을 먹고 났더니 주인장이 이것저것 참견하기 시작했다. 집에 식구 없어요? 그다음에 한동안 찾지 않다가 들렀을 땐 우리 집 보리밥이 맛이 없었냐고 물었다. 밥그릇에 보리쌀 한 톨 남지 않게 싹싹 긁어 먹어야 했다.

저녁 산책을 나왔다가 선사인을 발견한 날 연경은 무슨 일인가로 밥 대신 술이 고팠는지는 기억나지 않는다. 거품이 흐르는 맥주잔이 그려진 고전적인 아크릴 간판을 발견하곤 골목에 이런 술집이 있었나 싶어 슬쩍 문을 열어 보았다. 대체로 어두운 불빛이 흐르는 홀은 텅 비어 있었는데, 영업 전인가 싶어 도로 문을 닫으려고 했다. 아마도 연경이 안을 들여다본 시간이 좀 길었던가 싶다. 들어오세요, 하는 소리가 홀 안쪽에서 들려왔는데 도망치듯 그냥 갈 수가 없었다. 연경이 지나온 이십 대 시절로 소환당한 듯한 분위기가 새삼스러웠다. 세상에 아직도 이런 홀이 남아 있다니. 아무튼 연경은 그날 혼자서 술을 마실 수 있는 장소를 발견했다는 것 때문에 다소 흥분했더랬다.

솔은 대학을 2년 다닌 후 휴학하고 아르바이트를 시작했다. 항공사에 납품하는 여행용 트렁크를 전문으로 하는 생산 업체였다. 작은 사무실 책상에 앉아 입출고와 주문관리 액셀 작업을 하고, 전화를 받고 틈틈이 포장하는 일을 도왔다. 결근 한번 없이 꼬박 여섯 달간 일한 돈을 모아 배낭을 메고 석 달 일정으로 혼자 유럽 전역을 여행하고 돌아왔다. 일하는 동안 솔을 버티게 한 힘은 목적이 분명한 계획이 있었기 때문이었다.

버티기 힘든 데 버텼어. 수염도 제대로 안 깎고 와서 일하는 늙수그레한 아저씨들하고 점심 먹고, 커피 마시면서 '라떼는 말이야' 하는 농담 듣는 거 정말 괴로

웠거든.

솔은 콧잔등을 잔뜩 찡그리며 과장된 표정을 지었다.

사실상 솔은 그때 연경에게서 독립한 셈이었다. 마음을 먹으면 몸을 움직여 바로 행동으로 옮기는 힘이 솔을 홀로 서게 했다.

솔은 배낭여행에서 돌아온 뒤 복학하지 않았다. 대학에서도 전공엔 관심 없어 했었다. 연기를 하기 위해 아르바이트를 하고, 사람을 만나고, 책을 읽고, 춤을 추고, 노래를 배웠다. 솔은 무대를 찾아 집을 떠났고, 지난해 청년 주택 지원금을 받아 자기만의 공간을 얻었다.

솔의 공간은 다섯 평이 채 되지 않는 원룸이었다. 조립식 벙커 침대가 방의 3분의 1을 차지했다. 천장 가까이 높이 뜬 침대를 세우고 일곱 칸짜리 사다리가 달린 침대 프레임 아래 작은 책상을 놓았다. 침대에 누워 창문을 열면 하늘이 보인다고 했다. 첫눈이 내린 날, 솔은 창문 밖으로 길게 손을 뻗어 나무 한 그루 보이지 않는 빼곡한 건물 사이로 내리는 눈을 동영상으로 찍어 연경에게 보내왔다.

첫눈이야. 보여?

눈발이 섞인 바람 소리가 거친 숨소리처럼 들렸다. 연경은 1분 20초짜리 동영상을 몇 번이나 돌려봤다. 먼지처럼 희끗희끗한 것이 바람을 타고 허공을 맴돌았다. 바닥에 닿은 눈은 흔적도 없이 사라지고 눈발을 날리는 바람 소리만 가득했다.

잘하고 있어, 솔아.

연경은 솔에게 닿지 않는 말을 속삭였다. 발바닥에 불이 나도록 뛰기만 하면 아프다고, 잠시 눈 오는 걸 보며 쉬어 가는 것도 좋아 보인다고.

연경은 솔을 한 번도 깊이 안아 준 적이 없었다. 그게 가장 미안하고 가슴 아팠다. 젊은 시절엔 바쁘고 피곤한 일이 많았으므로, 지금의 솔보다 어린 나이에 솔을 낳고 직장을 다니며 여러 가지로 괴롭고 시달리는 일이 많았으므로.

정훈과 살 때도 육아는 오롯이 연경의 몫이었다. 퇴근 시간이면 야간 돌봄을 하는 어린이집에 부리나케 달려가 솔을 찾아오는 일이 가장 큰 걱정거리이자 말할 수 없는 스트레스였다. 다섯 살이 된 솔이 어서어서 커서, 마술을 부린 듯이 눈 깜짝할 새에 제 앞가림을 할 줄 아는 소녀가 되길, 저 혼자 두어도 알아서 씻고, 옷 갈아입고, 밥을 챙겨 먹기를 바랐다. 생계비든 육아든 뭐든 하나에서 해방되기를 바랐다.

어릴 적의 솔은 발랄한 아이이기도 했다.

엄마, 내 이름이 왜 솔인지 알았어.

초등학교에 입학한 솔이 어느 날 느닷없이 말했다.

학교 선생님이 '솔'이 무슨 뜻이냐고 물었거든. 엄만 소나무라고 했지만, 나는 나를 소나무라고 한 번도 생각해 본 적이 없었거든.

그래서 뭐라고 대답했는데?

도레미파솔 할 때 '솔'이에요, 하고 대답했지. 피아노 학원 선생님이 그랬거든. 도, 레, 미, 파, 솔. 솔솔솔 여기서부터 소리가 높아지기 시작해. 네 이름이 솔이잖아.

솔은 피아노 선생님 흉내를 내며 종알댔다. 연경은 솔의 능청스러운 연기가 우스워 하하하 웃었다.

그래, 맞다. 솔. 도레미파솔 할 때 솔이네.

정훈은 '솔'이라는 외자 이름을 마음에 들어하지 않았다.

솔이 뭐냐, 솔이. 생기다 만 아이 같잖아.

어머, 왜 솔이 생기다 만 아이 같아? 솔, 하고 부르면

똑 부러지고 좋은데. 박솔.

솔이 배 속에 있을 때부터 연경은 솔아, 솔아, 하고 말을 걸었다. 배가 불러 발길질을 할 때도 솔아, 엄마 목소리가 들리니? 하고 불러 보곤 했다. 솔은 스스로 자기 이름의 의미를 받아들이고 터득한 아이였다. 대견한 솔. 그 시절의 솔은 행복했을지도 모르겠다. 양쪽으로 입이 벌어지며 커다랗게 웃는 모습이 한 장의 사진처럼 생생하다.

선샤인은 홀이 제법 넓었다. 가구나 장식은 오래돼 보였지만 깨끗했다. 주문한 안주가 나오기 전에 거품이 출렁거리는 생맥주를 먼저 내왔고 과일류나 돈가스, 감자튀김 같은 안주를 시켜도—마른안주일 경우는 간단하겠지만—시간을 오래 잡아먹지 않았다. 손님이 많지 않아 좋았는데, 아무도 없이 연경 혼자 술을 마시기도 했다. 너무 이르거나 어중간한 때여서 다른 손님들과 부딪치지 않았는지도 모른다.

한번은 연경이 혼자 술을 마시고 있는데 전화 통화를 하면서 주방에서 나온 주인 여자가 잠시만 가게 좀 봐줘요, 라고 말한 뒤 밖으로 나갔다. 곧 갈게, 기다려.

연경이 여자의 통화 내용을 들은 건 그것뿐이었다. 여자는 20분이 지나도 돌아오지 않았다. 그 시간이 마치 환생을 해서 다른 세계에 앉아 있는 듯이 느껴질 정도로 아득했다. 주인도 다른 손님도 없는 가게에 혼자 앉아 있는 기분이 묘했다. 술은 떨어졌고, 빈 잔을 앞에 놓고 있으려니 이제 가야 하지 않나 싶었지만 일어설 수가 없었다. 아아아, 마이크 테스팅을 할 때처럼 연경은 목소리를 가다듬었다. 그러곤 조금씩 목소리를 높여가며 웃기 시작했다. 자신의 웃음소리가 음악 소리와 섞여 괴상하게 들렸다. 문득 웃음을 그치고 스피커가 달린 카운터 쪽 천장 모서리를 빤히 쳐다보고 있을 때 여자가 들어왔다. 연경은 반가운 마음에 자리에서 벌떡 일어날 뻔했다.

여자는 미안하다며 서비스로 안주와 소주를 가져왔다. 술은 여자도 함께 마셨다. 원래는 손님과 술을 안 마시는 게 제 영업 철칙이에요. 주인이 술 취하면 장사를 못 하잖겠어요? 그렇게 말하면서 여자는 소주를 따라서 마시기 시작했고, 연경도 여자가 따라 주는 소주를 마시기 시작했다. 연경은 손님을 버려두고 대체 무슨 일로 가게를 비웠느냐고 묻는 대신 지금은 왜 나랑

같이 마시느냐고, 당신이 정한 약속을 스스로 깨고 있지 않느냐고 물었다. 여자는 글쎄요, 하고 뜸을 들이다가 오늘은 손님과 한잔하고 싶은 날이라고 했다.

세상이 뜻대로 안 될 때가 많죠? 이런 날도 있고, 저런 날도 있는데, 오늘은 저런 날이랄까? 하다못해 이런 재미없는 술집을 하더라도 뜻대로 굴러가진 않아요.

잠시 뜸을 들인 여자는 내가 한때는 배우였어요, 하고 연경의 얼굴을 빤히 쳐다보며 말했다. 황당한 상황이었지만, 연경은 웃을 수도 눈길을 피할 수도 없었다. 여자는 독백하듯 말했고, 연경은 완벽하게 세팅된 션사인 홀에 앉아 솔의 무대를 쳐다볼 때처럼 여자의 이야기를 들어야 했다.

20여 년 전 여자는 친구와 미용실에 다녀오던 길에 드라마 촬영 현장을 지나가게 되었다. 충정로에 있는 외관이 특이하게 생긴 건물 앞이었는데 행인들의 발길이 뜸한 곳이었다. 잠시 쉬었다 갈 수 있는 벤치도 있고, 몇 그루의 나무가 있었다. 건물에 딸린 조그만 뜰처럼 보이는 곳이었다. 사람들이 둥그렇게 모여 있었고 반사판을 치켜든 스태프가 촬영 카메라 앞에 서 있었다. 여자도 구경꾼들 사이에 끼어들었다. 바바리코트를 입은 남자 배우는 벤치에 앉아 있고, 여자 배우는 남자에게 떠나지 말라고 애원하고 있었다. 전체 스토리는 알 수 없으나 촬영 장면은 생각보다 싱거웠고, 같은 장면을 여러 번 되풀이해서 찍었다. 여배우는 티브이에서 볼 때와는 달리 키가 작았다. 여배우가 같은 장면을 반복하는 동안 여자는 여배우가 하는 몸짓이나 대사까지도 그대로 따라 할 수 있을 것 같았다. 하늘에서 뚝 떨어지듯 배우가 되고 싶다는 생각을 처음 한 건 아니지만 막연하던 것이 눈앞에서 펼쳐지자 별것 아닐 수도 있겠다는 생각이 들었다.

그 자리에서 번개 맞은 것 같았다니까요. 당장 앞으로 튀어 나가 나도 한번 해 보고 싶다는 생각에 열이 났었다니까.

여자는 바람 빠지는 소리로 후훗, 웃었다.

가당치도 않은 일이었는데 여자는 욕심이 났다. 그것이 어떤 우연을 계기로 다시 찾아왔을 때 여자는 이미 뛰어들 준비가 되어 있었다. 엑스트라 모집 광고를 보고 찾아간 회사에 이름을 걸고 부르는 곳이면 어디든 달려갔다. 어엿한 자신의 이름이 적힌 배역을 받을 날도 곧 오리라 기대했다.

나 같은 사람이 나뿐인 줄 알면 착각이지. 어쨌든 스크린이나 티브이 화면에 얼굴도 잡히지 않는 수많은 등장인물 중의 하나. 그 사람들이 모두 나 같고, 내가 그 사람인 줄은 인정하고 싶지 않았지. 열심히 하면 될 줄 알기도 했고.

여자는 대본 따위는 구경도 못 해 봤다. 새벽같이 승합차에 실려 촬영 현장으로 이동하기도 하고, 직접 승용차를 몰고 찾아가기도 했다. 이삼일씩 촬영을 해야 하는 지방 촬영장에서는 더운물도 안 나오는 허름한 숙소에서 대여섯 명씩 방을 쓰기도 했다. 최초로 몇 신이 나오는 배역을 맡은 영화가 개봉도 못 하고 엎어진 일이 행운의 비둘기를 날려 버린 것처럼 속이 쓰라렸다. 비록 뒤통수만 잡히거나 스쳐 지나가는 행인1에 불과할지라도 여자는 자신을 알아볼 수 있었다. 그런 일에 인생을 건 사람들이 숱하다는 건 아이러니한 일이었다.

놀러 다니듯이 하진 않았죠. 일이라고 생각하면 재미는 없어도 사명감은 있는 법이거든.

여자는 제스처를 해 가며 목소리를 높였다.

웃긴 건, 주름이 질까 봐 중국인들처럼 구멍 뚫린

베개만 베고 잤어요. 이런 말 들어 봤죠? 중국인들의 장수 비결이 바로 베개를 파듯이 하고 머리를 바닥에 대고 잔다는 거. 그럼 목주름이 안 생기고, 건강에도 좋고. 그런데 그런 자세가 사실은 잠 안 올 땐 쥐약이거든요. 그렇게 열렬하게 가꿨는데 맨날 분장이라곤 노파에, 길거리 여자에, 조선 시대 주막집 막순이에, 심지어 피를 덕지덕지 칠하고 죽은 채 엎어져 있는 시체 역할도 여러 번 해 봤고.

여자의 목소리에 취기가 돌았다. 흐릿한 홀 조명이 갈수록 어두워지는 것처럼 느껴졌다. 나른해지는 여자의 목소리에 연경도 취해 갔다.

한번은 주연배우 바로 옆에 서 있었어요. 카메라의 스포트라이트가 내 얼굴까지 닿았지. 주인공은 오가는 사람들에게 누굴 못 봤냐고 초조한 얼굴로 물어봐. 그래서 내가 한마디 했지. 정신을 어디 두고 여기 와서 찾느냐고 애드리브를 친 거지. 그랬더니 감독이 "컷, 컷" 하고 소리를 지르는 거야. 나보고 빠지라는 거지. 왜 자꾸 얼굴 들이밀고 대사 치느냐고.

여자의 과장된 웃음소리가 길게 이어졌다. 마침내 어깨를 들썩이더니 턱을 쳐들고 말했다.

내가 그 짓을 15년을 했어요. 한창 값나갈 때 내 인생을 다 바쳐 가면서.

선사인 여자와 술을 마신 그날 연경이 솔의 얘기를 먼저 꺼냈던가. 연경은 아무리 떠올려 보아도 생각나지 않는다. 느닷없이 여자가 맥락도 없는 과거지사를 그토록 세세하게 술회할 것이 뭐란 말인가. 어쩌면 그날, 여자는 작정하고 출입문에다 '오늘은 쉽니다'라는 쪽지를 붙이고 들어앉았는지도 모르겠다. 손님이 들 만한 시간이었는데도 연경이 선사인을 나올 때까지는 아무도 찾지 않았으니까.

집은 고요한 어둠에 잠겨 들었다. 서서히 젖어 드는 먹빛 어둠이 실내의 풍경을 하나씩 지워 갔다. 연경은 어둠이 꽉 들어찰 때까지 불을 켜지 않은 채 거실 카우치에 멍하니 앉아 있었다. 막간에 무대 세트가 바뀌는 시간대의 암전 속에 들어와 있는 듯했다. 몇 번이나 극장 밖으로 뛰쳐나갈 뻔했던 충동이 되살아났다. 솔의 연기를 부정하는 것도 아니고, 그걸 견딜 수 없어서도 아니었다. 그때부터 치솟기 시작한 갈증은 오로지 연경 자신으로부터 비롯된 것이었다.

내가 저 어둠 속에 있구나.

솔이 가만가만 움직이는 어둠의 행간에 내가 끼어 있구나.

더 이상 배는 고프지 않았다. 허기가 달아난 건지, 허기가 지나쳐서 느끼지 못하는 건지도 몰랐다. 갈증은 여전했다. 하지만 연경은 다시 밖으로 나가지는 않았다. 어쩌면 션사인이 영업을 하기 위해 문짝에 붙여 놓은 '오늘은 쉽니다'를 떼고 간판 불을 켰을지도 모른다.

차라리 잘된 일이었다. 다짜고짜 션사인의 문을 열고 들어갔더라면, 솔의 인생을 한꺼번에 쏟아 놓고 조언을 구하려 했을지도 모른다. 아니, 솔의 인생을 보면서 짐짝처럼 붙어 있는 자신의 처연한 인생을 마구 무대 위의 배우처럼 읊었을지도 모른다. 그날의 여자처럼.

그날 20여 분이나 가게를 비우고 사라졌던 여자는 자리를 털고 일어날 때야 연경의 귓가에 속삭였다.

내가 안 올 줄 알았죠? 실은 마술처럼 감쪽같이 사라져 버릴까도 생각했는데⋯⋯ 이젠 여기가 내 무대거든요.

여자는 사레가 걸린 듯 캑캑거리며 말했다. 그날 여

자에게 무슨 일이 있었는지는 더 이상 생각하지 않기로 했다. 어쩌면 여자는 연경이 마음대로 상상하도록 내버려두고 싶었는지도 모른다는 생각이 들었다.

어쨌든 유쾌한 결말은 아니었다.

솔은 삼일간의 공연이 모두 끝난 후에도 오지 않았다. 연경이 전화를 걸자 전화는 받지 않고, 피곤해. 쉬고 싶어, 라는 메시지만 보내왔다.

솔은 지금도 공연이 없는 토요일과 일요일에 중증 장애인 활동 보조 일을 하고 있었다. 밥 수발을 하고, 기저귀를 갈고, 대화 상대가 되어 주고, 책을 읽어 주었다. 하루 열 시간씩 이틀 일한 돈으로 일주일을 살았다.

솔과 함께 활동하는 배우들도 별도로 생계를 위한 일자리를 갖고 있었다. 시간을 번 후에 아이디어 회의를 해서 이야깃거리를 찾고, 주제를 정하고, 내부 작가가 집필한 대본을 연출과 배우들이 합평을 하고, 완성하기까지 협업으로 진행했다. 배우가 스태프가 되기도 하고, 무대 디자이너나 조명 담당자가 되기도 했다. 땀 흘린 만큼 보수가 돌아오진 않지만, 덕업이 되면 그보다 더 좋을 순 없겠지만 괜찮아, 하고 솔은 말했다.

집에 오면 뭐가 제일 좋은지 알아?

언젠가 집에 온 솔은 문을 열고 들어서자마자 집 안을 성큼성큼 돌아다니며 말했다.

집 안에서도 이렇게 시원하게 걸을 수 있다는 거야. 다리를 쫙쫙 벌려서.

솔의 원룸에선 서너 걸음이면 벽이든 문짝이든, 침대든 어디든 닿았다.

이런 공간조차 갖지 못해 떠도는 고독생들도 많아.

처음부터 출발선이 다른 사람에겐 기회조차 평등하지 않다고 솔은 말했다.

그렇게 된 이유에 대해서 네 탓도 있겠지만, 하고 단서를 붙이는 것도 잘못이야. 처음부터 출발선이 다르다고 말했잖아. 그럼 조건을 붙이는 건 반칙이지.

솔의 대사는 연경에게 말하는 듯이 들렸다. 얼굴 근육이 떨리던 표정, 커다란 두 눈으로 항의하듯 말하던 평소의 솔처럼 말이다.

그날 연극을 보는 내내 연경은 자신이 서 있는 무대를 생각했다. 숨이 막힐 듯 갑갑했다. 자신의 이야기를 무대 위에 펼쳐 놓는다면 지금 솔이나 솔의 동료들이 뱉어 내는 저 대사들과 크게 다를 바가 없을 것 같았다.

누구에게나 삶은 시연을 펼쳐 볼 수 있는 무대가 따로 마련되어 있지 않았다. 삶 자체가 무대고 무대가 곧 삶이었다.

연경은 캄캄한 무대 위에 홀로 서 있는 기분이었다. 어둠 속에서 연경은 마술사의 손짓과 함께 터지던 팡파르를 생각했다. 팡, 하고 조명이 켜지고 반짝이처럼 불빛이 쏟아지기를. 하지만 마술이 필요한 그 순간은 언제나 그냥 지나갔다.

매일 밤 잠자리에 누울 때마다 연경은 아직도 그날의 객석에 앉아 있는 듯 느껴졌다. 텅 빈 객석 가운데 단 한 사람의 관객이 무대를 빤히 바라보며 자리를 지키고 있었다. 무대를 비추는 조명 너머 객석엔 어둠뿐이었지만 연경은 단박에 알아봤다. 이제껏 눈에 보이지 않던 감추어진 얼굴, 동그란 빛을 가진 그것은 솔의 얼굴이자 연경 자신의 얼굴이기도 했다.

솔아!

연경은 무슨 말인가를 하려고 했지만 끝내 입이 열리지 않았다. 목구멍에 뜨거운 것이 고였다.

*

　새벽 4시만 되면 그녀의 머리맡으로 새가 와서 울었다. 날카로운 소리로 시끄럽게 조잘댔다. 먼저 한 마리가 울기 시작했고 조금 후에 한 마리가 가세했다. 새 울음소리가 그칠 즈음이면 먼동이 다가오며 방 안의 사물이 희미하게 드러나기 시작했다.
　두 마리의 새는 매일 찾아왔다. 새라니, 새가 찾아오는 아파트가 좋은 아파트인지 나쁜 아파트인지 알 수 없지만, 그녀는 새 울음소리를 들을 때마다 그 시각까지 자신이 잠을 자지 못하고 있다는 사실을 새삼스레 깨닫곤 했다.

안방 침대는 창문 밑에서 방문까지 세로로 길게 놓여 있었다. 맞은편엔 벽면을 다 채운 붙박이 장롱이 차지하고 있어 침대와 장롱 사이 공간은 얼마 되지 않았다. 침대 머리맡은 베란다와 면한 넓은 창문이었다. 여름이 시작될 무렵부터 열어 둔 창문은 한 번도 닫힌 적이 없었다. 밤이 되면 도로가에 면한 아파트 건너편이 훤히 보였다. 알록달록한 전선으로 테두리를 두른 간판 불빛들이 방충망에 걸려 번져 보였지만 노래를 무료로 제공한다는 '야화'라는 이름은 선명하게 읽혔다. 고가도로 아래를 차지한 남성 전용 주점들은 야화를 필두로 오른쪽으로 몇몇이 영업을 하고 있었다.

야화 왼쪽 코너에는 소규모 사설 우편취급소가 있었다. 어울리지 않는 조합이지만 거기 그런 게 붙어 있으니 그런가 보다 할 뿐이다. 야화보다 우편취급소가 안정적으로 느껴지지만 시야가 잘리는 곳에 위치해 있을 뿐만 아니라 밤에 우편취급소 간판에 불이 들어온 적은 한 번도 없었다.

그녀는 우편취급소엔 볼일이 거의 없었다. 길 건너에 있는 대형 할인마트는 자주 이용했다. 단돈 몇백 원이라도 싸게 살 수 있었다. 공산품은 물론 채소와 생선, 마트에 입점해 있는 베이커리는 브랜드 베이커리보다 값이 훨씬 쌌다. 그녀가 주로 구매하는 식빵과 베이글은 무엇보다 만족스러웠다. 마트에 가려면 고가도로 아래에서 길을 건너 우편취급소를 끼고 돌아 200여 미터는 더 걸어야 했다. 야화와 나란히 붙어 있는 주점들은 대부분 문이 닫혀 있었다. 한낮에는 간판조차 눈에 띄지 않았다. 전구의 불빛이 꺼진 간판은 흐릿했고, 창문도 없이 벽면에 달랑 붙어 있는 출입문은 벽처럼 느껴졌다. 어쩌다 문이 열려 있기도 하지만 안을 들여다볼 수는 없었다. 거의 바닥까지 끌리는 주렴을 내리고 있었고 불도 켜지 않았다. 가끔 문 앞에 짜장면이나 짬뽕을 시켜 먹고 내놓은 그릇들이 보였다.

그녀의 집은 오래된 아파트였다. 아파트 입구 한쪽에 처박혀 있는 머릿돌에 붙은 동판은 돋을새김이 읽히지 않을 정도로 때가 묻었다. 그녀는 1982라는 숫자를 손가락으로 만져 본 적이 있었다. 손가락에 동판의 재질이 묻어나기라도 할 듯이 미끈거렸다.

그녀의 집은 여덟 동 중 도로변과 잇댄 A동 101호

였다. 나머지는 두 동씩 마주 보며 차례대로 안쪽으로 배치되어 있고 동과 동 사이 마당이 주차 공간이었다. 5층짜리 아파트는 엘리베이터가 없고, 계단은 마모라도 된 듯 납작했다. 청소업체에서 물 청소를 하고 간 날이면 발밑을 조심해야 할 정도로 미끄러웠다.

그녀가 집을 보러 왔을 때 집은 비어 있었다. 부동산 업자는 도배와 장판, 부엌 개수대까지 새로 했다고 말했다. 햇빛이 잘 들어 밝고 습기가 없는 게 무엇보다 마음에 들었다. 베란다에서는 단지 출입구에 붙은 경비실 내부까지 다 보였다. 빈집을 둘러볼 땐 낮이라 그랬는지 길 건너편의 주점 간판들도 보이지 않았고 도로를 지나다니는 차 소리도 위협적으로 들리지 않았다.

"이만하면 된 거죠. 집 안에 햇살이 가득하잖아요."

부동산 업자의 말을 들으며 그녀는 아파튼데 햇빛 정도는 당연한 거 아닌가 생각했다.

"그 돈 가지고 다른 데 가서 이만한 집 구하는 건 어림도 없어요. 싸게 내놓은 거예요."

얼른 계약서나 작성하러 가자고 조르는 듯이 들렸다. 그녀는 베란다로 나가 보았다. 바깥에 지나다니는 사람이 보이지 않을 높이까지 시멘트벽이었고 윗부분은 투명하게 얇은 유리였다. 벽면 굽도리에 칠해진 페인트 거스러미가 일어나 있는 게 신경 쓰였다. 베란다 바닥 타일도 줄눈을 알아볼 수 없을 정도로 묵은 때가 잔뜩 끼어 있었다.

그녀는 이사 온 후 베란다 바닥부터 솔질했다. 타일의 줄눈에 낀 때는 좀체 벗겨지지 않았다. 한쪽 구석에 밖으로 돌출돼 있는 배수 파이프를 통해 위층에서 물이 내려오는 소리가 크게 들렸다. 배수 파이프의 마감이 들떠 있어서 그 주변으로 한바탕 거품이 일다 사라졌다. 타일을 갈지 않는 이상, 배수 파이프를 교체하지 않는 이상 베란다를 마루처럼 사용할 수 있을 거라는 생각은 포기했다.

거실 한쪽 벽면에 맞춤하게 설치한 책장, 안방의 붙박이 장롱, 침대 프레임, 작은방의 책상과 책꽂이 모두 남편이 손수 짠 것들이지만 그녀의 마음에 흡족한 것은 아니었다. 부엌은 앞 베란다를 터서 개수대를 앉혔는데 난방 배선이 깔려 있지 않아 겨울엔 맨발로 조리를 하거나 설거지를 할 땐 발이 시렸다. 도배지와 장판지, 부엌 개수대까지 새것이었지만 집은 전체적으로 어딘지 모르게 낡은 느낌을 지울 수 없었다.

이사 온 첫해 겨울부터 부엌 개수대 쪽에서 곰팡이가 피기 시작했다. 냉장고와 김치냉장고, 소금단지와 저장 식품을 놓아두는 바닥 부분이 시작이었다. 썩은 감자떡 색깔로 피어난 곰팡이는 점점 반점이 넓어지더니 부엌 벽을 타고 올라가기 시작했다. 그녀는 집주인에게 전화를 걸었다. 주방 쪽 바닥에 결로가 생긴 것 같다고, 곰팡이가 온 집 안을 뒤덮게 생겼다고, 이 사태를 어찌할 것인지 따지듯이 물었다.

"알고 있어요. 그쪽엔 보일러가 깔려 있지 않아서 그럴 겁니다."

"그럼 공사를 해 주셔야죠."

"여름까지 기다려 보세요. 쏙 들어갈 겁니다."

바닥을 반이나 뜯어야 하는 대공산데 어쩔 수 없다고 주인은 남의 말 하듯 했다. 그녀는 '그 돈 가지고 이만한 집'을 구하기 어렵다고 말한 부동산 업자도 하자를 알고 있었을 거라는 걸 뒤늦게 깨달았다. 도배지와 장판지를 새로 바르고 집을 내놓은 것도 눈속임일 뿐이었다. 여름이 되었지만 곰팡이는 사라지지 않았다.

지방의 국립대학에 진학한 아들은 가끔씩 올라와 작은방을 썼다. 아르바이트에 쫓겨 이틀이나 사흘 정도 묵었다 갈 뿐이지만 그 애의 방은 고스란히 보존되어 있었다. 그 애는 기숙사에서 생활하며 아르바이트로 용돈을 벌었다. 방학 땐 풀타임으로 뛰는 아르바이트를 했고 학기 중엔 관공서 앞 대형 돌솥밥 전문점에서도 일했다. 손님이 가장 많이 드는 시간에 집중적으로 일했다. 무거운 돌솥을 쉴 새 없이 나르고 걷고 식탁을 훔쳤다. 아들이 그런 일을 하고 있다는 걸 알게 된 건 손목 보호대를 어디에서 살 수 있느냐고 물어서였다.

"그게 왜 필요해. 손목을 다쳤니?"

"무거운 걸 계속 들었더니 손목 인대가 늘어났나 봐요."

아들은 괜한 걸 들켰다는 듯이 돌솥밥집에서 일한다고 말했다.

"다른 일을 찾아보지 그러니?"

"식당 일은 밥 때문에 하는 건데요."

아침은 거르고, 점심은 학식으로 때운다는 아들은 저녁은 일하는 식당에서 제대로 된 밥을 공짜로 먹을 수 있어서 좋다고 했다.

"속없는 놈. 그게 남는 장사니?"

그녀는 농을 했지만 쓰린 속은 가라앉지 않았다.

그녀의 남편은 작은 가구 공방을 열었다. 고가도로를 넘어가야 해서 행정구역이 갈리긴 하지만 산책 삼아 도보로 갈 수 있는 거리였다. 그녀는 공방이 문을 열고 석 달이 지난 뒤에야 찾아가 봤다. 전통시장 뒷골목인 그 일대가 재개발을 두고 오랫동안 말이 많은 곳이었고, 군데군데 간판만 있고 장사를 하지 않는 빈 가게들이 보였다.

15평 남짓한 공간에 마치 위장술처럼 식당 간판이 그대로 걸려 있었다. 그녀는 헛웃음이 나왔다. 간판은 새로 못 걸더라도 저건 떼야지 않느냐고 그녀가 말했다. "간판이 뭐가 중요해. 어차피 혼자 일하는 곳인데." 잔소리할 거면 그냥 가라는 투로 남편이 대꾸했다.

내부는 주방이 제거되었지만 식당의 흔적이 남아 있었다. 상을 놓고 손님을 받았던 마룻바닥에 칸막이를 둘러 사무실로 쓰고 있었다. 소파와 컴퓨터가 놓인 책상, 테이블 하나가 전부였다. 횡절 재단기와 성형 톱이 달린 작업대가 나란히 바닥 공간 가운데를 차지하고 있었다. 폐자재를 담은 대형 자루가 한쪽 코너에 쌓여 있고, 바닥은 톱밥과 미처 치우지 못한 나뭇조각들이 뒹굴고 있었다. 완성품은 보이지 않고 무얼 만들고 있는지도 알 수 없는 작업장은 정리도 되어 있지 않아 어수선했다.

그녀는 전기톱의 스위치가 달린 작업대 앞에서 날카로운 이빨을 드러낸 채 멈춰 있는 톱날을 쳐다보며 물었다.

"다 새것이네?"

트집이라도 잡겠다는 어투였다.

수백만 원씩 들여 설비해 놓은 기계들도 처분할 땐 다 고철값밖엔 받지 못했다. 처음 시작한 가구 공장은 산업공단 내에 있었다. 직원을 여럿 두고 있었고 규모도 꽤 컸다. 그는 월 200만 원이나 되는 임대료를 내면서 필요할 때마다 기계들을 할부로 들이곤 했다. 하지만 몇 해 못 가 직원들의 월급이 밀리고 월세도 밀리기 시작했다. 외상으로 가져오는 자재비를 결제해 줘야 다음 작업을 할 수 있는 자재가 들어왔다. 그 돈을 마련하기 위해 은행 융자를 받기도 했다. 융자받은 돈으로 밀린 월급을 주고 자재는 또 얼마간의 외상을 깔고 공급받았다. 납품한 물건 대금은 제때 들어오지 않았다. 임대보증금을 까먹은 뒤에 그는 규모를 줄여 공장을 이전했지만 사정은 이전과 크게 다르지 않았다.

그는 기술이 좋았다, 기술 하나만큼은. 가구 공장에서 잔뼈가 굵은 그는 최고 기술자 대우를 받으면서 월급 생활을 했다. 결혼 전에 입사해 15년이나 근속했던 회사에서 퇴직할 때 그녀는 반대했다. 그는 자신이 가진 기술을 자본으로 삼고, 시장을 공략할 틈새 아이템도 있다고 했다. 시작부터 호락호락하지 않았지만 첫 실패가 예상보다는 빨랐다. 중소기업 지원자금 대출을 받아 공장을 이전할 때 그녀는 조건을 달았다. "이번이 마지막이야." 그녀도 바쁠 땐 일손을 도왔다. 재단된 목재의 단면에 사포질을 하거나 재단대 아래에 수북이 쌓이는 톱밥을 쓸어 내거나 부속품을 관리했다. 부속품을 올려 두는 선반에는 수십 가지의 크고 작은 못통이 있었다. 크기가 다른 못들은 제각각 쓰임새가 달랐다. 마디가 굵고 못대가리가 넓적한데다 나사처럼 돌기가 있는 못도 있고, 낱개로 잡기가 쉽지 않을 만큼 자디잔 못들도 있었다. 그는 잔못들을 여러 개 입에 물고 뱀처럼 혓바닥으로 못을 하나씩 밀어내 가며 못질을 하곤 했다.

그녀가 도무지 적응되지 않았던 건 타카 치는 소리

였다. 예리한 타카못이 목재에 박힐 때는 그 못이 그녀의 살갗을 파고드는 것처럼 신경을 자극했다. 탁, 탁, 탁탁탁……. 빠르게 연타되는 소리는 작업장 안의 모든 소음을 압도할 만큼 강렬했다. 기계톱이 돌아가는 소리도 그에 못지않았는데 톱날에 잘리는 것이 목재가 아니라 누군가의 신체 일부분일지도 모른다는 생각은 상상만으로도 끔찍했다.

그런 끔찍한 일은 일어나지 않았지만 기어이 두 번째 공장도 문을 닫았다. 제법 평수가 넓었던 아파트를 팔아서 급한 빚을 갚고 싼 가격의 낡은 이 아파트로 전세를 든 후 그는 일인 가구공방을 시작했다. 할 수 있는 게 이것 말고는 없었다.

"요즘은 뭘 만들어?"

그녀는 완전히 닫히지 않은 출입문 쪽을 쳐다보며 물었다.

"뭐, 주문 들어오는 대로. 연수원에 납품할 사무용 책상 보조대를 만들기로 했는데 자재가 곧 들어올 거야."

"물량은 얼마나 돼?"

"몇백 개 정도."

불면 223

"단가는?"

"얼마 안 돼. 소품인데 뭐."

그녀는 심문하듯 물었고, 남편은 순순히 자백하듯 말했다. 그때 문틈으로 고양이 머리가 보였다. 유연하게 목을 늘여 안을 살피는 녀석과 그녀의 눈이 마주쳤다. 그제야 그녀는 출입문 오른쪽 구석에서 뒹굴고 있는 참치 깡통과 납작한 플라스틱 그릇을 보았다.

"들어와, 들어와, 밥 줄게."

그가 녀석을 불렀다. 눈치를 보며 망설이던 녀석이 뒤로 한 발 뺐다. 그가 다가가 문을 조금 더 열었다. 녀석 뒤에 주먹만 한 새끼 고양이 두 마리가 보였다. 새끼들은 작은 귀를 쫑긋 세우고 있었다. 그가 무릎을 구부리고 앉아 손을 뻗자 쌩하니 사라졌다.

"고양이도 키우나 봐."

"매일 찾아오는 녀석이 하나 있었는데 신통하게도 새끼를 낳았더라고, 여기서."

그의 얼굴엔 미소가 떠올랐다. 그녀는 작업장 안을 찬찬히 둘러봤다. 톱밥을 담아 놓은 커다란 자루와 자루 사이에 수건을 깐 조그만 박스가 보였다. 그녀는 그가 고양이를 좋아하는 줄 몰랐다. 고양이라니. 그는 자기 몸 하나도 건사하기 힘든 지경이 아닌가.

그는 밥을 먹고 난 후엔 어김없이 곯아떨어졌다. 치솟는 혈당 때문이었다. 식사량을 줄이고 식단을 조절해야 한다고 잔소리를 해도 그는 허기를 참지 못했다. 그녀가 밤 10시에 전화를 걸어 할 일이 그렇게나 많아? 하고 물으면 그는 소파에서 깜빡 졸았다고 했다. 출출해서 빵 하나를 먹고 난 후에 졸도하듯이 순간적으로 잠에 빠졌다고 했다. 혈당 스파이크 때문이었다.

그의 병적인 잠은 위험 수위에 다다랐다. 어느 날 차를 몰고 가다가 입에 사탕을 문 채 고속도로 한복판에서 멈춰 설지도 모른다고 생각하면 끔찍했다. 식단 조절과 운동이 필수였지만 그의 식단은 조절되지 않았고, 노동을 운동이라고 착각했다. 당뇨 처방 약은 엄지손톱만 한 알약 하나가 더 추가되었고, 몇 달 전부터는 혈전 용해제인 아스피린과 고지혈증 약도 함께 복용했다.

"고양이만은 절대 집에 데려오지 마."

공방을 나서기 전에 그녀는 강력하게 못 박았다. 공방을 시작할 때 이번이 진짜 마지막이라고 경고했던 것처럼.

그의 병적인 졸음처럼 그녀의 불면도 병적이었다. 주변의 특정한 어떤 것에 반응하듯 신경이 벼려지기 시작하면 좀체 끝을 모르고 치달았다. 누군가로부터 받은 한 통의 전화에서 무심코 들은 이야기가 문득 걸리거나 아주 오래된 과거의 어떤 일이 떠오를 때도, 해결되지 않은 채 끝나 버린 일들도 반복적으로 그녀를 괴롭혔다. 그녀는 자신이 벗어날 수 없는 그물망 속에 갇혀 있다고 생각했다. 그 생각을 지우려고 안간힘을 쓰는 자체가 다시 그물망이 되어 그녀를 가두는 꼴이었다.

그녀는 남편이 출근한 뒤에야 수면안대를 하고 잠을 청했다. 잠에 빠져들기까지 망상과도 같은 온갖 생각에 시달리다 깨어 보면 겨우 서너 시간이 지나 있었다. 깨어난 뒤에는 머릿속에 톱밥이 가득 든 것처럼 텁텁했다. 오후가 되면 언제나 그렇듯 그녀는 새로운 돌파구를 찾아야 한다는 생각에 마음이 조급해졌다.

오후 3시가 지나서야 그녀는 겨우 정신을 차리고 집을 나섰다. 오늘은 작심만 하고 있던 일을 하나 해치울 작정이었다. 고가 아래로 도로를 건너 압화처럼 흐릿하게 출입문이 박힌 야화 앞을 지나고 우편취급소를 끼고 코너를 돌았다. 벌써 콧잔등에 땀이 맺혔다. 날은 후텁지근했지만 해는 보이지 않았다. 그녀가 자주 이용하는 할인마트 앞을 지나 완만한 경사를 이룬 골목길을 계속 걸었다. 그녀가 찾아가고자 하는 행정기관은 오르막길 중턱에 위치해 있었다.

상담 코너의 번호표를 뽑고 대기 의자에 앉아 기다리는 동안 그녀는 정신이 몽롱했고, 순간적으로 깜빡 졸음에 빠졌다. 겨우 30초나 1분 정도의 순간이었다고 생각했는데 어느새 대기 번호 세 번째인 그녀의 차례가 되어 있었다.

그녀는 가벽으로 분리된 담당자의 개인 책상 앞으로 안내되었다. 담당자인 남자가 옆자리에 의자를 마련해 주었다. 그녀는 무릎을 꼭 붙이고 앉아 에코백을 무릎에 얹고 용건을 말했다.

"우선은 지원금 대상자가 되는지 자격요건을 한번 살펴보겠습니다. 충분히 인지하고 오셨겠지만 찬찬히 설명해 드릴게요. 자 여길 보시면 자격요건에……."

남자는 모니터에 띄워 놓은 프로그램을 보면서 키보드의 엔터키를 탁탁 소리 나게 쳤다. 그녀는 남자의 옆모습을 빤히 쳐다보고 있었다. 남자가 하나하나 짚어 가며 물을 때마다 그녀는 살짝 표정을 바꿔 가며 수긍했다.

"무주택자이고 의료보험료도 하위 분위에 속하고, 그런데 남편분이 사업자 등록이 되어 있다고요?"

남자는 여전히 모니터에 시선을 고정한 채 말했다.

"네."

"부부 합산 총소득 부분도 자격요건에 부합합니다만, 트럭이 한 대, 거기다가 승용차도 있단 말입니다."

이 부분은 어떻게 된 건지 설명이라도 해 보라는 듯 남자가 말을 끊었다. 그녀는 공방 마당에 서 있는 낡은 트럭을 떠올렸다. 1.5톤짜리, 지금은 도로에서 거의 볼 수 없는 낡은 영업용 트럭. 처음 공장을 시작할 때 뽑은 차였고, 지금은 고물이나 다름없었다. 거기다 압류 딱지까지 붙어 있어 함부로 폐차할 수도 없었다. 그녀가 뭐라고 입을 떼기도 전에 남자가 말했다.

"실제 조사가 들어가면 꼼꼼하게 따져 볼 겁니다. 소득 최하위권에 있는 취약 계층에게 나갈 나랏돈입니다. 현실적으로 생활이 어렵다는 건 알겠지만, 자동차가 두 대씩이나 있는데 자격요건이 되기는 어렵다고 봅니다. 상담을 하고 있는 저도 이런 경우는 참 난감합니다만, 월 소득 150만 원도 안 된다는 분들이 심심찮게 고급 승용차를 끌고 다니는 경우도 있거든요."

남자는 뭔가 해명하기를 바라는 듯 말끝을 올렸다. 그녀는 에코백의 손잡이만 만지작거렸다. 남자의 설명은 더없이 친절했지만 그녀는 모욕을 당한 듯 얼굴이 화끈거렸다.

"자, 어때요. 신청서를 달라고 하시면 드릴 수는 있습니다만 이게 여러 가지 서류도 필요하고, 절차가 까다로워요."

남자가 손가락 끝으로 책상에 깔린 고무 깔판을 톡톡 소리 나게 쳤다. 자, 이제 어떡할 거냐고 재촉하는 소리로 들렸다.

마음먹고 나선 오후의 외출은 싱겁게 끝났다. 그녀는 모멸감에 목덜미까지 시뻘겋게 물들었다. 언덕길을 내려오며 정신이 나간 듯 중얼거렸다. 미쳐, 내가 미친 거야. 미쳤어!

그녀는 지친 걸음으로 아파트로 돌아왔다. 면 티셔츠의 겨드랑이가 땀에 푹 젖어 있었다. 얼른 집으로 들어가 찬물이라도 뒤집어쓰고 싶었다.

경비실 앞을 지나는데 창문으로 고개를 내민 경비원이 그녀를 불렀다. 한 달 전쯤 비상벨 아저씨 자리에 새로 들어온 아저씨였다.

"101호 사모님이신가요?"

"네."

"택배 찾아가세요."

그녀는 받을 택배가 없었다. 그녀는 고개를 갸웃거리며 경비실 출입문 쪽으로 돌아갔다. 경비실 안에는 선풍기가 맹렬한 속도로 돌아가고 있었지만 더운 공기가 훅 끼쳐 왔다. 그녀는 상체만 문 안으로 들이민 채 출입구 한쪽에 쌓여 있는 물건들을 보았다. 맨 위쪽에 B동 101호라고 붉은 매직펜으로 갈겨쓴 글씨가 보였다. 받은 물건들을 구별하기 쉽게 경비 아저씨가 표시를 해 놓은 모양이었다.

"제 것이 아니에요."

"101호라고 하셨잖아요."

"A동 101호예요."

"아, 죄송합니다."

아저씨가 뒷머리를 긁적였다. 마르고 큰 키에 얼

굴에 주름살이 많았던 비상벨 아저씨보다는 젊어 보였다.

320세대인 이 아파트는 두 사람의 경비원이 24시간 맞교대로 근무했다. 새벽 5시면 어김없이 A동 뒤뜰에 설치된 길쭉한 천막 공간의 철문에 걸린 걸쇠 벗겨지는 거친 쇳소리가 들려왔다. 자전거 보관대와 헌 옷 수거함, 캔과 병 따위, 폐지를 쌓아 두는 야적장을 단속하는 문이 열리면 짧은 밤을 보낸 경비원의 활동이 재개되었다.

경비원들의 주된 업무 중에 가장 막중한 업무는 분리수거였다. 한 달에 한 번, 정기적으로 대형 트럭이 들어와 모아 둔 것들을 한꺼번에 실어 갔다. 폐품을 판 돈은 아파트 자치운영위원회에서 내부 규정에 따라 관리하지만 그녀는 그 돈의 사용처를 알지 못한다. 관리사무소는 따로 없었다. 세입자인 그녀는 최소한의 관리만 받을 뿐 적극적인 입주민 권리를 행사하는 일에는 관심 없었다. 관리비를 산정하고, 경비원을 채용하고 해고하는 일도 자치운영위원회의 권한이었다.

박봉에 팍팍한 근무조건 때문인지 경비원의 얼굴은 자주 바뀌었다. 그녀가 이곳으로 이사를 온 뒤에도 여러 명 얼굴이 바뀌었다. 1년 가까이 일한 비상벨 아저씨는 그녀의 집에 들어와 본 유일한 경비원이기도 했다. 비상벨 아저씨는 무거운 고구마 택배 박스를 지고 그녀의 집 초인종을 눌렀다. 도로변에 차를 세워 둔 택배기사가 바로 코앞에 있는 A동까지 들어오는 것도 시간이 안 됐던지 경비실에 부려 놓고 간 것이다.

고구마 박스는 크고 무거웠다. 웬만한 무 크기의 호박고구마가 가득 들어 있었다. 토질이 고구마와 어울리지 않는 물 많은 밭에 심은 호박고구마는 포슬포슬한 식감도 없고 삶으면 물컹하게 물러 버렸다. 애비가 좋아한단다. 늙은 시어머니가 신경 써서 챙겨 준 고구마 박스를 비상벨 아저씨가 어깨에 지고 찾아온 것이다. 그녀는 문 앞에 서 있는 그를 놀란 눈으로 쳐다보았다. "어디다 둘까요?" 현관으로 들어선 그가 물었다. 그녀가 미처 대답하기도 전에 그는 두툼한 로퍼를 두 발로 비벼서 벗은 후 성큼성큼 걸어 들어와 곰팡이가 잔뜩 핀 개수대 앞에서 멈춰 섰다. "아이고 사모님, 이게 웬일입니까?" 그녀는 그의 통곡과도 같은 말에 치부를 들킨 것처럼 무안했다. 그는 이 사태를 두고 보고만 있는 주인에게 하자보수를 청구하라고 강력히 권고했다. 그러고 두어 번 더 택배 용무로 그녀에게 친절을 베풀었고, 그때마다 그녀의 집 곰팡이를 걱정해 주었다.

    비상벨이 울린 그 날 오후 3시와 4시 사이, 그녀는 몸이 바닥까지 흘러내리는데도 깨어 있으려고 애썼다. 그녀가 정기적으로 다니는 병원의 주치의는 그녀의 수면장애에 대해 경고하듯이 말했다. "낮엔 잠을 자지 마세요. 눈꺼풀이 붙어도 죽을힘을 다해 버티세요. 잠을 안 잔다고 죽지는 않습니다." 잠잘 시간을 정해 놓고 잠잘 환경을 만들라고 했다. 일테면 수면에 방해되는 소음이나 티브이 소리를 차단하고 창문엔 커튼을 치는 것도 방법이라고 했다. 추운 계절엔 그게 가능하겠지만, 한여름엔 불가능했다. 창문을 닫으라고요? 그녀는 되묻고 싶었다. 그러려면 에어컨부터 설치해야 하는데, 그럴 형편이 못 된답니다. 소음은 얄팍한 창문으로는 다 막을 수가 없었다. 도로에 면한 집을 안쪽 깊숙한 D동, 그녀의 집보다 평수가 10평이나 넓고 비싼 곳으로 옮기지 않는 이상은.

    그녀의 침대 머리맡으로는 밤이면 온갖 소음이 쏟아졌다. 아파트 앞 도로를 무법자처럼 질주하는 차량들의 소음보다 동틀 무렵이면 일찍 잠에서 깬 입주민 노인네들이 경비실에 모여 웃고 떠드는 소리들이 그녀의 신경을 긁었다. 고작 몇 시간 전인 지난밤의 안부를 묻는 소리부터 까마득한 과거에 일어났던 일을 들춰내어 탄식하는 소리들까지. 경비실 단골 중엔 왜가리처럼 시끄러운 목소리를 가진 할머니도 있었다. 새벽 댓바람에 이번 달엔 수도세가 너무 많이 청구되었다고, 수도계량기 검침은 누가 하는 거냐고 소리를 지르는 목소리는 왜가리 할머니가 분명했다. 어느 날 새벽녘엔 위층 누군가가 경비실을 향해 플라스틱 화분을 던지며 소리쳤다.

"제발 잠 좀 잡시다. 도대체 경비원이 하는 일이 뭐야? 이 잡소리 좀 안 들리게 할 수 없어?"

그 모든 것들을 그녀가 컨트롤할 수는 없는 노릇이었다. 그건 경비원도 한계가 있는 일이었다. 뭐든 노력해서 안 될 것이 없다는 게 의사의 주장이었다. 그녀는 일주일 치 처방을 받은 약으로 보름을 견뎠다. 잠을 자지 않으려고 노력한 결과 24시간을 꼬박 새우고 난 뒤에 무너지듯 다시 약을 복용했다. 감정 조절이 안 되고부터는 수면제에 신경안정제가 한 알 추가되었다.

그녀의 주치의는 바빴다. 대기자가 그녀의 앞뒤로 예닐곱 명씩 붙어 있었다. 한 환자당 진료 시간은 채 5분이 되지 않았다. 그녀의 불면증과 우울증도 정기적인 검진을 받는 당뇨나 고혈압 환자들처럼 간단하게 취급되고 처방전이 내려졌다. 새벽마다 새가 울어요. 새벽 4시만 되면 어김없이 울기 시작해요. 그녀가 그런 말을 꺼낼라치면 의사는 모니터를 쳐다보며 처방전을 타이핑하느라 그녀와 눈을 맞출 시간이 없었다.

비상벨이 울리던 그 날 그녀는 의사의 경고대로 어떻게든 잠을 자지 않으려고 견디는 중이었다. 그녀는 그렇게 끔찍한 벨 소리는 처음 들었다. 사방 벽이 터질 듯 무시무시한 소리였다. 그녀는 본능적으로 집 밖으로 뛰쳐나갔다. 집집에서 사람들이 쏟아져 나왔다. 주로 그 시간에 집에 있던 여자들이었다.

느닷없이 울린 비상벨 소리는 경비 아저씨의 실수로 인한 한바탕 해프닝으로 끝났다. 무언가를 만지던 경비 아저씨가 기계의 작동 버튼을 잘못 건드려서 화재경보 시스템에 불이 들어왔다고 했다. 각 동의 출입구 계단참에 붙어 있는 비상벨이 아파트 단지를 진동시킨 건 그 때문이었다. 폭발하듯 터진 소리에 당황해

주저앉은 아저씨는 벨을 끌 생각을 못 했다고 한다. 경비실 앞에 모여든 사람들을 향해 비상벨 아저씨가 고개 숙여 사죄했다.

"세상에나. 이게 한밤중에 울렸다고 생각해 봐, 어쩔 뻔했냐고요."

누군가가 고개를 숙인 비상벨 아저씨 앞으로 나서서 목청을 높였다.

그녀를 또 한 번 놀라게 한 건 스피커 소리였다. 그녀가 집 안으로 들어와 막 안방 침대에 걸터앉았을 때였다. 녹을 벗겨 내는 듯한 마이크 소리가 울려 퍼졌다.

"에에, 입주민 여러분, 입주민 여러분! 이번 비상벨은 단순 실수로 인한……."

경비실에 설치된 마이크 소리를 전송하는 스피커는 각 동의 지붕에 하나씩 커다랗게 자리 잡고 있었다. 마이크를 테스트하고 목청을 가다듬은 자치운영위원회 회장이라는 여자의 목소리는 분노가 담긴 듯 앙칼졌다. 아, 그 목소리, 신경 줄을 끊어 내듯 울리던 장황한 그 목소리는 비상벨 소리만큼이나 끔찍했다.

그 일이 일어나고 며칠 후부터 비상벨 아저씨는 보이지 않았다. 그녀의 불면을 알고 있는 유일한 이웃이기도 했다. 새벽녘에 새 우는 소리를 찾아 밖을 서성이다가 경비실 처마 밑에 나란히 앉아 있은 적도 있었다. 고가도로를 타고 내려오는 차량과 고가 밑에서 좌회전해 안쪽 차선으로 진입하려는 차량이 충돌한 사고 현장을 동시에 목격한 적도 있었다. 굉음을 일으키며 달리던 자동차에서 떨어져 나온 범퍼가 경비실 앞까지 날아와 처박혔다.

고작 비상벨을 울렸다는 한 번의 실수로 경비원의 목이 싹둑 잘려 나간 건지도 모른다. 모종의 압력을 행사한 누군가가 있지 않았을까. 비상벨 아저씨는 지난가을 아파트 진입로에 수북이 쌓이는 은행잎과 고약한 냄새를 풍기는 열매를 쓸어 내느라 빗자루를 놓을 겨를이 없었다. 담이 없는 아파트 단지와 도로 경계에 심긴 가로수는 은행나무였고 그들을 쉬지 못하게 하는 일거리였다. 비상벨 아저씨가 사라진 후 나무 위로 지나가는 뒤얽힌 전선을 정비하는 작업을 하느라 은행나무의 사지는 처참하게 잘려 나갔다. 그녀는 오래전 어느 개인 박물관 뒤뜰에서 보았던 토르소를 떠올렸다.

그녀는 집으로 들어오자마자 침대에 엎어졌다. 찬물을 뒤집어쓸 기운도 없었다. 모멸감이 축축한 땀처럼 아직도 그녀의 몸에 배어 있었다.

남편은 이 시각 공방에 없을지도 모른다. 그녀는 딱 한 번 가 본 뒤론 다시 공방엔 가지 않았다. 이번이 마지막이라고 한 그녀의 경고를 남편이 기억하고 있을지는 알 수 없었다.

공방에 일이 없을 때 그는 가외의 일을 하기도 했다. 그를 도와주려는 지인들은 심심찮게 있었다. 최고 기술자의 월급을 주고 데려갈 사람은 없지만, 그의 기술을 아까워하는 사람들. 그들 역시 근근이 사업체를 이어 가고 있었다. 일을 할수록 손해만 난다고 말하는 사람들.

한번은 침대에 비스듬히 누워 찹쌀떡을 오물거리면서 장딴지에 알이 선 것 같다고 그가 말했다. 찹쌀떡은 그녀가 할인마트 마감 시간에 사 온 것이었다. 두 팩을 묶은 원 플러스 원 세일 물건. 잠자리에선 음식을 먹는 게 좋지 않다고 잔소리를 하면서도 그녀는 남편을 위해 뭔가를 사 두지 않으면 불안했다. 라면을 끓이라는 성화에 결국 라면을 끓이게 되는 일보다는 나을 테니까. 그녀는 그의 장딴지를 쳐다보며 물었다.

"무슨 일을 하고 다니길래?"

그는 다시 찹쌀떡 하나를 집어 입에 넣고 오물거리며 말했다.

"요즘 아파트들은 5년마다 한 번씩 가스미터기를 교체하도록 돼 있어. 주방에 설치된 개별 미터기를 교체하는 거지."

"이 아파트는 그런 거 없는 것 같던데?"

"여긴 밖에 설치된 미터기로 볼 수 있도록 돼 있지만 신형 고층들은 구조가 달라."

"그걸 당신이 가진 기술로 가능하다고?"

"특별한 기술이랄 게 없어. 교체된 미터기에 센스 감지기만 부착하는 간단한 작업이야."

"얼마나 버는데?"

"호당 천 원."

"하루에 몇 개를 할 수 있는데?"

"백 개 정도. 많이 할 때는 백오십 개까지도 해 봤지. 15층에서부터 걸어 내려오는 거지. 내려오기만 하나, 걸어 올라가기도 해. 한 집을 서너 번씩 가기도 하니까 수십 번씩 오르내려. 한낮엔 비어 있는 집이 많아서 몇 번씩 헛수고할 때가 많거든."

그녀가 한숨을 쉬었다.

"그런 일은 대체 어디서 받아 하는 거야?"

"그쪽 관련 일을 하는 형님이 연결해 주는 거야. 공방 월세라도 내라고."

그녀는 울화통이 끓어오르는 걸 눌러 참느라 입술을 꽉 깨물었다. 천 원짜리 백 개를 해야 10만 원, 최대치로 뛰어 봐야 15만 원이라니. 밖에서 일해서 안에서 새고 있는 월세를 충당한다니 어처구니가 없었다.

그는 집집마다 사는 모양새가 다 다르더라고 했다. 당연한 얘기를 마치 이제야 깨달았다는 듯 말하는 그가 한심해 보였다. 주방에 엄청난 돈을 들여 웬만한 레스토랑 방불케 개조해 놓은 집도 있더라고 했다. 물 한 잔 달라고 부탁하기 어려운 집도 있고, 들어가자마자 알아서 물부터 건네주는 집도 있다고 했다. 최근엔 그의 주특기를 살려 싱크대 설치하는 일도 틈틈이 나가고 있다고 했다.

"공방을 접는 게 더 낫지 않아?"

"조금만 기다려 봐. 소소하게 주문이 들어오고 있어. 어떻게든 홍보비를 만들어서 온라인을 제대로 활용해 볼 생각이야."

"그런 건 아무나 다 성공해? 터무니없는 낙관이지 않아?"

길게 하품을 하던 그는 입가에 허연 찹쌀떡 가루를 묻힌 채 베개에 머리를 대고 다리를 쭉 뻗더니 그대로 곯아떨어졌다. 그가 잠든 사이에도, 그녀가 방관하고 있는 사이에도 곰팡이는 증식을 계속하고 있었다.

밖이 완전히 어두워지기 시작해서야 그녀는 병원에 다녀오지 못했다는 걸 깨달았다. 초조해지기 시작했다. 약을 손에 쥐고 있을 때는 약을 먹을 수 있다는 안도감으로 견뎠지만 약이 떨어졌다는 걸 안 뒤에는 약을 먹을 수 없다는 생각에 견딜 수가 없어지기 때문이다.

활짝 열린 창문으로 도로 건너편에서 반짝거리는 야화의 간판이 보였다. 요즘도 이 후진 동네의 고가 아래 골목을 찾아오는 손님이 있다는 게 놀라웠다.

남편은 자정이 지나도 들어오지 않았다. 그녀는 남편에게 전화를 걸었다.

"어디야?"

"어, 어. 어딜 좀 와 있어. 좀 이따 들어갈게. 먼저 자."

매일 같은 침대에 누워 자는 그도 그녀가 쉽사리 잠들지 못한다는 걸 잊은 듯했다. 아니, 알면서도 모르는 척하는지도 몰랐다. 새 우는 소리도 그는 듣지 못했다. "여보, 새가 울어. 들려?" 그는 몸을 돌려 누우며 잠꼬대처럼 중얼거렸다. "왜 자꾸 새가 운다고 그래. 잠이나 자." 새는 진짜로 울었다. 사지가 잘린 나무의 우듬지로 찾아와 새벽마다 울고 있었다. 비상벨 아저씨가 있었다면 그 사실을 입증할 수 있을 것이다. 그 아저씨라면 그녀의 말에 동조하고 고개를 끄덕였을지도 모른다. 어쩌면 나란히 경비실 처마 아래 앉아 새벽이 오는 걸 보며 새 우는 소리를 함께 들을 수도 있었을 것이다.

새벽 3시가 넘어가자 그녀의 머릿속은 아주 또렷해졌다. 잠을 자려는 노력은 더 이상 무의미했다. 조금만 지나면 새가 올 것이다. 그녀는 방충망 너머로 더욱 빛을 발하는 야화의 반짝거리는 간판을 쳐다보며 남편에게 다시 전화를 걸었다. 집으로 돌아와도 된다고, 빈손이어도 괜찮으니 집으로 돌아와야 한다고 말해주고 싶었다.

"대체 어디에 있길래 아직도 집에 안 들어와?"

전화를 받은 남편에게 그녀는 대뜸 소리부터 질렀다.

"먼 데 와 있어. 좀 이따 들어갈 거야."

그는 몇 시간 전에 했던 말을 되풀이했다. 목소리는 침울했고, 소곤거리듯 작았다.

"먼 데 어디? 지구라도 떠나고 있다는 말처럼 들리네."

그는 어디론가 걸어가고 있었다. 전화기를 통해서 계단을 오르는 소리, 무거운 문이 열렸다 닫히는 소리가 들려왔다. 그는 대체 어디에 있는 걸까.

"이제 밖으로 나왔어. 장례식장이야."

조금 더 큰 목소리로 그가 말했다.

그녀는 조금 전의 빈정거림을 후회했다.

"누가 죽었어?"

장례식장에 조문을 간 사람한테 너무도 당연한 걸 묻고 있었다.

"싱크대 형님이 돌아가셨어."

"갑자기 그 양반이 왜?"

"그렇게 됐어. 저녁에 사무실에서 목맨 걸 형수님이 발견했대."

아……. 그녀의 입에서 탄식이 튀어나왔다. 얼굴은 본 적 없지만, 한때 그와 작업장 동료였고 최근엔 그에게 일거리까지 준 사람이었다.

"왜 그런 선택을 했대?"

"이것저것 걸린 빚이 많았다고 하네. 갈 거야, 이젠 집에 가야지. 먼저 자고 있어."

그녀는 아무 말도 할 수가 없었다. 그동안 일해 준 돈은 받았느냐고, 방금 막 창문 곁으로 새가 날아와서 울기 시작했다고, 새 울음소리가 들리지 않느냐고 소리칠 수는 없었다.

장귀자 아카이빙

*

  한 소수 부족의 언어를 쓰던 마지막 한 사람이 죽자 그 언어는 이 지구상에서 영원히 사라졌다. 문명의 이기가 닿지 않는 남미의 깊은 오지, 인류의 탄생 프로세스에 따라 생겨났을 오지인은 지구의 한쪽 문을 닫고 우주로 사라진 것일 테지만 채록된 그의 마지막 언어는 어딘가에 저장되어 있을 것이다. 열 살 소녀처럼 작은 키에 조막만 한 얼굴의 백발 할머니가 카메라 프레임 속에서 환하게 웃고 있었다. 그는 소멸하고, 그의 미소는 한 장의 기록 필름 속에 남아 있었지만, 한 사람의 역사를 담아내기엔 역부족이었을 것이다.

우연히 그 기록물을 보지 못했다면 존재조차 몰랐을 한 사람. 이 세상에 유일했던 한 사람. 누군가는 한 부족의 여인에게 슬픔과 경의를 표했을지도 모르지만 기란으로선 알 수 없는 지구 저편의 일일 뿐이었다. 그럼에도 장귀자를 만나러 가는 날, 기란은 불현듯 그 여인을 떠올렸다. 다시 들을 수 없는 그의 언어는 어떤 이야기를 남겼을까. 누구도 똑같을 수는 없지만, 인류의 메커니즘은 개별적인 낱낱의 모든 것들을 무화시키면서 진화하고, 마침내는 한꺼번에 소멸하는 게 아닐까.

집을 나설 때부터 날은 잔뜩 흐려 있었다. 밤늦게 눈이 올 확률이 높다는 예보를 들었지만, 낮부터 하늘은 잔뜩 긴장하고 있었다. 섬으로 이어진 대교 아래로 밀물이 누렇게 밀려들고 있었다. 기란은 긴 다리를 건너며 다리 없던 시절의 섬을 생각했다. 차와 동물과 사람과 짐을 실어 나르는 배, 그 배에 의지해 섬과 뭍을 오가던 삶들을 떠올리자 아득해졌다.

기란은 오래된 아카이브 영상물 보는 걸 좋아했다. 자신이 존재하지 않았던 시대의 산물이라면 더욱 호기심이 동했다. 낡은 흑백 필름 속에서 움직이는 사람들과 펄럭이는 깃발, 지금과는 다른 억양과 목소리에 담긴 시간의 단절성을 느낄 때 묘한 기분에 사로잡혔다. 그 시간의 어딘가엔 기란이 영원히 닿을 수 없는 사람들도 있었다. 일찍 돌아가신 양친 역시 그 시간 속에 잠긴 사람들이었다. 그리고 마침내는 오래전에 헤어진 연인이 죽었다는 것조차 알지 못하는 시간이 올 것이다.

해안 길을 벗어나 숲길을 따라 달렸다. 구부러진 길이 좁아졌다 넓어졌다 하며 이어졌다. 화살표 모양 이정표가 가리키는 절 입구를 지나고, 산속의 저수지도 지나고, 50년 전통이라는 식당 간판도 지나자 멀리 드문드문 앉은 집들이 들어왔다. 샛길처럼 보이는 갈림길의 막다른 골목에 앉은 집들이었다.

기란은 낮은 숲 아래쪽에 외따로 떨어진 농가 앞에 차를 세웠다. 낮은 지붕과 처마, 본채와 곁채가 연결된 미음 자 형의 오래돼 보이는 전통 가옥이었다. 기란이 차에서 내리자 덩치 큰 개가 달려 나왔다. 녀석은 차에서 내리는 사람을 보고도 짖지 않았다. 뿐인가. 안내하듯 꼬리를 살랑살랑 흔들어 가며 기란을 앞질러 대문 안으로 들어갔다.

"그 녀석 참 웃기네. 나를 언제 봤다고."

녀석은 본채 유리문 앞으로 다가가 컹, 부드러운 소리로 짖었다. 마침 미닫이 유리문이 열리고 중키의 할머니가 마루를 내려섰다. 기란은 그녀가 직감적으로 장귀자라는 걸 알았다. 끈 달린 알록달록한 뜨개 모자를 뒤집어쓰고, 도드라지게 눈썹과 입술 화장만 한 모습이 인상적이었다. 부분 화장으로 얼굴을 특화한 캐릭터 인형의 모습이랄까. 아무나 하기 힘든 화장법이었다. 전화로 들었던 목소리로 그려 본 것과는 다른 모습이었다.

시 지원금으로 선정된 아카이브 작업은 우리 고장 어르신들의 생애를 담는 기획물이었다. 유명 인사가 아니라 평범한 이웃들의 숨겨진 스토리를 기조로 삼은 이번 프로젝트에서 장귀자는 기획팀에서 발굴한 인물이었다. 이 작업도 기란이 몇 년 전 공동 저자로 참여했던 프로젝트와 크게 다를 바 없었다.

실내는 겉보기와는 달리 작고 오밀조밀한 재래식 구조를 확장해 품이 넓고 정갈했다. 거실 가운데 따뜻한 색감의 카펫이 깔려 있었다. 장귀자가 카펫 위에 놓인 기다란 원목 테이블에 뜨거운 김이 오르는 대추차

두 잔을 내왔다. 차를 마시며 기란은 이 자리에 오게 된 목적을 다시 한번 얘기하고 딱히 절차랄 것도 없이 인터뷰가 진행되었다. 장귀자는 질문을 내놓기 무색하게 이야기를 쏟아 내기 시작했다. 오래, 그녀 안에 고여 있던 말들이었다.

*

내 이름은 천금같이 귀한 자식이라고 어머니가 귀자(貴子)라고 지었다. 1949년 음력 9월 그믐께에 해주에서 태어났다. 첫돌 지나 피난을 나왔으니 해주에서의 기억은 없다. 호적에는 2년 늦잡아 11월생으로 되어 있지만, 당시엔 엉망인 호적들이 많았다. 어머니도 네 살이나 잘못 기록되어 있는데 가호적을 가지고 살던 피난민들은 호적이 뒤죽박죽인 일들이 많았다. 언니와 여동생이 뒤바뀌는 일도 흔했으니 장귀자라는 이름이 제대로 적힌 것만 해도 다행이라고 했다. 호적대로 1951년에 해주에서 태어났다면 나는 지금 여기에 있을 수가 없다. 1·4후퇴 때 어머니가 나를 데리고 피난을 나왔으니까.

나는 아버지의 얼굴을 모른다. 본 적이 없으니 모를 수밖에. 아버지는 유령처럼 어머니의 이야기 속에서나 떠도는 사람이었다. 내가 태어나기 전에 아버지는 먼저 남쪽으로 내려갔다. 전쟁이 터질 거라는 소문이 돌았고, 남자들은 어떻게든 군대에 끌려가는 걸 피해 보려고 동네에 남아 있지 않았다.

내가 태어나던 날은 서리가 내리고 달빛도 없는 캄캄한 새벽이었다. 밤새 혼자서 산통을 겪는 어머니를 뒷집에 사는 어버버 할마이가 와서 들여다봤다. 할 줄 아는 말이라곤 어버버라는 말밖에 없는 농인이었는데 동네 궂은일을 도맡아 했다. 초상난 집이 없었으니 망정이지 동네 초상이라도 있었으면 누가 애를 받아 주나 어머니는 조마조마했다고 한다.

내 위로 오빠가 하나 있었다는데 돌도 안 돼 갑자기 죽고, 그 뒤로 자식이 생기지 않아 어머니가 삼신할미에게 치성을 드려 6년 만에 나를 낳았다.

아버지는 평양 사람이었다. 어린 시절 계모의 구박과 눈칫밥을 먹다가 열네 살에 집을 나와 이곳저곳을 떠돌았다. 그때 이후로 한 번도 본가를 찾은 적이 없다고 하니 고아나 마찬가지로 산 사람이었다. 결혼하고 해주에 정착한 후에는 진남포를 오가며 상선에서 허드렛일을 하기 시작했다. 일본과 중국, 러시아를 오가는 배였다. 한번 나가면 서너 달씩 집을 비웠다. 큰 상선에선 담비 털, 호랑이 가죽, 호사가들이 쓰는 고급 궤나 진귀한 보석들을 거래했고, 작은 상선에선 자잘한 생필품을 거래했다. 아버지의 꿈은 상선을 운영하는 거였다. 머리가 비상하고 말재간이 좋아서 천생 장사꾼 기질이 있는 사람이었다고 어머니는 말했다.

해방된 후 어머니는 날마다 혁명사업단에 불려 나갔다. 남녀가 유별하던 시절에 문맹퇴치운동이니, 마을 재건사업에 동원되었다. 어머니는 혼인하기 전만 하더라도 동네잔치나, 절기 때마다 들어오던 놀이패처럼 춤추고 노래하는 사람이 되고 싶었다. 문화선전단에서 노래하고 글을 배우고, 밥을 나누어 먹는 생활이 나쁘지는 않았으나 당의 명령에 따르지 않은 부르주아들이 총살당하는 모습을 보고 혼이 나가 아버지가 사라진 뒤에는 몸을 사렸다고 한다.

"아버지는 어디로 갔어?"

어머니의 얘기 속에서 항상 궁금했던 건 아버지의 행방이었다.

"커다란 철가방을 끌고 남쪽으로 갔단다."

"그 속에 뭐가 들었는데?"

"부잣집 마나님들이 좋아하는 호박 팔찌도 있고, 사향에다 사람 목숨을 구하는 신비한 약도 있지."

"아버지가 부자였어?"

"장사 밑천을 뺏기지 않으려고 미리 도망을 간 기지."

나는 총살당하지 않고 남쪽 어딘가로 떠난 아버지를 마음대로 상상했다. 한 번도 가 본 적 없는 부두에 정박한 큰 배에 돛을 올리고, 뿌웅— 뱃고동 소리를 내며 바다를 떠가는 배. 고작해야 내 머릿속에 떠올릴 수 있는 풍경은 그것뿐이었다.

해주 산골에서 자란 어머니는 손수 수놓은 횃댓보와 요강 하나만 달랑 들고 시집왔다. 외갓집은 가난해서 딸자식 혼수로 해 줄 게 없었다. 피난을 나올 때도 어머니는 혼수품으로 해 온 횃댓보를 보물처럼 챙겼다. 행복과 장수를 기원하는 문양들이 새겨진 뽀얀 횃댓보는 누렇게 색이 변한 채 어머니가 돌아가실 때까지 안방에 걸려 있었다.

어머니는 먼저 남쪽으로 내려간 아버지를 찾아 여

러 방면으로 수소문해 보았지만 행방은 묘연했다. 어머니는 피난 생활에 마음을 붙이지 못했다. 어디서 아버지를 보았다는 소문이 들리면 미친 듯이 달려갔다. 어린 나를 둘러업고, 비바람 피할 데 없는 타지를 헤매고 다녔다. 내가 어머니의 등을 벗어난 뒤에도 어머니의 들뜬 마음은 잡히지 않았는데 어디를 헤매다 돌아오는지, 나갈 때와는 다른 사람이 되어 돌아오곤 했다. 사람이 무언가에 미치면 그것 외엔 아무것도 보이지 않는지, 어머니를 사로잡고 있던 것이 아버지였는지, 그것 말고 다른 무언가가 있었는지는 나는 알지 못했다.

"아버지는 언제 와?"

아무것도 모르는 나는 어머니에게 묻곤 했다.

"도깨비가 데려갔나 보다야."

그때마다 어머니는 도깨비 타령이었다.

어머니와 단둘이 살던 집은 고적했다. 웃을 일도 소리 내어 싸울 일도 없었다. 먹고사는 일로도 하루하루가 벅차다는 걸 나는 어린 나이에 깨우쳤다. 그래도 어머니는 읍내에 국극 공연단이 들어오면 내 손을 잡고 구경을 갔다. 머리도 곱게 빗고, 고무신도 뽀득뽀득 소리가 나게 닦아 신고, 깨끗한 옷으로 갈아입은 어머니는 잔치에 초대받아 가는 사람처럼 보였다.

배우들은 허접한 분장을 하고 온갖 약을 팔던 약장수들과는 격이 달랐다. 가설무대엔 진짜 같은 집을 그려 놓은 무대배경도 있고, 그들이 사용하는 평상도, 술상도 진짜였다. 나는 그들의 말과 행동이 꿈속에서 벌이는 일만 같아 정신이 아득해졌는데, 문득 공연에 넋을 팔고 있는 어머니를 보면 무슨 돈이 있어 관람료를 냈을까, 걱정이 되긴 했다. 옆집에서 보리쌀을 꾸어 오는 심부름도 종종 했었으니까.

"네 아바이는 동네 조무래기들을 홀리던 풍각쟁이를 닮았드랬지. 큰 눈은 옆으로 째지고 눈썹은 짙어서리……."

멍한 눈으로 무대를 바라보던 어머니가 중얼거렸다. 나는 커다란 가방을 끌고 등장하는 남자를 보며 무거운 철가방을 끌고 어딘가로 가고 있는 아버지의 얼굴을 상상했다. 도깨비가 데려갔다는 어머니의 말을 그렇게 믿어 버리고 싶었다.

어머니는 내가 열넷인가 열다섯 살인가에 돌아가

셨다. 내가 고무줄 나이라 헷갈리기도 하는데 이제는 숫자나 사람 이름을 외우는 게 힘들다. 눈앞에 떠오르는 것도 입 밖으로 내자고 하면 공중에 둥둥 떠다니는 구름처럼 좀처럼 잡히지 않는다.

어머니가 돌아가시기 며칠 전부터 학교에 가지 못했다. 학교도 멀었는데, 앓는 어머니를 두고 학교에 갈 정신이 없었다. 교통편도 없어서 10여 리를 걸어서 다녔다. 어머니와 살던 집도 남의 것을 빌린 단칸 초옥이었다. 그때까지 라디오도 구경을 못 해 봤고, 전기도 없어서 호롱불을 놓고 살았다.

불꽃이 흔들리던 호롱 불빛에 파리하게 굳어 가는 어머니 얼굴이 새록새록 떠오를 때가 있다. 그즈음 어머니는 음식을 잘 못 넘겨서 기운을 차리지 못했다. 어머니는 밤마다 누군가를 기다리는 사람 같았다. 자다가 깨어 보면 방문 앞에 다가앉아선 문고리를 잡고 어두운 마당을 내다보고 있었다. 그러다가 문득 쉿, 소리를 내며 중얼거렸다. 발소리가 들린다야, 하고. 그러면 나는 잠긴 목소리로 바람 소리야. 아무도 없어, 하고 말했다. 어머니의 중얼거림은 밤이면 더 잦아졌다. 잠도 자지 않고 날이 샐 때까지 꼬박 앉아서 보내는 날도 있었다. 누렇게 변한 홋댓보를 꼬깃꼬깃 구겨 쥐고 몸을 좌우로 흔들어 대기도 했다.

어쩌다 어머니가 그 지경까지 갔는지는 알지 못한다. 요즘 같았으면 병원에서 치료받고 약도 먹고 했겠지만, 그때는 그런 일로 병원에 갈 생각조차 하지 못했다. 동네 사람들은 어디에 용한 무당이 있으니 찾아가 보라느니, 무슨 무슨 약초를 달여 먹으라느니 온갖 약방문을 내놓았지만 소용없었다. 어머니는 피난을 나올 때부터 마음이 허공에 떠 있었던 건지도 모른다. 나는 어머니가 원망스러웠다. 왜 내 어머니는 남들처럼 강하지 못할까, 왜 자식은 눈에 안 보이고 아버지 생각만 할까. 세상 모든 어머니가 다 같을 수 없다는 걸 그땐 몰랐다. 뭔가를 온전히 잃어버린 사람만이 치러야 했을 상실감이 어떤 건지 어린 내가 어찌 알겠는가. 내 배고픈 것만 원망스러웠고 서러웠을 뿐.

어머니는 돌아가실 때도 평범하지 않았다. 몇 달 앓기는 했지만, 자던 밤에 자리에 앉은 채 돌아가실 줄은 몰랐다. 숨쉬기가 힘들다면서 벽에 등을 기댄 채 앉아서 잠이 들었고, 새벽녘에 깨어 보니 움직이지 않았다. 딱딱하게 굳어 가는 어머니의 무릎을 펴려고 방바닥에 눕힐 때 닿던 서늘함을 떠올리면 지금도 몸이 떨린다. 바로 어제 겪은 일은 깜빡깜빡해도 수십 년 전의 어떤 일들은 오늘 겪은 것처럼 이렇게나 선명하게 남아 있다.

어머니가 돌아가시고 몇 달은 강화 읍내에 사는 해주 아주머니 집에 얹혀 있었다. 어머니가 고향 동생이라며 왕래하던 집이었는데 아주머니는 오른쪽 턱 밑에 주먹만 한 혹이 달려 있었다. 선하고 부지런한 사람이었지만 혹부리 아주머니네도 식구는 많고 살림이 넉넉하지 않아 군식구를 둘 형편이 아니었다. 혹부리 아주머니가 용현동 집을 소개해 줬다.

용현동 아주머니네도 1·4후퇴 때 내려온 피난민이었다. 용현동 아주머니는 시장통에서 싸전을 했다. 철도 회사에 다니던 남편은 몇 년 전에 사고로 돌아가시고, 아이들이 넷에다 골골거리며 앓는 시아버지를 모시고 있었다. 나는 집안 살림에 할아버지 수발까지 해야 했다. 아침저녁으로 할아버지 요강을 비우는 일이 가장 고역이었다. 어머니와 쓰던 요강은 더럽지 않았는데 똥 덩어리가 떠다니는 누런 오줌통에 거품이 부글부글 끓는 걸 보면 저절로 구역질이 올라왔다. 마당 귀퉁이에 있는 거름 더미에 요강단지를 부을 때마다 코를 틀어막았다. 집 뒤란 철길로 지나다니는 기차 소리를 들으며 토악질을 하기도 했다.

할아버지는 2년인가 있다가 돌아가셨다. 학교도 보내 줄 거라더니 그 약속은 지키지 않았다. 때리지도 않고 욕하지도 않았지만 온갖 집안일을 시키고도 돈 한 푼 주지 않았다. 할아버지가 돌아가시고 큰딸이 할아버지 방을 차지하고, 둘째 딸, 셋째 딸과 한방을 썼다. 막내인 아들은 안방에서 지냈다. 나보다 한 살 많았던 둘째 딸과 두 살 어린 셋째 딸 모두 보통 것들이 아니었다. 큰딸은 한창 멋 부리면서 밖으로 나도느라 집안일엔 관심조차 없었고, 둘째와 셋째 사이에 끼여 나만 곤욕을 치렀다. 두 자매가 어찌나 서로를 물어뜯으며 싸워 대는지 나는 그들의 화풀이 대상이었다.

애들은 왜 싸우기만 하나. 내가 빨래도 해 주고, 도시락도 싸 주고 방도 닦아 주는데 왜 공부를 안 할까. 뭐가 부족해서 이럴까. 나는 그들이 부러운 게 아니라 벌레처럼 징그러웠다.

용현동 집에는 드나드는 손님이 많았다. 아주머니

가 계주여서 한 달에 한 번씩 계 모임도 하고 계절마다 순번제로 하는 고향 친목계도 있었다. 친목계 때는 마당에 포장을 치고 돗자리를 깔았다. 그릇은 잔치 그릇을 빌려주는 점포에서 빌려 왔다. 밥그릇과 국그릇, 냄비와 들통, 접시와 수저까지 빌려 온 것들은 젓가락 개수까지 딱 떨어지게 맞춰서 돌려줘야 했다. 숫자가 모자라면 모자라는 만큼 물어 줘야 했기 때문이다.

친목계 모임이 있는 날이면 며칠 전부터 아주머니와 음식을 준비하기 시작했다. 찹쌀을 쪄서 찧고 팥소를 삶아 계핏가루와 설탕을 넣고 졸인 뒤 앙금을 넣은 인절미를 만들고, 돼지비계와 김치를 썰어 넣은 이북식 만두도 큼지막하게 빚고, 불린 녹두를 맷돌에 갈아 고사리, 씻은 김치를 넣고 빈대떡도 부쳤다. 친목 곗날은 수십 명이 점심때부터 밤늦게까지 드나들면서 음식을 먹고 술을 마시면서 떠들었다. 나는 종일 설거지통에서 손을 뗄 수가 없었다. 명절이나 잔칫날은 나에겐 제일 괴로운 날이었다.

용현동 집에서 배는 굶지 않았다. 하지만 배부르게 먹는 게 행복한 건 아니었다. 어떡하면 이 집에서 나갈 수 있을까, 도망갈 생각만 했다. 하지만 번번이 마음을 접었다. 수중에 돈 한 푼 없었고 갈 만한 데도 없었다. 어느 날인가 아주머니에게 일한 값을 셈해 달라고 했다. 그때 딴사람처럼 변하던 아주머니의 낯빛을 평생을 두고 잊지 못한다. 머리 검은 짐승은 함부로 거두는 게 아니라는 옛말 하나 그르지 않다고 낮게 뇌까리던 말도. 가장 외롭고 힘들 때 내 편이 되어 줄 사람이 아무도 없다는 걸, 세상천지에 나 하나뿐인 고아라는 걸 그때 뼈저리게 느꼈다.

마음이 떠나니 하루도 더 그 집에 붙어 있고 싶지 않았다. 머리 검은 짐승으로 사느니 사람으로 살고 싶었다. 어디 가면 이만큼 못 살까.

'힘내라 장귀자!'

아무도 없을 때 거울 앞에서 주술을 외듯 나한테 말했다. 아무도 나에게 그런 소리를 해 주는 사람이 없었기에 나라도 나한테 힘을 불어넣을 수밖에 없었다. 그래야 숨을 쉴 수 있었으니까. 그때마다 거울 속에서 다른 내가 보였다. 귀자야, 귀자야, 이 사람 저 사람 똥개처럼 불러 대던 조막만 한 에미나이가 아니었다. 어떻게든 나는 내 힘으로 살아내야 했다.

남의 물건에 손을 댄 건 그때가 처음이자 마지막이었다. 눈 딱 감고, 부엌 시렁에 감춰 둔 아주머니의 전대에 손을 댔다. 누렇게 손때 묻은 전대의 둘둘 말린 끈을 풀어 헤치는 손이 수전증을 앓던 할아버지의 손처럼 덜덜 떨렸다. 숟가락을 쥐여 주면 반은 흘리고 입속으로 반만 들어가는 할아버지 밥 수발을 하면서도 그 밥이 내 입으로 들어가는 밥이라 생각하고 일했지만, 내 입에 거저 들어오는 밥은 없었다.

밤을 꼴딱 새우고 모두가 잠든 새벽에 집을 나섰다. 그러고는 뒤도 돌아보지 않았다. 훗날 내가 용현동 아주머니와 연락하지 않고 산 것도 이 때문이었다. 머리 검은 짐승을 거둬 줬더니 도둑년을 키웠다는 말이 귓가에서 사라지지 않았다. 그때부터 나는 돈만 보면 벌벌 떨었다.

용현동에서 나와 서울로 올라간 뒤부터 쭉 동대문 시장에서 살았다. 그곳이 근 30년간 내가 하루도 빠짐없이 드나들었던 내 삶터였다. 옷 장사를 하는 천 사장 가게로 들어가기까지는 기억하기도 싫다. 그땐 누가 나를 어디에 팔아먹을까 싶어 정신 바짝 차리고 있었다. 서너 달 식당에서 설거지를 하다가 나를 눈여겨본

장귀자 아카이빙

손님의 소개로 천 사장네로 가게 되었다.

    월급이라곤 몇 푼 되지도 않았지만, 돈이 생길 때마다 무조건 모으기 시작했다. 내 주머니에 들어온 돈은 쥐도 갉아먹지 못하게 단속했다. 가게 주인집 골방에서 지내며 허튼 사치도 부리지 않았다. 잘 먹고 편히 쉰다는 것 자체가 사치였다. 한번은 파마가 하고 싶어서 미장원을 찾았다가 파마 값을 보고 놀라서 아예 긴 머리를 내 손으로 싹둑 잘라 버렸다. 젊은 시절 내내 나는 남자처럼 짧게 자른 머리에 두건을 두르고 다녔다. 통바지나 멜빵바지에 남방셔츠나 스웨터 차림. 남이 뭐라든 신경 쓰지 않았고, 옷 가게에서 일하면서 옷 한 벌 사 입지 않았다.

    주머니를 조여 맸는데도 남 밑에서 일해서 받는 월급만으로는 손바닥만 한 가게 하나도 얻기 어려웠다. 어떻게든 밑천을 만들어야 했다. 이곳저곳 자리도 옮기지 않고 천 사장네 가게에서 7년을 보냈다. 손님들은 내가 종업원이 아니라 가게 주인인 줄 알고 있을 정도였다. 단골 도매상인 하나가 마침 B동 지하상가에 자투리 가게가 하나 나왔다고 하길래, 두 번 생각하지도 않고 더럭 계약부터 했다. 첨엔 커피를 팔려고 한 게 아니었는데 큰 밑천 없이도 할 수 있는 게 그거밖에 없었다.

B동 지하상가는 원사 가게들이 차지하고 있었다. 주로 대구나 부산 지역 방적 공장에서 만든 원사들이 많이 올라왔다. 통로마다 베니어합판으로 칸을 치고 호수를 먹인 작은 점포들이 열을 맞춰 수십 호씩 붙어 있었지만 우습게 볼 게 아니었다. 소매 장사도 했지만 대개 손 큰 도매상들이었다. 원사를 사들인 장사치들은 별도의 창고에 원사를 보관해 두고, 염색 공장을 잡아 갖가지 색깔로 염색한 실을 제품 공장에 납품했다. 덩치 큰 원사 가게 종업원들이 카트에 산더미같이 짐을 실어 날랐다.

"어, 어어. 비켜, 비키라고."

좁은 통로를 지나가는 짐꾼들은 애어른 가리지 않고 반말로 소리를 질러 댔다. 호루라기도 시도 때도 없이 삑삑 울렸다. 등짐을 지고 배달을 가는 중늙은이의 작업복은 땀이 배어 추운 날에도 등짝이 축축했다.

사람들로 북적거리는 시장통에선 종일 켜져 있는 백열등도 날파리 떼처럼 떨리는 소리를 낸다. 불이 꺼져야 조용해지는 그 바닥에서 매일 새벽 4시에 가게 불을 켜고 새벽 장사꾼들을 맞았다.

　사람들은 나를 '커피 이모'라고 불렀다. 서른도 안 된 처녀를 오륙십 대 사장님들이 커피 이모, 커피 이모 하고 불러 댔다. 구멍가게 같은 점포였으니 다방이라는 간판조차 없었다. 지상으로 올라가는 중앙 계단참 바로 아래 손바닥만 한 자리를 사는 데 7년 동안 모은 돈이 다 들어갔다. 싱크대 설비와 불판, 찬장, 냉장고를 놓고 나자 겨우 쉴 만한 의자 하나 놓을 자리가 생겼다. 처마 아래 전화번호를 적은 기다란 팻말을 붙여 놓은 게 다였어도 나를 모르는 사람이 없었다. 단골 점포마다 일수 찍듯이 내 커피 외상 장부 없는 곳이 없었다. 나는 외상값 하나는 끈질기게 받아 냈다. 밑천을 다 털어 넣었으니 악착을 떨 수밖에 없었다.

　인건비가 무서워 아가씨는 쓰지 않았다. 의자도 없는 가게에 아가씨가 웬 말인가. 짧은 치마 입고, 속눈썹이 빡빡하게 굳을 정도로 마스카라를 떡칠하고 다니면서 티켓을 파는 다방하고는 류가 달랐다. 엉덩이가 질기면 시장통에서 잔 팔이를 하는 장사는 망한다. 찻쟁반 들고 토끼처럼 뛰어다녔다. 가장 바쁜 시간에만 주문 전화를 받을 아르바이트를 하나 앉혀 놓았는데, 그것마저 내 마음처럼 해 주는 사람이 없어 그 때문에 속을 많이 끓였다.

새벽 4시에 들어오는 화물차 기사들이 첫 손님이었다. 수십 대의 화물차가 매일 들어오고 나갔다. 주차장 컨테이너에서 화투판이나 포커판이 벌어지기도 했는데, 그들은 판을 깔고 나면 커피나 쌍화차부터 시켰다. 지하상가 내 수백 개의 점포 역시 거래처 손님을 맞을 땐 커피를 시켜 먹었다. 자판기가 설치되기 전에는 노다지였다. 그땐 돈이 모이는 게 눈에 보였다. 내 몸뚱이는 하나였지만 아가씨 서너 몫은 하고 살았다.

돈이란 운때가 맞아야 한다. 88올림픽 전후해서 부동산이 한창 주가를 올릴 때 나도 돈 되는 물건들을 살폈다. 언제까지 장바닥에서 잔돈푼만 끌어모을 수는 없었다. 그때 재개발지의 상가와 서울 외곽에 사 둔 집이 지하철역이 생기면서 천정부지로 뛰었다. 돈이 돈을 벌었다. 그때부터 돈이 겁나기 시작했다.

결혼은 때를 놓쳐 하지 못했다. 아니, 돈이 무서워서 결혼할 생각조차 하지 못했다. 눈에 돈이 들어오는 게 보이는데 딴 데 정신 팔 겨를이 없었다. 그렇다고 연애도 못 해 본 맹추는 아니다. 애만 생겼어도 아마 남자한테 엎어졌을 건데 어머니를 닮아서 그런지 애가 안 생겼다. 삼신할미한테 비는 것까진 안 해 봤으니 정성이 부족했는지도 모르겠다. 남자 대신 돈을 믿었다. 꼬박 20년을 지하에서 커피 장사를 하고 나니 길거리 다방을 좀먹으며 카페가 생겨나고 있었다.

말 고삐를 잡으면 달리고 싶어진다는 말도 있듯이 내 마음속에서 뭔가가 꿈틀거리기 시작했다. 춥고 배고플 땐 먹고살 걱정만 했지 다른 것은 보이지도 않았다. 외로움이 뭔지도 몰랐다. 짧았던 사랑도 사실 소중하지 않았다. 그들은 내 마음을 몰라주었고, 나도 상대의 마음을 헤아리지 못했다. 자식만 하나 있다면 의지가 될 텐데 생각했다.

순전히 그런 마음에서 아이들을 돕기 시작했다. 내가 자식을 낳았으면 지금 저 나이쯤 됐겠지 싶은 아이들. 형편이 어려운 아이에게 장학금 명목으로 용돈을 보내 주기 시작하면서 한두 명씩 늘어나기 시작했는데, 그땐 눈에 뭐가 쓰였는지, 옆에서 하는 말이 귀를 간지럽혔다. 기왕이면 제대로 형식을 갖춰서 하는 게 어떻겠냐고 옆에서 자꾸 쑤셨다. 잘한다, 잘한다 해 주니 나도 내가 정말 잘하는 줄 알았다. 마침 그쪽 방면에 봉사 정신이 투철한 사람이라는 평판을 듣는 부부에게 모든 걸 믿고 맡겼다. 학원을 운영하던 김 박사 부부(나는 그들을 박사 부부로 알고 있었다)는 부동산 거래를 하면서 만난 사람들인데, 몇 년 동안 관계하면서 그들이 찡그리는 얼굴을 못 봤다. 사람을 대할 때 한결같이 밝은 얼굴로 기분 좋게 환대할 줄 알고 남을 험담하는 소리를 들어 본 적이 없었다.

김 박사 부부는 장학사업에 관해서 모르는 게 없었고 사려가 깊은 사람들이었다. 그들이 내게 한 말들이 입속의 혀처럼 달콤한 꼬임이었다는 걸 그때는 몰랐다.

내 소유의 조그만 상가 건물 3층에 작은 사무실도 하나 만들었다. 사무실이라고 해 봐야 책상 몇 개 덩그러니 놓여 있을 뿐이었지만, 나중에 생각해 보니 그들이 무슨 일을 했던 건지 아는 것이 하나도 없었다. 재단 소유로 넘긴 건물 월세와 예치금을 불려서 운영하면 된다는 그들의 말을 믿었고, 이사장님은(그들은 나를 깍듯이 그렇게 불렀다) 뒤에서 든든히 받쳐 주시기만

하면 된다고 했다. 그들이 그 돈을 함부로 꺼내서 주식을 하고 장학금은커녕 비싼 골프에 유흥비로 쓰고 다닌다는 것은 꿈에도 몰랐다. 나를 만날 때 보여 주었던 밝은 미소와 친절이 모두 거짓이었다는 걸, 철저하게 가면을 쓰고 있었다는 걸 그들 부부가 외국으로 튀어 버린 후에야 알았다. 덩치 큰 상가 건물 한 채가 보람도 없이, 꿈도 없이 눈 깜짝할 새에 사라졌다. 내 깜냥껏 살아야 한다는 걸 그때 비싼 돈 주고 배운 셈이었다.

그 일로 인간에 대한 믿음이 완전히 무너졌다. 사람이 돈보다 무섭다는 걸 왜 몰랐을까. 앞만 보고 사느라 내 주위에 어떤 사람이 있는지도 모르고 산 게 끔찍했다. 한 10년은 당겨 산 듯 몸도 마음도 옴팍 늙어 버렸다. 마음 둘 데가 없었다.

그즈음 이곳으로 들어왔다. 거의 40여 년 만에 어머니와 살던 동네를 찾아갔다. 어머니 품에 안긴 채 미군 함대에 실려 짐짝처럼 부려졌던 섬. 피난민들이 모여 살던 동네 모습은 온데간데없었다. 금방이라도 무너질 듯한 헐거운 초가들이 올망졸망 들어앉았던 집터 자리에는 과수원과 묘목밭, 우람한 뾰족지붕을 가진 교회며 관광객을 맞는 대형 식당들이 자리를 잡고 있었다. 이미 오래전에 대교가 놓여 두어 시간이면 다녀갈 수 있는 곳이었지만, 그동안 내겐 너무나 멀고 깊은 곳이기도 했다.

    남은 서울 살림을 정리하고 내 한 몸 의탁할 작은 집 한 채를 장만했다. 거의 무너져 가는 이 집을 손보면서 마음을 다잡았다. 지은 지 70년쯤 된 집이라니, 내가 살았던 초옥을 생각하면 그때도 이 집은 살 만한 집이었구나 싶었다. 지붕과 벽체는 자손들이 살면서 손봐 둬서 그럴듯해 보였지만 몇 년 동안 비어 있던 집이라 손볼 게 많았다. 칡넝쿨로 뒤덮인 지붕을 새로 씌우고 무너진 벽을 보수하고 천장을 뜯어내서 뼈대를 손보는 일은 건축업자에게 맡겼지만, 소소한 것들은 하나하나 손수 공을 들였다. 바깥채의 툇마루를 살린 건 어린 시절이 생각나서였다. 널빤지가 삐걱대는 소리가 나는 툇마루에 올라앉아 두 발을 까딱이며 어린 나는 도깨비가 데려간 아버지, 도깨비를 잡으러 간 어머니를 기다리기도 했다. 우리 집은 유난히 사람이 들지 않는 집이었다. 해가 지는 서쪽에 앉아 있어서인지 저녁이면 툇마루가 노랗게 반짝거렸다.

평소 택시비가 아까워 택시도 타지 않는 내가 이 집에 공을 들인 건 그나마 마지막 남은 욕심이었다. 누구라도 나를 찾아오는 사람이 있으면 하룻밤 편히 쉬어 갈 수 있었으면 했다. 죽은 뒤에 금관 속에 누워 봐야 무슨 소용인가. 그걸 깨닫는 데 그 많은 세월이 필요했던 셈이다.

욕심을 버리자 남은 삶이 수월해졌다. 사기꾼한테 호되게 털리고도 아이들한테 마음을 접을 수가 없었다. 장학재단이니 뭐니 하는 말에 솔깃해서 그동안 놓쳤던 아이들이 마음에 남았다. 이제는 손녀뻘이 된 아이들을 찾아서 후원금을 주고 있다. 지금은 학교 행정실을 통해서 발전기금을 기탁하는 형식이지만, 예전에는 직접 기부자가 학생을 지정해서 선생님을 통해 전달할 수 있었다. 학비야 얼마 안 되지만, 학교 다니면서 생활비까지 벌어야 하는 학생들이 있다고 들었다. 박 선생이라고 나를 도와주고 있는 사회복지사가 있는데, 젊은 사람이 야무지고 일머리도 있고, 인정도 있어서 늘그막에 많이 의지하고 있다.

용현동 집에서 빈 몸으로 나올 때를 종종 생각했다. 그 시절로 다시 돌아가라면 그렇게 살지는 않을 것이다. 교복 입고 학교 다니는 아이들이 세상에서 제일 부러웠다. 부러워만 했지 내가 공부할 생각은 못 했다. 그때 내 옆에 내 앞일을 걱정해 주고 말 한마디 보태 주는 사람만 있었어도 다른 삶을 만나지 않았을까. 그렇다고 내가 살아온 일을 후회하지는 않는다. 최선을 다해서 살아왔으니까. 후회하고 미워해 봤자 남의 인생이 내 인생이 되는 건 아니지 않는가.

박 선생이 추천한 학생 중에 3년 동안 매번 편지를 보내온 아이가 있었다. 분기별로 한 번씩 학생의 통장으로 직접 후원금을 넣어 주었는데 돈이 들어가면 편지가 왔다. 누가 시키지는 않았을 것이다. 고맙다는 형식적인 얘기뿐만이 아니라 할머니와 단둘이 사는 시시콜콜한 얘기도 했다. 할머니가 몸이 아파서 돌아가실까 걱정이라는 얘기를 읽었을 땐 아이구야, 이걸 어째야 하나 싶어 박 선생에게 물어보았다. 박 선생 얘기로는 갓난아기 때부터 할머니 손에 자란 아이인데 엄마 얼굴도 모르는 애라고 했다. 그 애 편지를 읽을 때마다 마음이 기울어져서 내 발로 찾아가 얼굴이라도 보고 싶었지만 혹여라도 그 애한테 부담이 될까 싶어 참았다.

훌륭한 사람이 되어 찾아오겠다는 학생들의 편지가 고맙지만 그 약속을 내가 받아야 할 몫이라고는 생각하지 않는다. 나중에 훌륭한 사람이 되는 것도 그 아이들 몫이고, 못 돼도 할 수 없는 일 아닌가. 생색내지 않고 내가 할 수 있는 그저 그만큼일 뿐이지 큰일을 하고 있는 건 아니다.

사람들은 혼자 사는 게 외롭지 않냐고 묻는데 나도 사람인데 왜 외로움을 모를까. 오랫동안 혼자 살다 보니 다른 사람이 곁에 있는 게 불편하기도 했지만, 내가 나이를 먹었구나, 이제 구닥다리 늙은이가 되었구나 생각하면 서글퍼지기도 한다. 유행가에도 있잖나. 벽시계는 고장 나도 이놈의 세월은 고장도 안 난다고. 이 세월이 한꺼번에 나를 집어삼킬 것만 같은 밤도 있지. 잠자리에 누우면 어머니가 밤마다 문밖의 발소리, 바람 소리에 귀를 세우고 가슴이 벌벌 떨리는 표정으로 나를 바라보던 모습이 눈에 선하다.

한창 돈 모으는 데 미쳐 살 때 혹부리 아주머니와 가끔씩 전화 통화는 했다. 사는 게 뭔지 몇 년이 훌쩍 지나갈 때도 있고, 한동안 잊고 살다가 불현듯 생각날 때도 있었다.

"에미나이야."

아주머니의 첫마디는 언제나 그랬다. 내 목소리를 단박에 알아듣고, 기억해 냈다. 에미나이야, 하는 소리를 들을 때마다 가슴이 울렁거렸다. 어디서도 들을 수 없었던 내 어머니와 같은 그 말투와 억양이 좋았다. 누가 나를 그렇게 불러 주는 사람도 없었지만, 내 마음속의 귀는 언제나 그쪽을 향해 있었다.

"야, 독하다야. 어째 살아서 얼굴 한 번을 안 보여 주나 그래."

"아주머니, 조만간 한번 찾아뵐게요."

헛된 약속이었지만 그 말밖엔 할 말이 없었다. 그땐 조만간이 10년씩 훌쩍 지나가고 가뭇없이 세월이 사라져 버릴 줄은 미련해서 몰랐고, 욕심 때문에도 보지 못했다.

10여 년 전 이곳으로 들어올 때 아주머니를 찾아갔는데 이미 이 세상 사람이 아니었다. 늦어도 너무 늦게 왔다는 후회가 들었는데 되돌릴 수 없는 일이었다.

나는 사람에게 다정함을 표현할 줄 모르는 사람이다. 늙어 갈수록 인상도 괴팍해지고, 말도 곱지 않다. 나를 이상하게 보는 사람도 있다. 저 나이 되도록 심술궂고 고약해서 혼자 사는 여자로. 어디서 소문을 들었는지 한번은 무슨 방송국에서 일한다는 사람들이 나를 찾아왔다. 중년 남자와 젊은 여자였는데 피디와 작가라고 했다.

가만히 들어 보니 그 사람들 관심사는 다른 데 있었다. 숨겨 둔 내 재산이 얼마냐고 캐물었다. 그러고는 돈 한 푼 아까워 벌벌 떠는 괴짜 노인네로 이야기를 만들고 싶어 했다. 이 사람들이 무슨 속셈으로 내 앞에서 알짱대나 그런 생각이 들어서 거절했다. 늙은이라고 귀 먹고 눈이 어두워져서 아무것도 모르는 것처럼 생각하는데 내가 방송에 나가고 싶어 환장한 사람도 아니고, 얼굴 내밀고 살 생각이었으면 진작 이렇게는 살지 않았다.

그날 그들은 한 번만 더 생각해 보라고 했지만, 며칠 뒤에 작가라는 여자가 다시 찾아왔을 때도 두 번 생각하지 않고 돌려보냈다. 꿈 같은 게 인생이라지만 나는 내 인생을 한낱 시중에 떠도는 헛소문 같은 이야깃거리로 만들고 싶지 않았다.

*

긴 얘기를 마친 장귀자는 뜨거운 차를 다시 내왔다. 구수한 메밀차였다. 어느새 날이 저물어 넓은 거실 창문이 먹빛으로 변해 있었다. 기란은 테이블에 올려놓았던 핸드폰의 녹음 버튼을 종료하고 상태를 확인했다.

"저 녀석 아직도 지키고 앉았네."

창밖을 바라보던 장귀자가 웅얼거리듯 말했다. 자세히 보니 창문 앞에 바싹 다가앉은 개의 형체가 드러났다. 이 집을 지키는 충복처럼 녀석은 뒷다리를 바닥에 착 붙이고 상체를 든 듯한 자세로 꼿꼿하게 앉아 있었다.

"저 녀석이 온 게 4년 전이던가, 아마 그럴 거야."

장귀자의 집 뒤쪽으로 올라가면 언덕바지에 2층짜리 카페가 있다고 했다. 떡판 같은 갯고랑으로 물이 들어오는 걸 보겠다고 어떻게들 알고 찾아오는지 먼 데서 찾아오는 차가 수시로 장귀자의 집 앞을 지나갔다.

"간혹 개를 버리고 가기도 한다는데, 저 녀석은 아마도 거기 손님 중에 누군가가 버린 것 같아. 그전엔 이

동네에서 한 번도 못 본 녀석이니까."

어느 날 나타난 개는 장귀자의 집 대문 앞에 딱 버티고 서서 오가는 차들을 살폈다. 개를 키워 본 적 없는 장귀자는 녀석을 어찌해야 하나 고민했다. 빵과 물을 갖다주었더니 배가 고팠던지 허겁지겁 먹어 치웠다. 처음엔 무슨 말을 해도 고개를 홱 돌리며 도리질을 치던 녀석이 이제는 장귀자만 따른다고 했다.

"내가 그래서 이름을 도리라고 지었어요. 짐승보다 못한 사람도 많은 세상이야."

당신들의 눈으로 나를 함부로 말할 거면 싫다고, 작가님은 내 얘기를 어떻게 할 거냐고 자리에서 일어나며 장귀자가 물었다.

"말씀해 주신 대로 다듬어 보겠습니다."

"그래요. 있는 그대로……."

장귀자는 지친 목소리로 말했다.

장귀자의 사진은 모두 다섯 장이었다. 머리카락 한 올 보이지 않게 뜨개 모자를 쓴 핼쑥한 볼에 눈과 입술 화장이 도드라진 조막만 한 얼굴. 웃고 있지만 찡그린 듯한 표정도, 자세도 엇비슷했다. 그중에 쓸 만한 것은 두 개 정도였다. 나머지는 형광등 불빛에 그림자가 번져 윤곽이 뭉개진 곳도 있었다.

그새 눈이 내리고 있었다. 대문 곁에 밝혀진 동그란 가로등 불빛에 눈의 입자들이 빛났다. 장귀자는 대문 밖까지 따라 나와 기란을 배웅했다. 구부러진 길을 천천히 휘어 돌자 백미러에 잡혔던 도리와 장귀자의 모습이 마술처럼 지워졌다.

기란은 가로등도 없는 캄캄한 외길을 따라 달렸다. 간선 도로까지는 5분 거리였다. 뒤따라오거나 마주 오는 차 한 대 보이지 않는 도로 바닥에 눈이 깔리기 시작했다. 첫눈인데 기세가 만만찮았다. 와이퍼가 그리는 호선을 따라 한 여자의 얼굴이 아른거렸다. 지구의 깊숙한 오지, 자기만의 모태 언어를 쓰던 여인의 얼굴 같기도 했고 장귀자의 얼굴 같기도 했다.

어떤 문장으로 글을 시작하게 될지는 알 수 없었다. 한 사람의 인생을 담고 돌아가기엔 터무니없이 짧은 여정이었지만, 대교를 건너올 때는 알 수 없는 시공간 사이에 끼인 기묘한 느낌에 사로잡혔다.

해설

급진적 무기체 되기를 거쳐
충동이 이끄는 무상의 증여로

양재훈(문학평론가)

해설

급진적 무기체 되기를 거쳐
충동이 이끄는 무상의 증여로

양재훈(문학평론가)

 홍명진의 소설은 조용히 은폐된 채 견디는 삶들을 그려 왔다. 홍명진 소설이 주로 다루는 인물들은 도처에 널려 있지만 한국 사회가 비밀이라는 듯 시치미 떼며 은폐해 온 사람들이다. 특별한 구석이 없음에도 우리 마음속에 평범하게 재현되지 못하는 사람들, 어디에서나 볼 수 있지만 누구도 눈을 두지 않는 그런 사람들의 삶에 홍명진은 시선을 단단히 고정해 왔다. 요컨대 홍명진 소설의 주인공들은 한국 사회에서 쓸모없는 실존들로 격하되어 보편적인 재현의 대상이 되지 못하는 사람들이었다.

 보이지 않는 보통 사람들이라는 이상한 지위에 있는 이들의 삶을 그려 온 홍명진은 이제 그들의 죽음에 대해 이야기하고 있다. 이 책에 실린 거의 모든 작품이 누군가의 죽음을 담고 있다. 홍명진이 그리는 죽음이 특히 슬픈 것은, 세상에 어떤 흔적도 남기지 못하기 때문이다. 홍명진은 그렇게 조용히 은폐된 채 사라지는 삶들을 그리고 있다. 조용히 은폐된 채 견디는 삶들에서 그들의 조용한 죽음으로 이행한 셈이다.

    이러한 이행에는 특별한 것이 없어 보이기도 한다. 그들의 삶 자체가 이미 죽어 있는 것과 같았기 때문이다. 그들은 어떤 새로운 사회적 관계도 맺지 않았고, 자신의 사회적 존재 조건에 개입하고자 하는 어떤 행위도 하지 않았다. 마치 무기물처럼, 유기적인 사회 질서의 일부분으로서 존재하지 못하고 지금까지 있어 왔던 대로 존재할 뿐이었던 셈이다. 그럼에도 그들의 삶에서 그들의 죽음으로 서사의 초점이 옮겨졌다면, 거기에는 어떤 사고의 전환이 깔려 있다고 보아야 한다. 살아 있다는 것은 전혀 생각지 못했던 의외의 사건을 맞을 가능성을 언제나 포함하는 사태다. 저들의 죽음이 그려지는 데에는 그러한 의외의 사건, 그러니까 그들의 조용한 삶이 달라질 가능성에 대한 완전한 체념이 들어 있다. 말하자면 홍명진은 한국 사회에서 저 조용한 생들이 살아날 가능성이 완전히 사라졌다고 판단하고 있는 것이다.

1. 과거에 매몰된 존재

이 소설집의 주인공들은 오래전부터 유효한 사회적 관계 안에 들어 있지 못하다. 앞에 배치된 두 작품은 구도심의 낡은 빌라를 주된 공간적 배경으로 설정하고 있는데, 이는 이 책에 등장하는 인물들의 사회적 관계를 제유적으로 보여 준다. 그들은 너무 낡아 제대로 작동하지 않는 사회적 관계 속에서 고립된 채 살아가고 있다. 첫 분양 당시의 모습 그대로 낡아 버린 미진빌라나 태양빌라처럼, 그들의 삶에는 현재의 활력이나 미래에 대한 기대감이 없다. 그들이 붙들 수 있는 것은 과거 기억의 찌꺼기뿐이다.

표제작인 「밤이 고요한 것은」의 주인공 분홍 여사는 화려했던 과거에 붙들린 인물을 대표한다. 그는 과거 종로에서 의상실을 하던 인물이다. 그가 의상실을 하던 때 "멋쟁이들은 시장 옷은 안 입었지. 남자는 양복점, 여자들은 의상실에서 고급 천으로 기술자들이 만든 옷을 입었지." 그런 시절이었던 만큼 "5평짜리 합판으로 된 가건물을 얻어 시작한 의상실이 쇼윈도가 달린 15평짜리 가게가 되어 일약 그녀를 의상실 마담으로 만들어 놓았다." 그는 당시 최고의 핫플레이스였던 인사동과 안국역

사이 무역회사 사무실들이 주로 들었던 건물 1층에 의상실을 차릴 정도로 성공 가도를 달렸다.

분홍 여사의 성공은 한국에서 고급 의상이 여전히 수공업을 통해 생산되던 시기에 이루어졌다. 분홍 여사가 성공할 수 있었던 것은 의상실에서 3년 동안의 잔심부름 끝에 겨우 재봉틀 앞에 앉기 시작해 "주인 마담한테 대나무로 만든 얇은 제도용 자로 맞아 가면서" 재봉 기술을 배워 "그야말로 죽기 살기로" 일했기 때문이다. 그러나 그것은 1990년대 기성복 메이커들의 등장과 함께 쇠락할 운명이었다. 모든 에너지를 의상실에 쏟았던 그가 재봉 기술이 무의미해진 사회에 적응하기 어려웠으리라는 것은 쉽게 짐작할 수 있다. 더욱이 인생의 유일한 연애 상대였던 오일 사장에게 배신을 당한 일 역시 그의 몰락을 앞당겼을 것이다. 자신의 모든 것을 쏟아 넣었던 일이 무의미해진 데다가 연인에게 속아 모아 둔 돈을 날리기까지 한 셈이니, 그가 변화에 적응하는 대신 과거의 영광 속에 매몰된 것도 이상할 게 없다.

분홍 여사의 몰락은 변화를 받아들이지 못하고 과거에 매몰된 결과지만, 그것을 그 자신만의 탓으로 돌리는 것은 온당하지 못하다. 근대 이후 한국 사회는 한 인간의 자연스러운 삶의 리듬이 감당하기에 너무도 빠르게 변해 왔기 때문이다. 일찍이 임화는 '이식문학사'로서의 한국 문학사 기술의 어려움에 대해 이야기하며, 그 이유를 한국 사회가 겪은 '역사적 시간의 단축'에서 찾은 바 있다. "다른 곳의 몇백 년 혹은 근 백 년이 조선에선 약 30년으로 단축되어 창황히 지나"갔다는 것이다. 임화가 신문학사를 통해 한국문화의 너무 빠른 변화와 그에 따른 혼란에 대해 문제 제기한 것은 90년 전의 일이지만, 그 이후로도 한국 사회는 최근까지 점점 더 빠른 속도로 변해 왔다. 그 결과 지금 우리 사회에는 식민지 출신의 인물들과 전쟁 난민, 오랜 반공 독재 치하의 후진국, '조국 근대화'를 명목으로 내세우는 군부독재, 고도성장 과정에 있는 중진국, 그리고 세계 최첨단의 신자유주의 선진국 등 전혀 다른 역사적 환경에서 태어나고 자란 사람들이 뒤섞여 있다. 한국 사회의 변화는 저 역사적 과정들을 모두 겪은 사람들이 여전히 생존해 있을 정도로 빨랐다.

지젝에 따르면 근대는 필연적으로 '의미의 붕괴', 그러니까 "진리와 의미 사이의 연관 고리가—둘 사이의 동일

---

1 임화, 「개설 신문학사」, 『임화문학전집2』, 소명출판, 2009, 10쪽 참조.

성까지—끊어"지는 사태를 초래한다. 이러한 변화가 충분한 시간을 두고 진행되면 "새로운 사회적 서사와 신화라는 지배문화를 통해 이런 해체를 조절하고 그 파열의 충격을 완화할" 수 있지만 그렇지 않은 경우, 그러니까 "근대성의 충격을 아무런 보호막도, 시간적 지연과정도 없이 직접 받"는다면 그 사회는 상징 세계가 급격히 해체되고 "새로운 (상징적) 균형을 수립할 시간도 갖지 못한 채 자신들의 (상징적) 기반을 상실"하게 된다고 지젝은 말한다. 그는 이슬람 사회를 예로 드는데, 그들이 광신적인 근본주의에 빠진 것도 사회의 전면적 해체를 막기 위해서였다는 것이다. 지젝에 따르면 "종교를 신적인 실재의 직접적 통찰로 간주하는 이런 정신병적-착란적-근친상간적 종교 부흥이 희생양을 요구하는 외설적 초자아의 신성한 복수를 동반하면서 진행된 것도 당연하다."[2] 분홍 여사가 앓고 있는 정신착란 역시 그와 같은 상징 세계의 붕괴에 따른 증상이다. 그는 달라진 세계에서 스스로를 통합시킬 수 있는 새로운 상징계를 구축하지 못했고, 그 결과 이슬람 사회가 광신적인 근본주의에 빠진 것

---

2 슬라보예 지젝, 『잃어버린 대의를 옹호하며』, 박정수 옮김, 도서출판b, 2009, 57~58쪽 참조.

처럼 화려했던 과거에 대한 맹신에 빠져 버린 것이다. 그의 정신은 초라한 현재를 부정하고 과거에 머물러 있으니, 그의 정신착란은 현실과 정신 사이의 간극에서 발생했다.

2. 연대 가능성의 폐제

분홍 여사는 이처럼 현재 자신의 삶에서 상징적 동일시의 지점을 찾을 수 없는 탓에 여전히 화려했던 과거에 붙들려 있다. 그러나 홍명진의 소설에서 분홍 여사는 이미 지나간 것이나마 스스로의 삶에 대해 긍정할 수 있는 근거를 지닌 희소한 인물에 속한다. 홍명진 소설의 주인공들은 대체로 언제 어느 곳에서도 삶의 근거나 이유를 제시해 줄 수 있는 동일시의 지점을 발견해 내지 못한다. 때문에 그들은 한없이 무기력하기만 하다. 그들에게 다른 삶의 가능성에 대한 믿음은 폐제(foreclosure)되어 있다. 그들의 삶은 말하자면 '비전체(not-All)'의 논리를 따른다. 그들은 현재 자신의 일상에서 삶의 근거를 찾지 못하지만, 지금 이곳이 아닌 다른 어느 시·공간에서라도 그것이 발견될 수 있으리라는 믿음을 지니고 있지 않다. 그 때문에 그들에게서는 자신과 달리 사는 사람들에 대한 선망이나 현재와 다른 삶에 대한 낭만적 동경 따위가 보이지 않는다.

「모자」에는 그러한 낭만적 동경이 퇴화한 흔적기관처럼 남아 있는 인물이 등장한다. 그러한 인물을 통해 「모자」는 다른 삶에 대한 어떤 동경이나 전망도 없이 무기체처럼 살아가는 인간의 삶에서 채워지지 않는 공백(void)을 가리킨다. 서술자는 전에 살던 아파트 근처 주민자율센터에서 열린 일일 장터 마당에서 소야 씨에게 트루퍼를 산 적이 있다. 그 후 둘은 "건강한 삶, 즐거운 삶, 행복한 삶"을 찾기 위한 소모임인 마음카페에서 다시 만난다. 이 모임을 통해 서술자는 소야 씨가 섭식 장애를 앓고 있음을 알게 된다. 소야 씨는 자신의 섭식 장애를 섹스를 견디지 못해 실패했던 두 번의 결혼 생활과 연관 지어 이야기한다.

> 내가 바라는 그것과 실제로 행해지는 것에는 큰 차이가 있었어요. 하지만 언제나 그 욕망 앞에 무릎을 꿇었죠. 상대가 원하는 대로 비굴하게, 비참하게. 때로는 사랑한다는 말의 대가로. 말하자면 이런 거예요. 배가 고파서 할 수 없이 먹은 거예요. 그런데 내 입속

으로 들어간 그것이 어느 순간 더러워서, 혐오스러워서 견딜 수가 없는 거예요. 실제로도 음식을 씹어 삼킬 수 없는 지경까지 간 거죠. 말했어요, 남편들에게. 그들은 내 말의 의미를 제대로 파악하지 못했어요. 그럴 수밖에요. 그들은 내가 아니니까요. 그들은 오히려 나에게 미쳤다고 욕하고 소리를 질렀죠.

—「모자」, 95~96쪽

섹스에 대한 거부감이 일으킨 증상인 소야 씨의 섭식 장애는 근본적으로 욕망과 욕구의 간극에서 기인한다. 우선 지적해야 할 것은 섹스에 대한 거부감에도 불구하고 그가 섹스에 대한 욕망을 지니고 있다는 점이다. 그가 섹스를 거부하는 것은 섹스 자체가 싫어서가 아니라 자신이 바라는 섹스와 실제 섹스 사이의 차이 때문이다. 소야 씨는 남편들과 타협하기 위해 자신이 바라는 것을 포기해야 했고, 남편들은 그런 이유로 섹스를 거부하는 소야 씨를 이해하려 들지 않았다. 하지만 남편들이 소야 씨의 태도를 이해할 수 없었던 데에도 이유가 있다. 남편들에게 소야 씨는 섹스가 싫다고 말하면서도 실제로는 섹스를 원하는 것처럼 보였을 것이기 때문이다. 소야 씨의 욕망은 그들과의 섹스를 거부하지만 그의 욕구는 그 것을 원했다. 소야 씨가 "그 욕망 앞에 무릎을 꿇었"다고 말할 때, 그것은 남편들이 그가 바라는 것을 무시한 채 자신의 욕구만 채우려 든다는 점을 가리킨다. 그러나 더 근본적인 수준에서 그것은 자신이 거부하고자 하는 섹스를 원하는 그 자신의 욕구를 가리킨다. 남편들이 이해하지 못한 것은 섹스에 대한 욕망과 욕구 사이에 간극이 있을 수 있다는 점이었다. 섹스에 대한 소야 씨의 거부감 자체가 그 간극에 기인한다. 소야 씨는 바라지 않는 섹스를 원하게 만드는 자신의 욕구를 견딜 수 없었던 것이다.

소야 씨는 자신이 바라는 것이 아니라는 점 때문에 섹스를 거부하지만 정작 자신이 바라는 것이 무엇인지에 대해서는 알지 못한다. 다른 삶을 바라면서도 그것이 어떤 모습일지에 대해서는 상상하지 못하는 것이다. 서술자 역시 마찬가지다. 서술자가 소야 씨에게서 트루퍼를 샀던 것은 다른 삶에 대한 낭만적 동경에 따른 것이었다. 서술자는 갑갑해서 모자를 쓰지 않으면서도 러시아 여행 중에 구입한 기념품이라는 말에 그것을 충동 구매했다. "불현듯 눈밭이 끝없이 펼쳐진 이국의 대지를 달려보고 싶다는 생각"이 들었기 때문이다. 그러나 정작 그는 오래전에 탄 "비행기가 기상악화로 중도에서 불시착하는 일을 겪은 뒤로는 비행기를 탄다는 생각만으로도 숨이 막힐 듯한 공황장애를 느끼"는 인물이다. 세계로부터 고립된 채 살아가는 현재의 답답한 삶과 대비되는 다른 삶에 대한 동경이 "끝없이 펼쳐진 이국의 대지"에 대한 공상으로 나타나고 있는 것이다. 다른 삶에 대한 동경이 이처럼 막연한 이미지로만 나타난다는 것은 그가 현실에서 벗어날 가능성을 믿지 못한다는 점을 드러낸다. 서술자가 소야 씨에게서 구매한 트루퍼를 풀지 않은 이삿짐들 속에 처박아 둔 채 꺼내 보지 않은 것도 그 때문이다.

쓸쓸한 것은 동일한 처지에 놓여 있는 두 사람이 서로에게 공감하고 연대할 가능성을 상상하지 못한다는 점이다. 서술자는 소야 씨와 종종 만나 나름대로 깊은 이야기를 나누면서도 감정을 깊이 나누지는 않았다. 그는 마음카페를 떠나기로 마음먹고도 이를 소야 씨에게 알리지 않으며, 그와의 관계를 지속하려 하지도 않는다.

> 떠난다는 말은 입 밖에도 꺼내지 않았다. 소야 씨 역시 마음카페 회원들처럼 떠나면 일상적인 연결고리가 없기는 마찬가지일 테니까. 굳이 인연을 더 이어 간

다면 개별적인 노력을 기울여야 했다. 내가 한 걸음 더 소야 씨 쪽으로 다가가거나 소야 씨가 다가오거나. 그러나저러나 서로에게 완벽하게 닿을 수 없기는 마찬가지였다.

—「모자」, 101~102쪽

3. 존엄한 죽음을 위한 자발적 고립

홍명진의 소설은 이처럼 이미 죽어 버린 사회적 관계 속에서 고립된 채 살아가다 쓸쓸히 죽어가는 사람들을 가까운 거리에서 보여 준다. 그렇게 그는 한국 사회에서 은폐되어 있는 사람들의 고립을 핍진하게 드러내고 있다. 홍명진이 그리는 인물들은 현재의 한국 사회에서 상징적 동일시의 지점을 찾지 못하는 사람들이다. 그들은 지금 이곳에서 자신의 삶을 긍정할 만한 요소를 찾지 못하며, 그렇다고 다른 곳으로 눈을 돌리지도 않는다. 그들은 어느 시간 어느 공간에서도 자신의 삶이 나아질 수 있(었)으리라는 희망을 발견하지 못한다.

이러한 내면화된 체념의 감각 때문에 홍명진의 인물들은 한없이 무기력하다. 그들은 마치 무기체처럼, 아무런 새로운 사회적 관계도 맺지 못한 채 그저 지금까지 있어 왔던 대로 존재하다가 쓸쓸히 죽어간다. 이 책에서 이러한 쓸쓸한 죽음을 도드라지게 보여 주는 것은 「마지막 산책」이다. 「마지막 산책」은 도입부부터 불길한 예감을 드리운다. 초점화자 이종배가 보는 칠십 대 노부부 살인 사건을 다룬 티브이 재연 프로그램에서, 반신불수인 아내를 수발하던 남편은 말다툼을 하던 중 벽돌로 머리를 쳐서 아내를 살해하고 자신도 농약을 먹고 죽는다. 티브이 화면은 "지방 도시 소읍 변두리의 허름한 농가, 칠이 벗겨진 철 대문에 쳐진 노란 폴리스라인"을 보여 주는데, 이 이미지는 사회적으로 고립되어 있는 이종배 부부의 현실에 대한 메타포처럼 보인다.

이종배 부부의 삶은 주변에 어떤 영향도 끼칠 수 없도록 고립되어 있다. 이종배의 삶에는 현재의 활력이나 미래에 대한 기대감이 없다. 그의 삶을 지속시키는 동력은 오로지 과거의 기억이다.

승택과 승경이 대학에 들어가 자취생활을 하기 전에는 이 작은 집에서 다섯 식구가 복작거리며 살았다. 수십 년간 현장을 전전하며 공장 기술자로 일한 이종배에게 남은 건 이 집 한 채가 전부였다. 현장 생활을 접은 뒤에 이종배는 미진빌라에서 30여 분 거리에 있는 아파트에서 경비원으로 일했다. 그 시절이 가장 행복했다. 자식들이 커 갈 때는 걱정 근심이 그치질 않았고, 욕망과 기대가 들끓어 일을 그르치기도 했다. 아파트 경비 생활은 큰 어려움이 없었다. 입주민들의 과도한 불평불만과 민원이 견디기 힘들 때도 있었지만 일정 수입이 보장되었고, 아내도 일주일에 며칠씩 가사도우미 일을 해서 가용을 벌었다. 젊은 시절 자식들을 키워 내느라 아등바등했던 노력이 헛되지는 않았지만, 그 이상의 무엇도 더는 남겨 주지 않았다. 돌이켜 보면 이만큼의 평온이 있기까지 큰 변고 없이 지내 온 시간이 고마울 따름이었다.

—「마지막 산책」, 16~17쪽

이종배는 현재의 활력이나 미래에 대한 기대감이 없이 과거의 기억에만 기대 살고 있지만, 그의 과거는 분홍 여사처럼 화려했던 시간이 아니다. 그것은 그저 그럭저럭 지탱해 온 삶이 큰 문제 없이 그대로 이어질 수 있으리라는 소박한 믿음이 가능했던 시간일 뿐이다. 그러나 세계는 그러한 소박한 믿음조차 지속되도록 놔두지 않는다. 그의 평온한 시간은 10년 전 막내아들 승준이 죽으면서 무너지기 시작했고, 5년 전 아내마저 뇌졸중으로 쓰러지면서 완전히 붕괴되었다.

이종배는 아내가 쓰러진 뒤에야 삶이 무너져 있음을 깨달았지만, 그의 몰락은 진작부터 진행된 것이었다. 승준의 죽음은 그러한 막다른 삶을 집약적으로 보여 주는 사건이다. 승준은 굴다리 아래의 막힌 길에서 "주머니에 손을 찌르고 허공을 보"며 걷다가 사고를 당했다. 막힌 길 앞에서 어떤 대상에도 눈을 두지 못한 채 허공을 보고 있었다는 것은, 그 역시 미래가 차단된 삶 속에서 자신을 지탱해 줄 동일시의 지점을 찾을 수 없었음을 의미한다. 승준은 사고 전에도 재수 끝에 겨우 들어간 대학을 그만두고 자기 방에 틀어박혀 있던 인물이다. 이미 오랫동안 무기체와 다름없는 삶을 무의미하게 지속하고 있었던 것이다. 그런 의미에서 가해 차량의 운전자가 승준을 사람이 아닌 "뭔가"라고 느낀 것은 정확한 감각이었다. 이종배조차 사고 당시의 블랙박스 영상을 보며 "차의 정면으로 툭 부딪치는 물체"가 "승준인지, 아니 사람인지" "처음엔 알아보지 못했다."

승준이 막다른 삶을 느끼고 자신의 방에 틀어박혀

있는 동안 이종배는 "승준이 스스로 벽을 허물고 세상 밖으로 나오길 기다렸다." 이는 그가 아들의 존재만으로도 여전히 미래에 대한 전망의 자리를 보존할 수 있었음을 뜻한다. 물론 그것은 「모자」의 주인공들이 보여 주는 낭만적 동경처럼 막연한 것이었다. 승준의 죽음은 미정형의 것이나마 품을 수 있었던 미래에 대한 기대를 완전히 파괴하는 사건이었다. 하지만 승준의 죽음 이후로도 이종배의 일상은 그다지 달라지지 않았는데, 이는 승준에 대한 기대 역시 실체가 없는 막연한 것이었던 데서 비롯한다.

> 갑작스러운 사고로 막내아들 승준을 잃고 난 뒤에도 그랬다. 아내와 그는 마치 자신들이 맡은 일상의 무대에서 함부로 내려올 수 없다는 듯 묵묵히 그 시간을 이어 갔다. 단절이 없는 게 일상적인 삶이니까 주어진 배역 또한 변함없이 이어졌다.
>
> ―「마지막 산책」, 12쪽

이처럼 이종배의 삶은 처음부터 망가져 있었고, 단지 지금껏 존재해 왔던 방식 그대로 존속해 왔을 뿐이다. 소설의 결말은 그의 죽음을 암시함으로써 다른 삶에 대한 기대나 전망이 완전히 차단되었음을 확언한다. 그런데 그가 죽음을 준비하는 방식을 통해 소설은 한편으로 그들을 무기체의 삶으로 몰아넣은 세계에 대한 강력한 저항을 보여 주기도 한다. 그는 아내의 삶이 얼마 남지 않았음을 감지하자 아내를 돌보던 요양보호센터 직원에게 아내를 데리고 딸네 집에 다녀올 것이라 말해 그의 방문을 차단한다. 그리고 그동안 일부러 피했던 승준의 사고 현장 방향으로 마지막 산책을 다녀온 뒤 더 이상 집 밖에 나가지 않는다. 세계와 이어져 있던 좁은 통로를 스스로 끊어 내는 것이다. 며칠 뒤 아내의 죽음이 임박하자 그는 아내의 몸을 깨끗이 닦아 주고 새 옷으로 갈아입힌 뒤 아내의 옆에 나란히 누워 눈을 감는다. 스스로 세계와의 관계를 단절하고 둘만의 공간에서 죽음을 택하는 그의 행위는 그들의 존엄에 대한 강력한 단언이다. 그것은 세계가 허락하는 초라한 삶의 지속을 중단함으로써 그들을 유의미한 사회적 관계로부터 몰아내고 무기체적인 삶의 가능성만을 남겨 둔 세계에 저항하는 행위이며, 동시에 죽음을 하찮게 만드는 세계와의 단절을 통해 죽음의 존엄을 보존하기 위한 행위인 것이다. 이종배는 아내의 죽음이 세계 속에서 하찮아지지 않도록 하기 위해 세계와 단절된 죽음을 택했다. 아내의 죽음을 직감한 그가 아내의 귓가에 "내가 다 해 줄게. 걱정하지 마."라고 속삭이는 장면은 그래서 진한 감동을 불러일으킨다.

4. 충동의 윤리와 무상의 증여

조용히 은폐된 채 견디는 삶들을 묵묵히 찾아 그려 온 홍명진의 소설은 그들의 조용한 죽음으로 이행해 왔다. 이는 이미 사회적으로 죽어 있는 그들의 삶이 되살아날 가능성에 대한 완전한 포기를 의미한다. 홍명진의 주인공들은 누구에게도 관심을 얻어 내지 못한 채 보이지 않는 곳에서 죽어간다. 완전한 체념 속에서 무기체처럼 살아가는 이들이기에, 그들의 죽음 역시 사회적 의미를 획득하지 못한다. 그러나 홍명진은 그들의 죽음이 사회적 무의미 속에 흘러가도록 두지 않는다. 삶의 가능성이 없는 곳에서 홍명진은 그들의 죽음을 통해 그들의 존엄이 보존될 자리를 마련해 두고 있다. 무기체적인 삶의 존속만을 허락하는 세계를 거부하고 자신의 죽음을 세계와 단절된 곳에 두는 이러한 행위를 급진적 무기체 되기라 부르면 어떨까. 다른 삶의 가능성이 차단된 세계에서 무기체와 같이 존속되는 삶을 그리던 홍명진이 지금 그리는 것은 스스로 무기체 되기를 택함으로써 자신의 존엄을 단언하는 죽음들이다.

홍명진의 이번 소설집이 더욱 귀한 까닭은, 저 쓸쓸한 죽음들에 존엄을 부여하는 한편 그것을 넘어서는 삶의 가능성에 대한 탐구를 보여 주고 있기 때문이기도 하다.「장귀자 아카이빙」의 장귀자는 이 책의 다른 인물들이 지나온 불행한 삶의 이력들을 동일하게 겪은 인물이다. 그는 전쟁통에 유복자로 태어나 어린 나이에 어머니와 사별한 뒤 남의 집에 의탁해 천덕꾸러기로 지냈고, 그 집을 나와서는 온 힘을 쏟아부으며 일해 작은 성공을 거두기도 했다. 그의 성공은 사람을 믿지 않고 오직 돈만을 믿은 결과였다. 더 이상 돈이 부족하지 않은 삶을 얻게 된 그는 "자식만 하나 있다면 의지가 될 텐데" 하는 생각에 어려운 아이들에게 장학금을 대기 시작했지만 바로 그 때문에 사기를 당한다. 그에게 사기를 친 것은 "마침 그쪽 방면에 봉사 정신이 투철한 사람이라는 평판을 듣는 부부"였고, 장귀자는 그들에게서 "사람을 대할 때 한결같이 밝은 얼굴로 기분 좋게 환대할 줄 알고 남을 험담하는 소리를 들어 본 적이 없었다." 이 일을 계기로 "인간에 대한 믿음이 완전히 무너"지는 경험을 한 장귀자는, 이후 어머니와 살던 동네에 집을 마련해 정착한 뒤 다시 장학 기부를 재개한다.

장학금을 다시 기부하기 시작한 장귀자의 행위에서 중요한 것은 그것이 학생들을 위한 행위가 아니라는 데 있다. 그는 "사기꾼한테 호되게 털리고도 아이들한테 마음을 접을 수가 없었다. 장학재단이니 뭐니 하는 말에 솔깃해서 그동안 놓쳤던 아이들이 마음에 남았다." 이것은 타인에 대한 선의에서 나온 것이기보다는 그들에게 향하는 자신의 마음을 달래기 위한 행위에 해당한다. 그의 도움을 받은 학생들이 표하는 고마움에 대해 다음과 같이 반응할 수 있는 것도 그 때문이다.

> 훌륭한 사람이 되어 찾아오겠다는 학생들의 편지가 고맙지만 그 약속을 내가 받아야 할 몫이라고는 생각하지 않는다. 나중에 훌륭한 사람이 되는 것도 그 아이들 몫이고, 못 돼도 할 수 없는 일 아닌가. 생색내지 않고 내가 할 수 있는 그저 그만큼일 뿐이지 큰일을 하고 있는 건 아니다.
>
> ─「장귀자 아카이빙」, 274쪽

장귀자의 이러한 행위는 호혜성의 고차적 회복에 따른 순수 증여의 가능성을 보여 주는 것이 아닐까. 가라타니 고진은 인류가 정주 생활을 시작한 뒤 '호혜성'에 따른 교환이 시작되었다고 말한다. 그것은 공동체 내에서 이루어지는 증여에 대해 답례를 강제하는 교환양식이다. 가라타니에 따르면 그것은 한편으로 이주 공동체 시절에 행해졌던 완전히 평등한 교환인 공동기탁이 불가능해진 정주 공동체가 어쩔 수 없이 택한 교환양식이다. 그러나 다른 한편으로 그것은 인류사회가 잉여 물자의 축적으로 인해 필연적으로 발생할 수밖에 없는 불평등을 억제하고 불완전하나마 공동기탁의 이념을 지속시키기 위한 것이기도 했다. 호혜적 교환에서는 증여가 답례에 선행하며, 답례하지 못하면 종속적 지위로 격하된다. 때문에 더 많이 증여하는 쪽이 권력을 갖게 된다. 그러나 증여가 지속되면 부가 상실되기 때문에 권력이 영속화되지는 않는다.[3]

가라타니는 상품교환이 지배적이 된 근대에 호혜성

---

3 가라타니 고진, 『세계사의 구조』, 조영일 옮김, 도서출판b, 2013, 1장 참조.

은 민족을 통해 상상적으로 회복되었다고 보았다. 이는 우리 역사에서 국가의 억압과 자본주의 하의 불평등에 저항하기 위한 중심 담론이 민족이었던 이유를 잘 설명해 준다. 그러나 우리 사회에서 민족을 통해 작동하던 호혜성은 더 이상 작동하지 않는 것처럼 보인다. 홍명진의 소설에 등장하는 대부분의 인물들이 이미 죽어 버린 사회적 관계 속에 갇혀 있는 것도 그 때문이다. 호혜성이 작동하는 새로운 사회적 관계를 형성할 수 있으리라는 믿음이 원천적으로 차단되어 있는 것이다.

「장귀자 아카이빙」은 호혜성에 대한 믿음이 차단되어 있는 것처럼 보이는 현재의 한국 사회에서 그것의 자리를 마련하는 인물을 그리고 있다는 점에서 중요한 의미를 지닌다. 그러나 호혜성이 무조건 회복되어야 하는 지상의 가치인 것만은 아니다. 예컨대 그 상상적 회복으로서의 민족은 그것이 지녔던 해방적 역능만큼이나 극복되어야 할 문제들을 함께 지니고 있는 이념이다. 그것은 바깥으로는 타 민족을 배제하는 동질성의 감정으로 변질되기 쉽고, 안으로는 그러한 공동체적 동질감을 바탕으로 공동체 내에 실제로 존재하는 불평등과 계급 갈등을 은폐하는 기능을 수행하기 쉽다. 이러한 변질은 호혜성이 공동체적 불문율에 의해 지탱된다는 점에서 비롯된다. 호혜성은 처음부터 폭력적 강제 이상으로 인간을 구속하는 측면을 지니고 있는 것이다. 때문에 가라타니 고진은 호혜성을 고차적으로 회복해야 한다고 말한다. 가라타니가 회복하고자 하는 호혜성은 씨족 사회에서 행해지던 증여와 답례의 순환이 아니라 그 이전의 유동민 시절에 행해지던 공동기탁에 좀 더 가깝다. 답례 없는 순수 증여의 형식으로서의 호혜성이 바로 그것일 터이다.

장귀자의 기부 행위는 그러한 순수 증여의 행위에 가까워 보인다. 장귀자는 학생들에게 실질적 도움을 주는 그의 행위의 동기가 학생들을 향한 선의가 아니라 자기 마음의 움직임에 있을 뿐이라는 것을 분명히 인지하고 자기 행위의 의미를 명확히 그러한 한계 안에 둔다. 말하자면 그의 행위는 학생들에 대한 선의에 따른 것이 아니지만, 바로 그렇기 때문에 무상(無償)의 행위가 될 수 있는 것이다.

그렇다면 그것은 어떻게 가능했을까?「장귀자 아카이빙」은 장귀자가 어머니를 여의고 용현동 아주머니의 집으로 들어가기 전 잠시 그를 거두었던 혹부리 아주머니와의 관계를 그 가능성의 조건으로 제시한다.

"에미나이야."

아주머니의 첫마디는 언제나 그랬다. 내 목소리를 단박에 알아듣고, 기억해 냈다. 에미나이야, 하는 소리를 들을 때마다 가슴이 울렁거렸다. 어디서도 들을 수 없었던 내 어머니와 같은 그 말투와 억양이 좋았다. 누가 나를 그렇게 불러 주는 사람도 없었지만, 내 마음속의 귀는 언제나 그쪽을 향해 있었다.

"야, 독하다야. 어째 살아서 얼굴 한 번을 안 보여 주나그래."

"아주머니, 조만간 한번 찾아뵐게요."

헛된 약속이었지만 그 말밖엔 할 말이 없었다. 그땐 조만간이 10년씩 훌쩍 지나가고 가뭇없이 세월이 사라져 버릴 줄은 미련해서 몰랐고, 욕심 때문에도 보지 못했다.

10여 년 전 이곳으로 들어올 때 아주머니를 찾아갔는데 이미 이 세상 사람이 아니었다. 늦어도 너무 늦게 왔다는 후회가 들었는데 되돌릴 수 없는 일이었다.

―「장귀자 아카이빙」, 275쪽

장귀자가 무상의 행위를 할 수 있었던 데에는 그 자신이 혹부리 아주머니의 증여에 대해 답례할 수 없게 되었다는 사실에 있다. 자신이 증여받은 대상에게 돌려주지 못한 답례가 그의 마음에 일종의 부채감으로 남아 말하자면 '증여의 충동'을 형성했던 것이다. 다시 말해, 대상의 부재로 인해 호혜적 답례의 의무를 이행하는 데 실패하게 되자, 대상을 잃어버린 의무 이행의 욕망이 증여 자체에 대한 충동으로 전환된 것이다. 따라서 장귀자에게 자신의 증여는 자신의 마음을 움직이는 저 충동에 충실한 행위일 뿐이었다. 그의 증여가 대상에 대한 선의와 무관한 것으로 인식된 이유는 그것이 스스로의 충동을 만족시키기 위한 행위였다는 데 있다. 타인에 대한 선의와 무관한 것임에도 그것은 장귀자가 자신의 삶을 존엄한 것으로 인식할 수 있게 하는 근거가 된다. 그는 "돈 한 푼 아까워 벌벌 떠는 괴짜 노인네"라는 세상의 곡해 따위에 전혀 흔들리지 않고 "내 인생을 한낱 시중에 떠도는 헛소문 같은 이야깃거리로 만들"게 두지 않는 단단한 자존감을 지닌 인물로 그려진다.

 이처럼 「장귀자 아카이빙」은 충동의 윤리에 따라 행

해지는 무상 증여의 가능성을 탐색하고 있다. 이는 한국 사회에서 유의미한 사회적 관계를 획득할 수 없는 사람들의 건조한 삶에 단단히 시선을 고정하고 그들의 삶과 죽음을 천착해 온 과정을 거쳐 도달한 자리라는 점에서 더욱 값진 성과라 할 수 있다.「장귀자 아카이빙」이 이 소설집에 실린 작품들 중 가장 마지막에 쓰인 것이라는 점은 그래서 의미심장해 보인다. 홍명진은 벗어날 수 없는 사회적 고립을 그저 견뎌야 하는 사람들의 삶에 천착한 결과 철저한 고립 속에서 죽어갈 수밖에 없는 그들의 절망적인 상황을 아프게 인식했고, 그에 따라 그들의 삶과 죽음에 대한 세밀한 재현을 넘어 그들의 죽음에 존엄을 돌려주기 위한 글쓰기로 나아갔으며, 그러한 과정을 거쳐 마침내는 무상의 증여를 행하는 존엄한 삶을 탐색하는 자리에 도달한 것이다.

작가의 말

여덟 편의 작품을 묶는다. 시차를 두고 발표한 작품을 모아 놓고 보니, 내가 사로잡혀 있던 세계가 하나로 읽힌다. 각각의 작품을 형성하고 있는 내러티브에는 '죽음'의 서사가 깔려 있다. 어느 순간 내 몸이 한쪽으로 기울 듯 본능적으로 그것을 감각하기 때문일지도 모른다. 하지만 죽은 자는 말을 할 수 없고, 죽음을 겪는 자는 살아 있는 사람이니 결국은 삶에 관한 이야기다.

아무 일도 일어나지 않는 일상에 불쑥불쑥 울리는 부고 메시지를 접하는 일이 이제는 드문 일이 아니다. 어느덧 청춘 시절은 지났다고 말하기가 아프지만, 순리를 거스를 순 없다. 우리는 늘 그와 같은 프로세스로 존재해 왔으니까.

유명한 책의 저자인 한 물리학자는 그의 저서에서 우주의 시선으로 세계를 보면 원래 '죽어 있는 상태'가 정상이라고 했다. 사건은 '살아 있음'이라고. 죽은 세계에서 끊임없이 새 별이 탄생하는 과정이 우주의 질서라고. 측량할 길 없는 그 시간 속에서 인간은 미미한 존재에 불과하다. 그런데도 우리가 겪는 슬픔이나 고통은 커다란 사건일 수밖에 없어서 끊임없이 노래하는지도 모른다.

첫 책을 내고 많은 시간이 지났다. 한 권씩 책을 낼 때마다 삶의 임계점 앞에 선 듯한 압박감을 느낀다. 꽃다지의 노랫말처럼 "누가 나에게 이 길을 가라 하지" 않았지만, 바다가 얼마나 깊은 줄 모른 채 그 바다에 몸을 적셨다.

무엇을 할 것인가, 어떻게 살 것인가를 고민하던 시절에도 눈앞에 선명한 것은 아무것도 없었다. 아주 작은 걸음으로 '나'를 찾아가는 길이, 이 세계와 만나는 길이 나에게는 '소설'이 아니었을까, 지금에 와서야 감히 고백한다.

누군가에게는 하나의 의미가 되었으면 좋겠다고 위안해 본다. 그리고 모두에게 행복한 나날들을 만나시라고 빌고 싶다.

내가 앉아 있는 책상 앞, 좁은 골목길은 여전히 어둡다.

이 어둠을 헤쳐 나갈 수 있도록 도와준 '걷는사람'에게 특별한 고마움을 전한다. 더불어 한 번도 「작가의 말」을 쓰면서 불러 본 적 없는 나의 가족에게 더없이 사랑한다는 말을 전한다.

2025년 여름

홍명진

| 수록작품 발표 지면 |

「마지막 산책」······『내일을 여는 작가』 75호, 2019년

「밤이 고요한 것은」······ 한국문화예술위원회 발표지원사업 선정작, 2023년

「모자」······ 문학 무크지 『소설』 6호, 2019년

「미조」······『팬덤 클럽』, 2020년

「그들의 내력」······ 인천작가회의 소설선집 『매일 안녕하세요』, 2021년

「마술이 필요한 순간」······ 인천작가회의 소설선집 『마술이 필요한 순간』, 2022년

「불면」······ 계간 『작가들』 74호, 2020년

「장귀자 아카이빙」······ 계간 웹진 『작가들』 87호, 2023년

밤이 고요한 것은

2025년 7월 30일 초판 1쇄 펴냄

지은이	홍명진
펴낸이	김성규
편집	조혜주 최주연
디자인	신혜연
펴낸곳	걷는사람
주소	경기도 용인시 기흥구 동백중앙로 358-6, 7층 (본사)
	서울 마포구 월드컵로16길 51 서교자이빌 304호 (지사)
전화	031 281 2602 / 02 323 2602
등록	2016년 11월 18일 제25100-2016-000083호
ISBN	979-11-7501-000-0 03810

* 이 책은 인천광역시와 (재)인천문화재단의 후원을 받아 '2025 예술창작지원 사업'에 선정되어 발간되었습니다.
* 이 책 내용의 전부 또는 일부를 재사용하려면 반드시 지은이와 출판사의 동의를 얻어야 합니다.
* 잘못된 책은 교환해 드립니다.